푸른 영혼일 때
떠나라

일러두기

＊ 이 여행기는 1990년대 말 상황입니다. 현재의 정치, 경제, 사회적인 부분과 차이가 있음을 알려드립니다.

떠남에 서툰 당신을 위한
청춘 여행법

푸른 영혼일 때 떠나라

노동효 지음

멀다, 멀기 때문에 가지 않으면 안 된다

앞으로 20년 후에 당신은 자기가 한 일보다 하지 않았던 일로 인해 더 실망할 것이다. 그러니 밧줄을 풀고 안전한 항구를 벗어나 항해를 떠나라. 바람을 타고 항해 하라. 탐험하고 꿈꾸고 발견하라.

- 마크 트웨인

1

20세기 말이었다. 스물다섯의 청춘에게 지금껏 살아온 도시와 나라는 참으로 지리멸렬했다. 이듬해 나는 휴학을 하고 낯선 이국으로 떠났다. 영국에서 낮에는 템스 강 유람선 선원으로 일하고, 오후에는 공부를 하며 13개월을 살았다. 그리고 귀환을 해야 할 지점에서 나는 13~14시간이면 단숨에 돌아올 수 있는 비행

항로를 버리고, 유럽에서 육로와 수로를 따라 고국에 이르는 먼 길을 택했다. 《화엄경》華嚴經의 선재가 "멀다, 멀기 때문에 가지 않으면 안 된다. 먼 곳이야말로 사람의 마음을 깨워서 모든 사람의 고독과 고민으로부터 건져지게 하는 것이다. 이 세계에 먼 곳이 없다면 얼마나 암담할 것인가!"라고 말한 그런 심정으로 런던 그리니치 천문대, 즉 세계 시간의 기준이 되는 곳을 출발해 고국의 내 고향에 이르는 1만 6,000km를 지나왔다. 내 인생의 가장 아름답고 행복한 순간 '화양연화花樣年華'로 남아 있는, 나의 오디세이.

서울 – 런던(경도 0도) – 프라하 – 바르샤바 – 크라코프 – 부다페스트 – 벌러톤 – 자그레브 – 스플리트 – 베니스 – 로마 – 피렌체 – 시실리 – 브린디시 – 파트라스 – 아테네 – 이스탄불 – 카파도키아 – 앙카라 – 코니아 – 테헤란 – 이스파한 – 라호르 – 이슬라마바드 – 훈자 – 카슈가르 – 우루무치 – 베이징 – 웨이하이 – 인천 – 부산 (동경 129도)

그 후 10여 년이 흘렀다.

나는 은둔하는 절경을 찾아 이 땅의 샛길을 떠돌다가 (《길 위

의 칸타빌레》와 《로드 페로몬에 홀리다》가 이에 관한 이야기다) 지난
해부터 인도차이나 반도로 건너와 낯선 마을과 도시와 샛길을
오토바이로 여행 중이다. 지금 머무르고 있는 곳은 태국 안다만
Andaman해의 한적한 해변, 레오나르도 디카프리오가 주연한 〈비
치〉The Beach, 2000를 통해 피피 Phi Phi 섬이 알려지면서 유럽인들에게
각광 받고 있는 끄라비Krabi의 아오낭 비치.

여름방학 같아.

고국의 친구들이 어떻게 지내냐고 물으면 이렇게 대답한다.
정말 학창 시절의 여름방학 같다. 출근길의 러시아워도 없고, 밤
늦은 야근도 없고, 어쩔 수 없는 술자리나 숙취도 없다. 내 삶에
서 알람시계가 사라진 지 오래. 테라스에 놓인 흔들의자에 앉아
책을 읽다가 야자수가 바람에 흔들리는 모습을 바라보거나, 이
메일로 원고 청탁이 들어오면 책상 앞에 앉아 글을 쓰다가, 해질
무렵이면 어김없이 바다로 가 수영을 한다. 황금빛으로 빛나는
바다, 놀러 온 사람들의 웃음소리, 따스한 아열대의 바람. 해외
자원봉사자로 일하고 있는 그이가 휴가를 받아 이곳으로 왔을
땐 롱테일 보트를 타고 바다로 나가 스노클링을 하며 열대어와
놀거나, 저녁이면 해변에서 풍등風燈을 날리기도 했다. 그이가
묻는다. 자기는 부러운 사람이 있어? 나는 대답한다. 아무도 부

럽지 않아. 대통령도, 국회의원도, 대기업 CEO도… 아, 나도 부러운 사람이 딱 한 명 있긴 해. 그게 누구야?

나는 나 자신이 부러워.

출근할 회사도 없고, 매달 월급을 주는 사장도 없지만 약간의 원고료 수입이 들어오긴 한다. 대기업에 다니거나 전문직에 종사하는 친구들에 비해 턱없이 적은 수입이지만 그 수입만으로도 이 세계에는 아름다운 풍광을 즐기며 자유롭게 한 시절 보낼 수 있는 장소들이 많다. 가령 아오낭 비치에서 내가 렌트한 집(에어컨, 냉장고, TV, 침대, 책상, 테라스, 흔들의자 등 모든 게 갖춰진 이층집)의 월세는 200달러에 불과하고, 식사는 주로 근처 레스토랑에서 사 먹는다. 한 달에 500달러면 충분하다. 그래, 내가 누리는 삶을 돈으로 환산하면 아주 적다. 그러나 돈으로 환산되지 않는 '행복'과 '여유'를 가지고 나는 살고 있다. 그러기 위해 세상 사람들이 욕망하는 많은 것들을 욕망하지 않았다. 가령 아파트, 집, 값비싼 자동차 같은 것들. 나는 그런 것들을 사기 위해 발목 잡히는 삶을 살고 싶지 않았다. 물론 그럴 만한 재산도 없었지만 계절 따라, 풍광 따라 떠도는 삶에서 집이란 얼마나 거추장스러운 족쇄인가?

지금 당신은 행복한가?

누군가가 그렇게 묻는다면 행복하다고 대답하겠다. 지금 당신은 당신의 삶을 살고 있는가, 라고 묻는다면 그렇다고 대답하겠다. 그리고 무엇이 지금의 그런 당신을 만들었냐고 묻는다면 나는 대답하리라. 푸른 스물에 영국의 그리니치를 출발하여 유라시아 대륙을 횡단해서 한국으로 돌아온 길이었다고. 그때 내가 떠나지 않았다면 그리고 그 여행을 하지 못했다면 지금의 나도 없었으리라. 푸른 스물, 그때 떠난 여행은 내가 살아오면서 부정해 온 많은 것들을 긍정하게 했고, 한편 무의식적으로 좇던 많은 것들을 버리게 했다고. 하여 지리멸렬한 세계에 대한 환멸을 걷어차고 자유를 향해 날아오르게 만들었다고.

2

며칠 전 해변에서 수영을 하고 들어오다가 젊은 여행자를 만났다. 청년은 모스크바를 출발해 러시아를 횡단한 뒤, 중국, 베트남, 태국에 이르렀고, 앞으로 미얀마를 지나 인도로 갈 예정이라고 했다. 그는 사흘째 노숙을 하고 있었다. 이틀은 모래사장에서 잠을 잤고, 하루는 이슬람 사원 앞 가건물에서 잠을 잤다고 했다. 나는 그를 나의 집으로 초대했다.

- 이고르, 네가 떠날 때까지 여기서 지내도 좋아.

청년은 끄라비까지 오는 사흘 동안 100km를 걷기도 하고, 운 좋게 차를 얻어 타기도 했다. 그가 모스크바를 출발할 때 가지고 나온 돈은 각 나라의 국경을 넘으며 입국비자를 살 정도에 불과했다. 나는 그에게 인도엔 왜 가느냐고 물었다. 그는 히말라야에 있다는 전설의 도시, '샹그릴라'를 찾아가는 길이라고 했다. 나는 그가 가벼운 주머니로 히말라야까지 어떻게 갈 수 있을지 걱정되었다. 게다가 그는 만국공용어라고 할 영어도 서툴렀고, 여행안내서 한 권 갖고 있지 않았다. 세계지도 한 장 달랑 들고서 영어로 북쪽North 남쪽South 도 알아듣지 못하면서 서쪽으로 가고 있다는 이고르. 내가 걱정을 하자 이고르가 환하게 웃으며 대답했다.

- 신이 오늘 나에게 너를 보내 줬듯이 누군가를 또 보내 주실 거야.

대답을 듣는 순간, 지난 기억들이 주마등처럼 스쳐 지나갔다. 그 시절 내가 한국까지 오던 길에서 천사처럼 나타나 나의 앞길을 안내하고 돌봐주던 수많은 사람들. 그는 나의 집에서 열흘을 지낸 후 미얀마를 향해 길을 떠났다. 주머니 속의 100달러, 서투른 영어, 빈약한 여행 정보, 모든 게 충분하지 않았지만 나는 이고르가 무사히 히말라야에 도착할 수 있으리라고 확신했다. 여행자가 길을 떠나면 여행의 신이 그의 어깨에 내려앉는다는 것을 나의 지난 경험으로 알고 있기 때문이다.

이고르의 나이는 서른둘이었다. 푸른 영혼의 가난한 여행자. 그러나 마흔이 넘으면 그런 식으로 여행하기가 쉽지 않다. 하룻밤 재워 주거나 자신의 차에 태워 주기는커녕 그 나이 되도록 돈 안 벌고 뭐 했냐는 식으로 눈 흘길 테니까. 그러나 청춘이라면 얘기가 전혀 달라진다. 65억 인류 중 어린 시절 세계여행을 꿈꾸지 않은 사람이 어디 있겠는가? 유년 시절 꿈을 꿨지만 자신이 이루지 못한 꿈을 찾아가는 청춘에게 사람들은 기꺼이 도움을 줄 것이다. 그것이 인류의 마음. 지난 내 여행길에서 만난 그들이 그랬고, 내가 이고르에게 그랬듯이.

길 위에서 인류의 사랑을 맘껏 받을 수 있는 것이야말로 청춘의 특권이다.

3

미국의 문호 마크 트웨인이 아니더라도 유사 이래 수많은 철학자와 현자들은 이 세계의 청춘들에게 말해 왔다. 안락한 집과 나약함을 벗어던지고 여행을 떠나라고. 낯선 세계를 탐험하고, 꿈꾸고, 발견하라고. 그들이 세상에 조금씩 눈떠 가는 청춘들에게 그토록 여행을 권한 이유는 무엇이었을까?

조셉 캠벨은 《천의 얼굴을 가진 영웅》에서 신화 속 수많은 영웅들이 거쳐 간 길의 유사성을 발견한다. 그것은 크게 세 단계로 나뉜다. 떠남 - 시련 - 귀환. 고대 신화 속 영웅들부터 종교적인 인물에 이르기까지 모든 영웅들은 '자신이 살던 나라나 집를 떠나고, 길에서 시련을 겪고, 마침내 무엇(그것은 삶의 '지혜'일 수도 아름다운 '이성'이나 강력한 '무기'일 수도 있다)을 획득하고 귀환하는 과정'을 겪는다.

왕위를 버리고 집을 떠난 부처가 6년간의 방랑과 고행 끝에 해탈의 지혜에 이르고 마침내 이 세계로 귀환한 것도 그렇고 판타지 문학의 바이블 《반지의 제왕》에서 프로도의 모험도 이 순서를 그대로 따르고 있다.

조셉 캠벨은 '천의 얼굴을 가진 영웅'이라고 불렀지만, 그가 말한 천이란 숫자는 999 다음의 1,000을 뜻하는 것이 아니라 셀 수 없는 얼굴, 즉 모든 얼굴을 뜻한다.

천의 얼굴 중 하나가 그대의 얼굴일 수도 있다. 그대가 집을 떠나, 길 위에서 시련을 겪고, 마침내 귀환한다면. 집 밖으로 발을 내딛는 순간이 그대가 자신의 신화를 만드는 첫걸음이다. 비록 나는 영웅이 아니지만 누가 인정하든 인정하지 않든 내 여행과 삶을 통해 나 자신의 신화를 만들어 가고 있다. 그리고 그 첫걸음은 단 한 번의 여행, 단 한 번의 모험이었다. 이것은 그 여행에 대한 이야기다.

결국 뭇 현자들이 이 세계의 청춘들에게 여행을 권하는 이유란 우리가 인생에서 해야 할 단 한 가지가 있다면, 그것은 스스로 자신의 신화를 만드는 것이기 때문이다.

그대가 아직 푸른 영혼이라면 유럽행 편도 항공 티켓을 사라고 권하고 싶다. 스페인의 산티아고나 이탈리아의 로마나 영국의 그리니치 천문대를 출발, 동쪽으로 거슬러 오는 길. 유럽 - 중동 - 아시아. 고풍스런 도시들과 사막과 히말라야를 지나 중국 산둥반도에서 배를 타고 돌아오는 머나먼 오디세이. 당신은 길 위에서 세계문명의 흐름에 눈을 뜨기도 할 테고, 가톨릭, 이슬람교, 힌두교, 불교의 유적지를 지나며 《화엄경》의 선재처럼 수많은 선지식도 만나게 될 테지. 그리고 스스로 해바라기가 되어 해 뜨는 아침의 나라로 오는 길이 어떤 의미인지 온몸으로 느끼며 꽃이 되리라.

그대, 푸른 영혼이여 길을 떠나라. 하여, 스스로 자신의 신화를 만들어라.

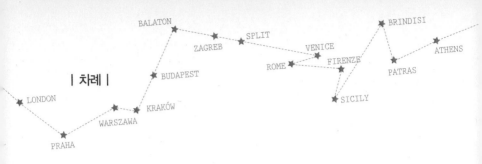

여행한다는 것은 '방랑' 한다는 것이다.
방랑이 아닌 것은 여행이라고 할 수 없다.
여행의 본질은 의무도 없고, 정해진 시간도 없고, 소식도 전하지 않고,
호기심 많은 이웃도 없고, 이렇다 할 목적지도 없는 나그네길이다.
좋은 여행자는 자기가 어디로 갈 것인지 모르고,
훌륭한 여행자는 자기가 어디에서
왔는지조차 모른다.
아니, 자기 이름마저도 모른다.

– 임어당 《생활의 발견》 중에서

내가 신이었다면 나는 청춘을 인생의 마지막에 놓았을 것이다.

- 아나톨 프랑스

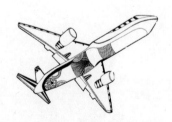

20 Century 엑소더스

1

청춘의 직관력은 마치 궤적 없는 화살과 같다. 연역법이나 귀납법 같은 논리 전개 과정을 거치지 않고도 사물과 세계의 본질에 꽂혀 버린다. 청춘은 세계와 사물에 대한 직관력이 정점에 달하는 시기, 그리고 우리 인생의 화양연화 花樣年華. 아나톨 프랑스 Anatole France는 그래서, 청춘을 인생의 마지막에 놓고 싶어 한 것일까?

한편, 청춘은 세상을 너무 일찍 알아 버린 것만 같아 가장 힘들고 아픈 시절.

그랬다. 세상을 이미 다 알아 버린 (실은 그렇다고 여기는) 스물다섯의 청춘에게 삶이란 그저 해 아래 새로울 것 하나 없는 지상에서 '지리멸렬한 노선' 같은 것에 불과했다. TV, 신문, 잡지와 같은 대중매체는 매일 요란한 뉴스와 담론과 관념들을 쏟아 놓지만 손바닥을 뒤집으면 손금이 보이듯 그 속셈이 빤해 보였다. 마치 범인이 절름발이라는 반전을 알고 보는 영화 〈유주얼 서스펙트〉The Usual Suspects, 1995 처럼. 그래서 새로운 것을 찾아 기웃거렸지만 당최 아무 것도 새롭지 않았다. 삶이라는 여행지에서 모든 것을 다 알아 버린 (실은 그렇다고 여기는) 여행자가 할 수 있는 게 무엇이 있겠는가? 유서遺書를 쓰는 것 외에는.

사직공원 비탈길
벚꽃이 필 때면
나는 아팠다
견디기 위해 도취했다
사춘기 때 수음手淫 직후의
죽어버리고 싶은 죄의식처럼
벚꽃이 추하게
다졌다
나는 나의 생生이 이렇게 될 줄
그때 이미 다 알았다

도서관 열람실에 앉아 〈실천문학〉에 실린 황지우 시인의 〈벚꽃〉을 읽다가 문득 생각해 보니, 아무래도 20대의 자살은 치기로 얼룩져 보였고, 40대의 자살은 왠지 세속적으로 느껴졌다. 나는 생각했다. 서른여섯이 적당하다.

아쿠타가와, 모차르트, 모딜리아니, 바이런, 로트레크, 고흐, 마야콥스키, 랭보. 이들의 공통점은 서른여섯 전후로 죽었거나 자살한 인물. 물론 인류 역사를 돌이켜 보면 훨씬 더 많은 요절夭折들이 줄지어 있겠지만, 아무튼 나도 요절의 대열에 줄서기 위해 책상 앞에 앉아 십 년 후에 사용할 '미래의 유서'를 작성하기로 했다. 다 쓰고 보니, 유사 이래 이보다 더 단순명료한 유서는 없을 듯했다.

유 서

나는 만 36세까지만 살기로 했다. 그래서 지금 자살한다. 다른 이유는 없다.　　　　　　　　　　　　　　　　　　　— R

다음날 해는 떴고, 그리고 해가 졌다. 유서를 써 두었다고 해서 달라지는 건 아무 것도 없었다. 여전히 삶도, 연애도, 여행도 지리멸렬했다. 젠장, 서른여섯이 되려면 아직도 한참이 남았는데 말이다. 아마도 그즈음이었을 것이다. 보들레르Charles-Pierre

Baudelaire의 '어디로라도, 어디로라도, 이 세상 바깥이기만 하다면 어디로라도'와 같은 심정이 잔뜩 고여 있던 내 눈에 '엑소더스' 란 단어가 눈에 들어온 것은.

Exodus – 밖으로 나가다는 뜻에서 이동, 출국, 이주

이 나라가 아닌 저 나라로 출국出國을 하면 뭔가 달라지지 않을까? 알파벳, 로마자, 아랍어 같은 낯선 간판들이 늘어선 거리에 서면 지리멸렬한 이 세계가 새롭게 보일 수도 있지 않을까? 밤마다 정육점 갈고리 같은 물음표들이 내 방 천장에 매달리기 시작했다. 3학년 2학기, 내가 쓴 희곡을 무대에 올리고 나자 대학에서 해볼 건 다해 봤다는 생각도 들었다. 겨울이 시작되고, 마침내 나는 '이곳에서 저곳으로' 떠나기로 결심했다. 우선 엑소더스를 위한 자금을 마련하기 위해 일자리를 찾아다녔다. 운좋게 시 외곽 공단에 위장 취업을 할 수 있었다.

2

A, B, C 삼교대로 돌아가는 전구공장에서 매일 저녁 10시부터 다음날 아침 6시까지 일을 했다. 생산라인을 돌며 불량 전구나 깨진 전구를 모아 재활용 박스에 옮겨 담는 일이었다. 보통은

아무 생각 없이 공장을 오갔고, 어떤 날은 '하루 수천 개의 전구를 밝히는 이 공장 노동자들은 언제쯤 자신의 삶을 밝힐 수 있을 텐가?' 하는 질문에 골똘해지기도 했다. 야간작업은 주간에 비해 150% 임금을 받는 덕분에 매달 150만 원이 통장으로 들어왔다. 근무 시간은 8시간이었지만 요령이 생기자 실제 일하는 시간은 5시간이 되지 않았다. 남은 시간엔 공장 구석에 앉아 이어폰을 귀에 꽂고 레드 제플린Led Zeppelin, 도어즈The Doors, 레이지 어게인스트 머신Rage Against the Machine, 너바나Nirvana, 데이비드 보위David Bowie, 라디오 헤드Radiohead를 듣거나, 학교 도서관에서 대출한 책을 닥치는 대로 읽었다. 허연, 이문재, 기형도, 최윤, 윤대녕, 김훈, 장정일, 하일지, 루이 알튀세르, 게오르크 루카치, 밀란 쿤데라, 호르헤 루이스 보르헤스, 무라카미 하루키, 가브리엘 가르시아 마르케스.

음악을 듣고 책을 읽는 사이 겨울나무에서 봄나무로, 목련 피고 벚꽃 지고, 태풍이 북상하고 장마가 시작되었고, 마르케스의 《백 년 동안의 고독》(1982년 노벨문학상 작)의 결말, 그러니까 아우렐리아노가 양피지의 예언을 해독하는 방이 회오리에 휩싸이는 페이지에 도달했을 때, 내 통장에는 자취 생활비를 쓰고도 600만 원이 남아 있었다.

엑소더스를 할 땅으로 우선 영미권 국가 중 한 곳을 고르기로 했다. 그나마 조금 아는 외국어가 영어였으니까. 가장 먼저 미국과 캐나다가 지워지고, 물가가 비교적 싸다는 이유로 호주로 기울기도 했지만, 언제든 주변 유럽국으로 이동할 수 있다는 이점 때문에 영국을 선택했다. '신사의 나라'인 동시에 '펑크'가 탄생한 나라. 이제 나라는 정해졌고 도시를 선택할 차례. 제임스 조이스의 '더블린'도 가고 싶고, 프린지 페스티벌이 열리는 스코틀랜드의 '에딘버러'도 흥미진진해 보였고, 비틀스가 활동하던 '리버풀'도 구미가 당겼고, 영국 남부 해변 도시 '브리튼'도 마음에 들었지만, 뉴턴의 사과가 떨어지듯 머리를 때리는 장소가 있었다.

그리니치 천문대 Greenwich observatory – 세계 시간의 기준 경도 0도

그래, 런던으로 가자! 한번 결정을 내리자 모든 일은 일사천리로 진행되었다. 여권을 만들고, 칼리지 입학허가서를 받고, 런던행 비행기 티켓을 사고, 작별인사를 나누고. 영국에 왜 가느냐는 질문에 부모님께는 '어학연수'를 간다고 대답했고, 대학 친구들에겐 '바깥 세상 구경'하러 간다고 대답했고, 밴드 동료들에겐 '정통 펑크 록'을 배우러 간다고 대답했다. 실은, 그저 이 땅을 떠나고 싶었을 뿐이다.

그 해 여름, 나를 태운 인천발 런던행 KLM 여객기가 한반도 상공 위로 둥실 떠올랐다. 1903년 라이트 형제가 발명한 비행기가 내 삶에 끼어드는 데는 거의 한 세기가 걸린 셈이었다. 그렇게 나는 내 생애 처음 한반도의 테두리를, 아시아라는 공간을 벗어났다.

인간의 수명이 백 년이라면, 우리는 백 년 동안 '한국' 혹은 '지구'의 가치관 속에서 살아간다. 가치관은 '시간'에 따라, 공간에 따라 변하는 것. 우리가 살고 있는 '백 년 동안, 이 땅'의 가치관은 만고불변의 절대적 기준이 못 된다. 나는 궁금했다. 내가 만약 '천 년 동안, 지구 너머'의 가치관을 갖고 있어도 '백 년 동안, 이 땅'의 가치관을 따르며 살아가야 할까? 단 한 번의 유한한 삶을 지나며 그런 '틀 속의 삶'을 살아갈 필요가 있을까? 그런 질문들이 비행기 창문 밖으로 내려다보이는 뭉게구름처럼 뭉게뭉게 피어올랐다. 강렬한 햇살에 반사된 흰 구름, 눈이 부셨다. 등받이에 기대 슬며시 눈을 감았다.

혼자서, 아무 것도 가진 것 없이 낯선 도시에 도착하는 공상을 나는 몇 번씩이나 해 보았다.
그리하여 나는 겸허하게, 아니 남루하게 살아 보았으면 싶었다.

– 장 그르니에의 《섬》 중에서

알파벳 땅에서의 삶

1

알베르 카뮈 Albert Camu (프랑스 소설가)의 스승이자 뛰어난 문장가였던 장 그르니에 Jean Grenier (프랑스 소설가 · 철학자)가 소망했던 그대로, 나 역시 그랬다. 아무 것도 가진 게 없을 지라도 나를 알아보는 사람이 없는 곳에서 혼자 살아 보았으면 했다. 그렇게 해서라도 과거의 묵은 '관계'와 '습관'에서 벗어나 세계에 대한 새로운 '눈'과 '자세'를 가지고 싶었다. 우리들이 이곳에서 저곳으로 여행을 떠나는 숱한 이유들 중 하나는 한 번의 생에서 여러 개의 삶을 경험하고 싶은 소망 때문이 아닐까? 새로운 곳에서 새로운 사람들을 만나면 거푸집처럼 굳어진 기존의 인간관계가 나에게 기대하는 틀에서 벗어나 순간에 실존하는 나로서 있는 그대로 행동하고, 그로 인해 진정한 나를 발견할 수 있지 않을까?

2

영국에 도착한 후 처음 둥지를 튼 곳은 런던 북부의 하이게이트Highgate였다. 편의점 앞 노숙자에게 커피를 건네는 사람들, 맨발로 인도를 걷는 사람들, 가죽점퍼나 파카를 입고 다니는 흑인들, 웃통을 벗고도 땀 흘리는 백인들이 뒤섞인 거리. 그리고 집안에선 올 누드로 돌아다니는 북유럽 여학생들까지.

풍요롭고 여유로운 동네라 여러 모로 마음에 들었지만, 학비와 방값이 비쌌다. 서울로 치자면 강남이었던 셈이다.

하이게이트에서 한 달을 지낸 후 나는 학비가 싼 칼리지로 옮기고, 저렴한 월세 방을 찾아 템스 강 남쪽으로 이사했다. 더 베뉴The Venue라는 콘서트홀과 예술학부로 유명한 골드스미스대학Goldsmith College이 있고, 길거리에서 펑크족과 히피들을 만날 수 있는 곳. 집주인은 찰스 디킨스Charles Dickens의 《위대한 유산》의 주인공과 이름이 같지만 성별은 다른 영국인 핍. 세인트자일스대학St. Giles College의 영어교사였던 그녀는 자유분방하고 이해심 많은 동거인이기도 했다. (한번은 초대한 손님이 한국에선 정말 개를 먹느냐고 물은 적이 있다. 그때 핍이 나서서 대답을 했다. "Why not? 나는 채식주의자라 고기를 안 먹어요. 그러나 개를 먹는 게 소, 돼지, 닭을 먹는 것과 다르다고 여기지 않아요. 다른 동물은 인성人性이 없다고 여기면서 개는 인성이 있기라도 한 것처럼 여기는 태도야말로 웃긴 거죠.") 동네 이름은 나의 현재 이메일 아이디이기도 한 뉴크로스New Cross. 그리니치 천문대와도 가까웠고, 무엇보다 그 이름이 좋았다.

크로스Cross: 1. 십자가 2. 혼합 3. 교차로

크로스에 '새롭다' 라는 수식어가 붙은 뉴크로스New Cross는 곧 새로운 십자가, 새로운 혼합, 새로운 교차로를 의미했다. 푸른 스물을 보내는 동안 나의 십자가는, 박범신 작가가 목매달아도 좋다고 표현한 문학이었다. 그러나 젊어지고 있을 때는 몰랐지만, 먼 타국에서 내려놓고 보니 한국에서 '문학' 이란 지나칠 정도로 어둡고 축축한 십자가였고, 나는 '작가' 라고 불리는 음울한 거미들이 꽁무니로 뽑아 놓은 거미줄에 두 팔 벌리고 매달린 '문청文靑' 이었다. 뉴크로스에서 나는 십자가를 내려놓고, 새로운 교차로에 섰다. 사방으로 길은 열려 있었다.

매주 〈타임아웃〉Timeout을 사 보며 런던의 프린지 소극장에서 올리는 연극을 보러 다니고, 오래된 영화들 〈베티블루 37.2°〉 Betty Blue, 1986, 〈네이키드 런치〉Naked Lunch, 1991, 〈프라하의 봄〉The Unbearable Lightness of Being, 1988, 〈아비정전〉阿飛正傳, 1990을 대형 스크린으로 다시 보고, 영국인들이 해가 지지 않던 시절 전 세계에서 훔쳐 온 유물이나 미라를 대영미술관에서 만나고, 테이트갤러리에서 '보티 첼리전'을 관람하고, 〈나쁜 피〉Bad Blood, 1986의 줄리엣 비노쉬가 주연을 맡은 연극을 보고, 뮤지컬 〈레 미제라블〉을 보며 런던 브로드웨이의 스케일에 깜짝 놀라는 사이, 한국에서 가져온 돈이 바닥을 보이기 시작했다. 그 무렵 핍은 나에게 집 관리를 맡기고 그리스로 떠났다. 방 2칸을 모두 유학생들에게 내놓고 나는 거실의 소파에서 잠을 자는 등 돈을 최대한 아끼려고 했지만 아낀다고 될 일이 아니었다.

뉴크로스 인근의 루이샴 잡 센터 Lewisham Job Center**를 찾아갔다.**

런던 체류비와 학비를 부모님으로부터 받아 가며 지낼 형편도 아니니 아르바이트를 할 만한 영어 실력이 갖춰질 때까지 기다릴 여유 따윈 없었다. 웨이터, 빌딩 청소부, 슈퍼마켓 안전요원, 유모 등 다양한 일자리가 붙어 있는 게시판에서 쪽지 하나가 눈에 들어왔다. '시티크루즈 선원 구함.' 선원이라, 멋지다! 재학 증명서와 보증인 서명이 첨부된 신원보증서를 가지고 면접을 보러 갔다. 집에서 자전거로 30분 거리에 있는 그리니치 인근 유람선 선착장이었다. 몸도 얼굴도 둥글둥글하게 생긴 인사담당자가 용모와 어울리지 않게 꼼꼼하고 신경질적으로 서류를 확인한 뒤 의심스러운 눈초리로 질문을 던져 댔다. 더듬거리며 대답을 하긴 했지만 묻는 질문에 맞는 대답을 하고 있는지 나조차도 의심스러웠다. 문을 닫고 나오는 순간, 떨어질 게 확실하다는 느낌이었다. 아무래도 다른 일자리를 찾아봐야겠구나. 며칠 기다려 봤지만 예감대로 연락이 없었다. 결국 루이샴 잡 센터를 다시 찾아가려던 날, 현관을 나서려는데 전화벨이 울렸다.

– 이번 주 토요일부터 출근할 수 있어요? 좋아요, 그럼 아침 8시까지 선착장으로 오세요.

3

아침 7시 반 자전거를 타고 집을 나선다. 이어폰을 귀에 꽂고 페달을 밟는다. 선착장까지 가려면 히피Hippie들이 모여 사는 아파트와 초록빛 공원을 지나가야 한다. 잔디가 곱게 깔린 야외 축구장을 지나 숲 사이 오솔길을 달리는 동안 비틀스The Beatles가 귓가에서 쟁쟁거린다. …올 유 니드 이즈 러브, 올 유 니드 이즈

러브, 올 유 니드 이즈 러브, 러브, 러브 이즈 올 유 니드… 오솔
길에서 광장으로 나서며 핸들에서 손을 떼고 두 팔 활짝 벌린 채
광장 한가운데를 쏜살같이 지나간다. 비둘기 떼가 날아오른다,
마치 영화처럼.

선착장에서 한 일은 런치 크루즈 예약 손님을 맞기 위한 테이
블 세팅을 하고, 야간 운행에서 돌아온 유람선 갑판을 닦는 일이
었다. 런던의 대학생들은 신입생 환영회 같은 파티를 템스 강을
오가는 배를 빌려서 열곤 했다. 1층은 퍼브pub, 2층은 라이브 스
테이지. 장소가 배라는 것뿐 우리나라 대학의 뒤풀이랑 별반 다
르지 않다. 마신 술과 먹은 안주가 식도를 거슬러 오를 땐 템스
강에 그대로 욱! 영국 록밴드 섹스 피스톨즈 Sex Pistols 를 다룬 〈시
드와 낸시〉Sid & Nancy, 1986 라는 영화에 나오던 그런 선박에서 밤새
술 마시고, 마리화나를 피우며 난장판을 벌이는 것이다.

FM라디오에서 나오는 재즈를 들으며 갑판을 닦다가 목이 마
르면 1파인트(500cc 가량) 글라스에 맥주를 따라 마시곤 했다. 작
업 중이라도 생맥주 한두 잔 마시는 건 아무도 뭐라 하지 않았
다. 취미가 역사책 읽기라는 선장 캐빈은 가끔 낮술에 취해 한글
을 만든 사람은 '킹 세종'이고, 임진왜란 때 거북선을 만든 사람
은 '제너럴 리'라며 주절주절 맞는 소리를 늘어놓았고, 머리가

하얗게 센 노선장 해리는 내가 청탁을 한 것도 아닌데 시간당 임금을 받는 내 근무시간을 하루 1~2시간씩 늘려서 기록하곤 했다. 맡은 업무가 뭔지 알 수 없는 중년의 톰은 선착장을 돌아다니며 다른 직원들을 도와주곤 했는데, 늘 짓궂은 농담을 던져 댔다. 헤이 R, 너 지금 화장실에서 수음하고 나오는 거지?

– 이봐 톰, 내가 넌 줄 알아?

평범한 면티에 청바지 차림으로 자전거를 타고 출퇴근하는 톰이 내가 일하던 유람선 회사의 사장이라는 것을 안 것은 일한 지 6개월이 지나고 나서였다. 노사협의회가 있던 날, 양복을 입고 출근한 톰. 톰, 네가 이 회사 사장이었어?

– 아니, 그냥 잡부야! 하하하! 뭘 도와드릴까요? 보스 R!

점심시간 무렵이면 선내 레스토랑 요리사 토니가 다가와 귓속말을 했다. R, 이제 점심 먹고 학교 가야지. 아래층으로 살짝 내려와. 유람선 직원들에게 선상 레스토랑의 요리를 제공하는 건 금지되었지만 토니는 늘 '오늘의 요리'를 만든 후 남몰래 차려주었다.

– 이건 무슨 고기야?

– 양고기 스테이크. 맛이 어때?

– 아주 맛있는걸!

– 천천히 먹고 등교해.

다들 이상할 정도로 친절하고 다정했다. 나만 모르고 전 직원이 동성애자이기라도 했던 것일까? 매일 토니가 차려 주는 점심 식사를 하고 회사 유람선을 타고 템스 강의 풍경을 감상하며 학교로 갔다. 런던의 랜드마크 타워브릿지Tower Bridge와 워털루 다리Waterloo Bridge를 지나 웨스트민스터Westminster 선착장에 도착하면 관광객들은 유람선에 올라타고, 나는 내렸다. 열심히 공부해! 내일 봐요, 해리! 걸어서 트라팔가 광장Trafalgar Square, 피카딜리 서커스, 리젠트 스트리트를 지나면 옥스퍼드 스트리트에 학교가 있었다.

매일 오전 선착장에서 4~5시간 일하고, 오후엔 학교에서 수업을 듣고, 저녁엔 전 세계에서 온 친구들과 어울려 퍼브나 클럽에서 술 마시고 음악을 듣고 공연을 봤다. 24시간을 4등분해서 일하고, 배우고, 놀고, 자는 생활은 정말 이상적인 삶이었다. 적당한 '노동'과 '공부'와 '놀이'가 채워진 낮과 한밤의 '숙면'. 아침에 눈뜨면 나는 늘 감탄했다.

- 왓 어 원더풀 월드! 어쩜 세상이 이렇게 아름다운 거야!

일하고 공부하고 놀고 감탄하는 사이 알파벳 땅에서의 삶도 1년이 훌쩍 지나갔다. 그 무렵, 나는 모든 순간순간과 풍경들이 어린아이가 세상을 바라보듯 경이로웠다. 들꽃 한 송이, 구름 한 점까지. 지리멸렬한 고국으로 돌아오지 않으리라, 다짐하고 엑소더스를 강행했지만 더 이상 그런 다짐을 붙들고 있을 필요가 없었다. 세계를 새롭게 보고, 느끼고, 생각하는 어린애가 되었으니까. 이젠 고국으로 돌아가자.

2년째 휴학을 하고 있었으므로 더 이상 복학을 미루다간 학업을 잇기 어려울 듯했다. 물론 대학을 졸업한다는 게 그렇게 중요하다고 생각되진 않았지만 친구 마이클의 설득에 고개를 끄덕일 수밖에 없었다. R, 대학에서 남은 공부를 끝내고 다시 돌아와도 되잖아. 공부란 시기를 놓치면 나중에 다시 시작하기가 쉽지 않아.

그러나 비행기를 타고 돌아가고 싶진 않았다.

공항 검색대를 지난다. 게이트를 찾아가 비행기를 탄다. 좌석에 앉는다. 기내식을 먹고 화장실을 오가고 14시간 후 착륙.

WELCOME TO KOREA! 너무 싱거웠다. 유럽에서 아시아 사이, 내가 가보지 않은 수많은 나라와 도시와 풍경들, 그 길들을 밟아 보지도 못한 채 귀국한다면 이 먼 곳까지 온 게 너무 아깝지 않은가? 영국에서 유럽 내륙으로 건너간 뒤, 바다를 만나면 바다를 건너고, 산을 만나면 산을 넘고, 길을 더듬어 가며 유라시아 대륙을 횡단해서 귀국할 수도 있지 않을까?

시간은 얼마가 걸려도 좋아!

산다는 게임에서 가장 큰 판돈인 삶 자체가 걸려 있지 않다면 삶의 흥미는 줄어든다.

– 지그문트 프로이트

해 뜨는 동쪽 나라로 가는 해바라기

1

– 근데 그 먼 거리를 여행할 돈은 있어?

영국에서 한국까지 육로와 수로를 이용해 돌아가고 싶다는 내 이야기를 듣고 마이클이 물었다. 7월이었고, 스피커에선 마이클이 작곡한 테크노 음악이 쿵쿵거리고 있었다.

그러고 보니 질문에 대한 내 대답을 말하기 전에 마이클에 대해 먼저 소개해야겠다. 영국에서 지내는 동안 가장 친한 벗이던 마이클 톰슨. 그를 처음 만난 곳은 동네 슈퍼마켓의 잡지 코너였다. 프렌치프라이용 감자와 6개들이 맥주 캔 박스가 든 카트를 옆에 세워 두고 손에 잡히는 대로 잡지를 뒤적이고 있을 때, 아마도 그날은 음악 잡지였던 모양이다.

– 헤이, 이 동네 사니?

고개를 돌리니 덴절 워싱턴 Denzel Washington(미국 영화배우)처럼 따뜻한 눈빛에 밥 말리 Bob Marley(레게 음악의 대표적인 뮤지션)처럼 드레드 락 Dread Rook 헤어스타일을 한 흑인이 미소를 짓고 있었다.

– 응, 저닝햄 로드에 살아.
– 음악 좋아해?
– 음… 그냥 좀…. 근데 넌?
– 음악을 만드는 게 내 취미야.
– 작곡가니?
– 작곡가라고 하긴 좀 그렇고. 딜레탕트 Dilettante(즐기는 사람이
  라는 뜻)지.

자메이카에서 온 아버지와 아프리카계 영국인 어머니 사이에서 태어난 마이클은 어렸을 땐 무척 사고뭉치였다고 한다. 잭슨파이브 시절의 마이클 잭슨 Michael Jackson처럼 머리통을 부풀리고 돌아다니며 춤추는 걸 좋아했고, 그래서 직업 댄서가 되었다. 전

세계를 돌아다니며 춤을 췄다. 패션쇼, 런칭쇼 등 각종 이벤트를 따라다니며. 춤을 좋아하다 보니 음악에도 끌렸다. 나이가 들면서 댄서를 접고 클럽 DJ가 되었다. 처음엔 재즈클럽 DJ를 했고 나중엔 테크노클럽 DJ로 옮겨 갔다. 스스로 음악을 만들기 시작했다. 마약, 섹스, 동거, 심지어 같은 시기에 세 여자를 사귀기도 했다. 문란한 사생활이 극에 달했을 때 영국 여자 니키를 만났다. 우연한 계기로 함께 성경을 읽게 된 두 사람은 방탕한 과거를 청산하고 결혼했고, 늦은 나이에 대학에 들어가 공부하기로 했다. 그때 마이클의 나이가 서른. 재학 중 아이가 생겼다. 영국 시인, 딜런 토머스Dylan Thomas의 이름을 따 딜런 톰슨이라고 지었다. 내가 마이클을 만났을 때, 딜런의 나이는 세 살.

－R, 널 만나기 전 난 매일 저녁 나를 닮은, 나의 과거 같은 친구를 만나게 해달라고 신에게 기도했어. 그 친구에게 당신을 소개해 주고 싶다고. 근데 너를 만나 얘기를 나누면 나눌수록, 우린 닮은 점이 정말 많은 것 같아. 신이 내 기도를 들어주기라도 한 것처럼 말야. 정말 신기하단 말이야.

영화 〈베로니카의 이중생활〉The Dobble Life of Verronika, 1991의 '베로니카'와 '베로니크'가 쌍둥이처럼 닮은 것과 달리 나와 마이클은 피부 색깔이며 이목구비며 닮은 데라곤 하나도 없었다. 그러나 나 역시 마이클을 마주 보고 이야기를 나눌 때면 늘 거울을 보고 있는 것 같은 착각에 빠지곤 했다. 누구 한 사람만의 착각이 아니었던 모양이다. 아무튼 그래서였을까? 어느 날 마이클 집에 찾아가 빌려 갈 음악 CD를 고르는데 마이클이 책 한 권을 내밀었다.

- R, 성경책 한번 읽어 보지 않을래?
- 마이클, 왜 내게 성경을 읽어 보라고 하는 거야?
- 성경을 읽게 되면 무엇이 옳고 그른지 알 수 있게 되니까.

마이클의 대답을 듣는 순간 '창세기'가 떠올랐다. 비록 성경을 제대로 읽은 적이 한 번도 없지만 그 정도는 상식으로 알고 있었다. 아담과 이브가 선악과善惡果를 먹고 난 후 분별심을 갖게 되었다는 이야기 말이다.

- 마이클, 성경이 옳고 그름을 알게 해준다면 이 '성경'이야 말로 '선악과'로군. 넌 지금 나에게 '선악과'를 먹으라고 유혹하는 '뱀'이고.

하하하. 마이클이 정신없이 웃음을 터뜨렸다. 너처럼 얘기하는 사람은 처음 봤어. 성경이 선악과고 성경을 권하는 내가 뱀이라니, 하하하.

　- 근데 R, 네가 만약 달나라에 갔는데 달 표면을 걷다가 바닥에서 이 손목시계를 발견했다면 너는 이 시계가 어디서 난 거라고 생각하겠니?
　- 아마 달에 갔던 지구인이나 외계인이 달에 왔다가 떨어뜨린 것이라고 여기겠지.
　- 왜 달 표면이 굳으면서 저절로 만들어진 거라고 생각하지 않지?
　- 시계란 건 정교하고, 규칙적으로 움직이고, 아무튼 저절로 생겨날 순 없으니까.
　- 넌 이 시계는 누군가가 만든 것이라고 확신하면서, 왜 시계보다 더 정교한 법칙으로 운행되는 이 우주는 저절로 생겼다고 믿어?

　나는 할 말을 잃어버리고 말았다. 물론 우주와 손목시계는 다른 것이라고, 반박할 말이 전혀 없던 것은 아니지만 이성과 논리 저편에 있는 무언가가 갑작스레 뒤통수를 치는 듯했다. 톰 웨이츠Tom Waits CD 몇 장을 빌리고, 딜런에게 키스를 하고 마이클 집을 나서는데 현관문 밖까지 따라 나온 마이클이 성경을 슬며시 내 품에 안기며 윙크를 했다. 굿 바이, 아담! 그래서 나는 성경을 받아 안으며 대꾸했다. 굿 바이, 스네이크!

마이클 집을 나오는데 뭔가 느낌이 이상했다. 집으로 돌아오는 동안, 내 생애 처음으로 눈에 보이지 않는 무언가가 세상을 가득 채우고 있는 듯한 느낌이었다. 공기 같기도 하고 햇살 같기도 한 무언가가 세상에 가득했다. 설명할 수 없지만, 나는 그 순간 신을 느끼고 있었던 것 같다. 아니, 신이 아니래도 상관없다. 이 세계에는 논리, 이성, 물질 너머에 무언가가 존재하고 그것이 이 세계를 가득 채우고 있는 듯했다. 지상은 공기가, 바다는 물이 채우고 있듯이 이 우주를 가득 채우고 있는 그 무엇이 있다. 내가 그날 일을 시시콜콜 하는 이유는 그 후 나의 여정이 신이 존재하지 않았더라면 불가능한 여행이었기 때문이다.

마이클에 대한 소개는 이쯤에서 접고, 그의 질문에 대한 나의 대답을 말해야겠다.

– 아니, 돈은 충분하지 않아. 아마도 많이 부족할 거야.

그 무렵 나이지리아에서 유학 온 대학생 베스트의 서민아파트에 세 들어 살던 내가 유라시아 대륙횡단 여행을 무사히 마칠 수 있는 돈이 있을 리 없었다. 나는 부족한 여행 경비를 마련하기 위해 고국의 친구들에게 꽃을 팔 작정이라고 했다.

　－꽃이라고?
　－응. 영국에서 꽃을 가져갈 테니, 각자 성의껏 내 계좌로 꽃
값을 부치라고 할 거야.
　－여기서 한국까지 꽃을 어떻게 갖고 가? 게다가 도중에 다 시
들 텐데?

마이클이 미심쩍은 듯 고개를 갸웃거렸다. 나는 대답했다.

　－내가 가져갈 꽃은 생화이긴 하지만 절대 시들지 않아.
　－세상에 그런 꽃이 어디 있어?

그 꽃은 바로 나 자신이었다. 나는 해 뜨는 나라, 고국을 향해
동쪽으로, 동쪽으로 나아갈 것이다. 말하자면 나는 지구 시간의
기준이 되는 그리니치 천문대에서 해 뜨는 나라를 향해 가는 해
바라기Sunflower가 되는 셈이었다.

　－무사히 귀국해서 친구들을 만나면 이렇게 얘기해 줄 거야.
내가 곧 꽃이야, 해바라기. 그리곤 힘껏 안아 주는 거지!

말은 그렇게 했지만 그대로 실행하진 않았다. 충분하진 않더라도 유람선에서 일하며 저축한 돈이면 어떤 식으로든 한국까지 갈 수 있으리라 확신했다. 물론 경유하게 될 나라의 물가도 알지 못했고, 경유국의 여행안내서도 읽어 본 적이 없다. 그럼에도 불구하고 어떤 근거로 확신했냐고? 케 세라 세라^{Que Sera Sera}, 그건 푸른 스물을 버티게 한 나의 주문이었다. 사람들은 그 문장을 '될 대로 되라'고 해석하지만 나는 늘 그 문장을 '다 된다, 다 돼!'라는 의미로 외쳤다. 케 세라 세라!

유럽을 둘러본 뒤 이스탄불을 통해 아시아로 들어간다는 계획을 세웠다. 워낙 단순해서 계획이랄 것도 없었다. 최종 목적지는 인천항. 출발지와 목적지만 정해지면 중간 경로야 가다 보면 이어지겠지. 유럽에서 이동은 인터레일패스^{Interrailpass}(유럽인들을 위해 일정 기간 일정 지역에서 마음대로 국유철도를 이용할 수 있도록 한 기간제 승차권)를 이용하기로 했다. 유럽 국적을 가지고 있지 않지만 영국에서 1년 넘게 체류한 덕분에 유레일패스보다 저렴한 인터레일패스를 살 수 있었다. 서점에 가서 한 장짜리 세계지도를 샀다. 그것이 영국에서 '해 뜨는 나라' 한국에 이르는 유라시아 대륙횡단 여행의 시작이었다.

숙박업소도, 음식점도, 교통수단에 대한 자세한 정보도 없었지만 길을 떠나며 걱정하진 않았다. 푸른 영혼에게 지구는 그다지 크게 느껴지지 않았고, 세계지도 위의 나라와 나라, 도시와 도시가 이웃 마을처럼 가까워 보였으니까. 지구 반 바퀴를 도는 데 그렇게 많은 준비와 무거운 안내서가 필요할 것 같지는 않았다. 길을 모르면 물어 보면 되고, 숙소를 구하지 못하면 길에서 자면 될 테니까. 무엇보다 낯선 곳에서 무슨 일이 생기더라도 잃을 것도 없다는 생각이었다.

산다는 건 어차피 태어난 그 자체로 손해 볼 게 하나도 없는, 삶이 아닌가.

'하고 싶지 않은 일'을 하면서 삶을 연명하는 것보다 자신이 진정 '하고 싶은 것'을 하다가 죽는 게 나아 보였다. 설령 막다른 길의 끝에 무엇이 기다리고 있든 두렵지 않았다. 위험이든, 고난이든, 운명이든 닥치는 대로 부딪쳐 보고 싶었다. 그때 난 우주를 질주하고 싶은 푸른 영혼이었으니까.

런던을 떠나기 하루 전, 영국 도착 후 처음 살던 동네 하이게

이트로 갔다. 홈스테이를 하던 집에 들러 작별인사를 했다. 이발사 출신 할아버지는 내 머리카락이 많이 길었다며 머리를 손질해 주겠다고 했다. 이발비를 아끼기 위해 앞머리만 잘라 온 터라 뒷머리는 어깨까지 내려와 있었다. 고마웠지만 갈 길이 바빠 사양을 하고, 나는 하이게이트 묘지로 갔다. 묘지에서 만나기로 한 사내가 있었다. 카를 마르크스 Karl Heinrich Marx.

철학자들은 단지 세계를 여러 가지 방식으로 해석해 왔을 뿐이다. 그러나 중요한 것은 그 세계를 변혁시키는 것이다.
The philosophers have only interpreted the world in various ways. The point however is to change it.

집으로 돌아와 자전거를 타고 그리니치 천문대로 갔다. 어느새 해가 저물고 있었다. 출근길에 늘 오가던 길이지만 이제 영국에서도 마지막 밤이라고 생각하니 가슴이 뭉클했다. 나는 자전거에서 내려 잔디가 깔린 공원을 지나 천문대 마당으로 올라갔다. 지구를 가로지르는 본초자오선이 지나가고 있었다. 세계 시간의 기준이 되는 경도 0도 선 위에 두 발을 내려놓은 뒤 동쪽으로 첫걸음을 떼며 조용히 속삭였다.

자, 이제 출발이다!

청년은 행복하다. 왜냐하면 그는 아름다움을 볼 줄 알기 때문이다. 그러므로 아름다움을 볼 줄 아는 사람은 절대로 늙지 않는다.

– 프란츠 카프카

관심이 있어야 보인다

1

성옥(문소리): 아는 만큼 보인답니다.

문경(김상경): 몰라야 더 잘 보이던데….

홍상수 감독은 영화〈하하하〉(2009)에서 유홍준의 책《나의 문화유산 답사기》를 통해 널리 회자되어 이젠 만고불변의 진리처럼 굳어진 '아는 만큼 보인다'는 인식에 딴지를 건다. '아는 만큼 보인다 VS. 몰라야 더 잘 보인다'로 파생된 상황이 다양하게 변주되면서 러닝타임 1시간 55분을 가득 채우는 이 영화. 진정 안다는 것은 무엇이고, 자신의 눈이 아닌 관습의 눈(지식)으로 세상과 사물을 바라보는 게 우리 삶(여행)에서 어떤 의미가 있을까? 여행을 떠나기 전 늘 이 질문과 부딪혔다. 미리 여행지에 대한 정보를 속속들이 알아 둬야 잘 볼 수 있을까, 아니면 전혀 모르는 채 떠나 무작정 부딪히는 게 잘 볼 수 있을까?

우선, 관습적 '표현'과 '인식'에 수긍하며 세상을 여행하고 사물을 보는 것은 아무 곳에도 가지 않고, 아무 것도 보지 않느니만 못하다. 그리고 글을 써야 하든가, '지식'을 축적하는 게 목적이라면 '아는 만큼 보인다'에 기우는 게 낫다. 그러나 '여행' 그 자체가 목적이라면 '몰라야 더 잘 보인다'는 쪽에 무게를 두고 싶은 게 지난 여행들을 통해 도달한 결론이다. 아는 만큼 보이는 건 사실이지만, 알고 보면 자꾸 배운 지식의 '틀'에서 대상을 찾고, 배운 지식의 '틀'과 대상을 맞춰 보는 데 시간과 에너지를 소모하게 된다. 결국 '나의 심금'을 울리는 '푼크툼 Punctum'(나에게만 콕 박히는 강렬한 감흥)이나 '샛길'을 발견할 기회를 놓쳐 버리는 것이다.

이순신(김영호): 너 눈 있지? 그 눈으로 보아라. 그러면 힘이 저절로 날 것이다. 남의 생각으로 보지 말고 네 눈을 믿고 네 눈으로 보아라.

2

지금껏 네가 여행한 나라, 도시, 장소들 중 가장 아름다운 곳이 어디냐, 는 질문에 친구들의 대답은 한결같았다. 체코 프라하! 그땐 그랬다. 배낭여행 하면 유럽을 떠올렸고, 여행사에서 홍보하는 유럽 배낭여행 코스 중 프라하는 늘 빠지지 않는 '핫 메뉴'였다.

한국 사람이 된장찌개, 불고기, 감자전, 갈치구이 등 열두 첩 상차림을 받아도 '밥'을 먹지 않으면 '밥' 먹은 게 아닌 것처럼, 프라하는 유럽 배낭여행이라는 밥상에서 가장 중요한 '밥'이었다. 무엇보다 프라하는 도시 건축학적으로 아름다운 천년고도이기도 하지만 문화사적으로도 프란츠 카프카^{Franz Kafka}(실존주의 문학의 선구자)의 《성》城의 모티브가 된 성이 있고, 밀란 쿤데라 Milan Kundera(체코 소설가·시인)의 소설 《참을 수 없는 존재의 가벼움》의 배경이 된 도시이며, 게다가 라이너 마리아 릴케^{Rainer Maria Rilke}의 고향이기도 하다. 런던발 유라시아 대륙횡단 여행의 첫 번째 경유지로서 나무랄 데 없는 선택이었다.

런던의 아침, 정장을 차려입은 직장인들이 테이크아웃 커피를 손에 들고 출근을 하거나 교복을 입은 학생들이 가방을 메고 등

교하는 시간, 나는 배낭을 메고 복잡하게 뒤엉킨 언더그라운드를 지나 히드로 공항에 갔다. 평소 같으면 템스 강에서 각종 알코올로 범벅이 된 유람선 갑판을 닦고 있을 시간이었다.

– 여행 떠나기 참 좋은 날씨구나!

스코틀랜드와 아일랜드를 둘러보지 못한 채 영국을 떠나는 게 아쉽긴 했다. 그러나 내 여정과는 반대 방향이니 어쩔 수 없는 노릇이었다. 요리사 토니가 영국 국도에서 엄지손가락을 흔들어 대면 장거리 화물트럭을 타고 에든버러까지 갈 수 있다고 했지만, 카라코람 하이웨이Karakoram Highway가 폭설로 폐쇄되기 전에 파키스탄 – 중국 간 국경을 통과해야 된다는 이야기를 마이클에게서 들은 터라 영국에서 시간을 지체할 수 없었다.

프라하행 체코 여객기에 올랐다. 자리를 잡고 둘러보니 누가 봐도 아줌마임에 틀림없는 여자들이 스튜어디스 제복을 입고 승객들을 좌석으로 안내하거나 짐 가방을 정리하고 있었다. 스튜어디스 하면 미스 유니버스 선발대회에 나가던 여대생들이 졸업하면서 들어가는 직장? 뭐, 그 정도로 알고 있던 터라 조금 당황스러웠다. 심지어 〈개구쟁이 스머프〉의 가가멜을 쏙 빼닮은 스튜어디스가 "뭐 마실래?" 하고 물어봤을 땐 정신이 혼미해지기까지 했지만 다행히 "스머프 수프 한 그릇 주세요!"라고 대답하진 않았다. 정신이 완전히 나가진 않은 모양이었다. 런던을 출발한 비행기는 도버해협을 건너고 유럽의 상공을 지나 2시간 후 프라하 공항에 사뿐히 내려앉았다. 출입구 앞에서 가가멜을 닮은 스튜어디스가 인사를 건넸다. 해브 어 나이스 데이!

3

프라하 구시가. 모든 행인들이 고개를 쳐들고 서 있거나 카메라 뷰파인더에 눈을 갖다 대고 서 있었다. 〈인디펜던스 데이〉 Independence Day, 1995나 〈V〉 같은 할리우드 SF영화나 드라마에서 늘 보던 풍경. 프라하 상공에 UFO가 나타난 것일까? 시선의 방향을 따라가 보니 고풍스런 장식과 아름다운 빛깔의 미확인비행물체 아니, 시계가 있었다. 째깍, 째깍, 땡. 정각이 되자 해골인형이 줄을 당기고, 문이 열리고, 예수의 열두 제자가 출연하고, 황금 닭이 울었다. 20초간의 짤막한 쇼. 사진으로만 보던 프라하 구시청사의 천문시계Astronomical Clock였다.

시계는 상하 두 개로 이뤄져 있었다. 천동설에 따른 해와 달과 천체의 움직임을 묘사한 상단 시계(칼렌다륨)과 보헤미아 지방의 12절기를 묘사한 하단 시계(플라네타륨). 모든 관광객이 정각에 벌어지는 짤막한 쇼를 보기 위해 운이 나쁘면 50여 분을 기다리기도 한단다. 단체 관광객을 인솔해 온 관광가이드가 해골인형은 '죽음'을, 거울 보는 인형은 '허영', 돈자루 쥔 인형은 '탐욕', 악기를 연주하는 인형은 '번뇌'를 뜻한다고 말하자 관광객들이 고개를 끄덕였다. 하나의 대상을 한 가지 상징으로만 받아들이는 진풍경. 이런 일방통행식 상징들이 개개인의 삶에 어떤 의미를 줄까?

15세기 체코 민족운동의 지도자이자 종교개혁가였던 얀 후스 Jan Hus 동상 아래엔 전 세계에서 몰려온 젊은이들로 가득했다. 한 젊은이가 가방에서 기타를 꺼내 연주하기 시작했다. 체코 젊은이나 거리의 악사는 아닌 것 같았다. 기타를 메고 전 세계를 여행하는 젊은이. 멋지다! 나도 기타를 메고 여행을 하고 싶다는 생각이 들었지만 무리일 듯했다. 내 몸통만 한 배낭에 기타까지 메고서 유럽에서 인천항까지 간다? 호주머니에 쏙 들어가는 하모니카나 오카리나라면 몰라도. 청년은 소리 높여 노래를 부르진 않았다. 그저 흥에 겨워 기타를 튕기고 흥얼흥얼 들릴락 말락 노래를 부를 뿐이었다. 그의 노래가 듣고 싶어 청년에게 다가갔다. 가사가 들리지 않아도 기타 소리만으로 무슨 노래인지 알 수 있었다. 유람선에서 일하던 며칠 전까지만 해도 출근길에 늘 듣던 비틀스의 '미셸 Michelle'이었다.

I love you, I love you, I love you. That's all I want to say
Until I find a way I will say the only words. I know that you'll
understand
사랑해, 사랑해, 사랑해. 그게 내가 말하고 싶은 모든 것.
다른 말을 찾기까진 오직 이 말만 할 거예요. 나는 알아요, 당신도
이해하리란 걸.

"진실을 사랑하고, 말하고, 지켜라"고 외친 얀 후스 동상 아래
서 기타를 치며 노래하는 청년 옆에 앉아 고딕, 르네상스, 바로
크 양식의 건물들이 어우러진 프라하 거리를 바라보았다. 맥주
한 잔이 무척 생각났다. 나는 광장 귀퉁이 카페 테이블에 앉아
체코 맥주를 주문했다. 필스터 우르겔. 부드러운 거품과 쌉싸래
한 맛. 이마가 살짝 달아오르며 나른해지는 낮술의 행복감. 그러
다가 예상치 못한 프라하의 샛길로 들어서게 된 건 K와 N을 만
나면서다. 옆 테이블의 두 청년 중 하나가 나를 물끄러미 쳐다보
더니 말을 건넸다.

   – 혼자니? 어느 나라에서 왔어?
   – 한국인인데 오늘 영국에서 프라하로 건너왔어. R이라고 해.
   – 난 K야. 여긴 내 동생 N이고.
   – 화약탑^{Powder Tower}으로 가려면 어떻게 가?

- 저쪽으로 가면 돼. N, 너 화약탑 전망대에 올라가 본 적 있
  어?
- 아니.
- 그럼 얘랑 같이 가 볼까?

K는 야간택시 운전수고, N은 프라하 대학생이라고 했다. 시
골에서 올라온 형제, 5년째 프라하에서 지내고 있는데 화약탑에
올라간 적은 없다고 했다. 관광객이 찾는 곳과 현지인들이 어울
려 노는 곳은 다른 법. 나도 영국에서 1년 넘게 지내며 버킹엄
궁전 앞을 수없이 오갔지만 마당 안으로 들어간 적은 없다. 두
사람의 뒤를 따라나섰다. 부스스한 머리에 콧수염을 지저분하게
기른 K는 택시기사라기보단 일당 잡부나 노숙자에 가까운 인상
이었지만 이 많은 사람들 사이에서 뭔 일이 있겠는가?

화약탑 꼭대기(높이 65m)에서 바라본 프라하 풍경.

빨간 지붕, 고전적 양식의 석조 건물들 사이로 이리저리 얽히
며 뻗어 가는 길. 런던에서 주로 넓고 반듯한 직선의 길만 보다
가 비뚤비뚤 얽혔다가 광장에서 풀리고 다시 흘러가는 길의 궤
적을 내려다보니 자못 흥분되었다. 건물에 가려 모습을 감췄다
가 다시 드러나는 길의 옆구리.

화약탑 전망대는 방문객들의 흔적으로 가득했다. 전 세계에서 온 여행자들의 이름이 빼곡히 씌어 있다. '찰스와 다이아나 왔다 가다'. 동물들처럼 영역을 표시하기 위한 것도 아닌데 늘 어딘가에 흔적을 남기고 싶어 하는 인간. 인간이란 존재의 참을 수 없는 가벼움The Unbearable Lightness of Being을 채워 줄 무엇이 늘 필요한 존재. 인류 역사는 '왔다 갔다' 는 흔적을 남기려는 욕망들로 채워진 시공간인지도 모르겠다. 작품으로 흔적을 남기는 예술가들, 치적으로 흔적을 남기는 정치가들, 승전으로 흔적을 남기는 군인들, 자손으로 불멸의 흔적을 꿈꾸는 보통 사람들.

– 잠은 어디서 자?
– 아직 못 구했어. 값싼 게스트하우스가 어딘지 아니?
– 음… 그럼 우리 집에 갈래? 난 야간 운전을 하니까 내 침대에서 자면 돼.

오늘 우연히 만난 K와 N, 낯선 사람을 믿어도 될까? 트램을 타고 그들의 집으로 갔다. 낡은 대리석 건물. 엘리베이터가 없어서 빙글빙글 나선형 계단을 올라갔다. 알프레드 히치콕Alfred Hichcock의 영화가 떠올랐다. 꼭대기층. 현관문을 열자 소파에 앉아 얘기를 나누던 젊은 남녀가 동시에 고개를 돌렸다. 낯선 동양인을 발견하고 고개를 갸우뚱했다. N은 학교 동아리 친구들과 함께 건물 꼭대기 층을 통째 빌려 지내고 있었다. 네 개의 방, 거실, 테이블이 있는 넓은 발코니. 체코에 도착한 첫날, 여덟 명의 친구들이 생겼다. 현실 사회주의의 몰락으로 밀려드는 세계화의 물결, 체코 대학생들도 영어를 배우느라 정신이 없다고 했다. 누군가가 와인을 사러 가고, 저녁식사에 술을 곁들여 떠드는 사이 9시가 넘었다. K는 야간택시 운전을 해야 한다며 먼저 자리를 떴다. 집에서 시작된 술자리는 동네 술집까지 이어졌고, 몇 시에 들어와 잠들었는지 기억이 나지 않는다.

다음날 아침, 오전 강의가 없는 T가 프라하를 안내해 주겠다고 했다. 지난밤 나를 설레게 한 미모의 여대생. 심장이 쿵쾅거렸다. 소설《참을 수 없는 존재의 가벼움》의 여주인공과 이름이 같았다. 테레사와 함께 집을 나섰다. 그녀와 어깨를 나란히 하고 프라하 성으로 가는 동안 어디선가 복숭아 냄새가 나는 듯했다. 그리고 앞을 예측할 수 없는 미스터리의 중심부로 점점 빠져들고 있는 듯한 기분. 프라하 성은 프란츠 카프카가 쓴《성》城의 모티브가 된 장소이자 스티븐 소더버그Steven Soderbergh(미국 영화감독)가 카프카의 생과 작품을 소재로 만든 영화 〈카프카〉Kafka, 1991에서 모든 미스터리의 발원지였던 곳이다.

거리의 악사들이 음악을 연주하고 있는 카를교Karluv most를 지나 프라하 성에 도착했다. 그리곤 성에서 무엇을 봤는지 기억이 나지 않는다. 테레사가 성 비투스 성당St. Vitus Cathedral은 유럽에서 가장 아름다운 고딕 성당이며, 왕궁은 체코 대통령의 집무실로 사용되고 있고, 성 이르지 바실리카 성당Bazilika sv. Jiri(성 조지 성당)은 콘서트홀로도 사용되고 있다는 설명을 하며 손가락으로 여기저기를 가리켰지만 내 눈동자는 오직 테레사에게 꽂혀 있었으니까. 파랗고 커다란 눈, 복숭아 냄새가 나는 듯한 볼, 작고 붉은 새가 날갯짓 하는 것 같은 입술.

프라하 성을 둘러본 뒤 연금술사들이 모여 살아서 '황금소로'라는 이름이 붙었다는 골목을 따라 걸어 내려왔다. 중세시대 깔대기, 필터, 체, 물파이프, 주둥이가 길고 가느다란 비커, 증류기가 어지럽게 널려 있고 유황과 납 냄새로 가득했을 골목길에는 이제 기념품 가게들이 자리를 차지하고 고깔모자와 액세서리를 팔고 있었다. 카프카가 살았던 집 앞에서 하나, 둘, 셋! 단체사진을 찍는 관광객들. 카를교 근처 테레사가 안내해 준 채식주의 뷔페에서 함께 점심식사를 한 뒤 그녀는 오후 수업을 듣기 위해 학교로 갔다. 저녁에 집에서 봐. 나는 그녀가 추천해 준 인형극을 관람하기로 했다. 〈오르페우스〉. 지상으로 올라갈 때까지 '뒤돌아보면 안 된다' 는 하데스와의 약속을 어기는 바람에 사랑하는 여인 에우리디케를 두고 떠나야 하는 오르페우스Orpheus. 그리스 신화의 한 토막이 마치 내 일 같아서 너무, 너무 너무, 너무 너무 너무 안타까웠다. 테레사와 같은 집에서 지내며 프라하에 장기 체류하고 싶지만, 머물 수 없는 내 신세여. 뒤돌아보지 말고 떠나야 하리.

다음날 저녁 나는 야간열차를 타고 폴란드로 떠났다.

유럽 여행을 다녀온 친구들의 한결같은 대답처럼 프라하는 아름답고 볼거리로 가득한 도시였다. 그러나 지금도 프라하를 떠올릴 때마다 가장 또렷하게 남아 있는 장면은 기차역까지 배웅을 나온 테레사가 창밖에서 손을 흔들던 모습이다. 마치 로모 카메라로 촬영한 사진처럼 내 기억의 인화지에 남아 있는 장면. 네 귀퉁이는 어둡게 보이고 한가운데 피사체, 플랫폼 위에서 손 흔드는 테레사만이 환하게 남아 있는, 그 한 장의 사진으로 인해 프라하는 내게 세상에서 가장 아름다운 도시다.

아는 만큼 보이는 것도 아니고, 모른다고 더 잘 보이는 것도 아니었다. 가장 중요한 것은 관심이었다.

삶의 참다운 의미는 고립된 개인의 내면 속에서가 아니라 이 세상 안에
서만 발견될 수 있다.

– 빅토르 프랑클

인류의 죄악과 21세기

1

난 여러분을 유로파로 안내할 것이다. 내 목소리 속의 단어 하나, 숫자 하나에 당신들은 민감해질 것이다. 하나부터 열까지 숫자를 세겠다. 열까지 헤아리면 유로파에 있게 될 것이다. 하나. 내 목소리에 주의를 집중하고 마음을 편안히 하라. 둘. 당신의 손과 손가락에 온기가 돈다. 셋. 그 온기가 당신의 팔, 어깨, 목에 퍼진다. 넷. 당신의 발과 머리가 무거워지고, 다섯. 마침내 온몸에 온기가 퍼진다. 여섯엔 깊이 가라앉는다. 여섯. 이완된 몸 전체가 서서히 가라앉는다. 일곱. 점점 더 깊이 가라앉는다. 여덟. 호흡이 깊어지고, 아홉. 당신은 물속을 흘러간다. 열은 헤아리면 당신은 유로파에 있게 된다. 열.

― 라스 폰 트리에의 〈유로파〉 중에서

65

국경을 넘는 기차를 탄 것은 그때가 처음이었다. 침대열차칸 맞은편엔 다른 여행자가 자리를 차지하고 있었다. 야간열차는 시내를 빠져나와 프라하 교외를 달렸다. 무채색으로 바뀌는 풍경을 보고 있으려니 덴마크 감독 라스 폰 트리에 Lars von Trier 가 만든 〈유로파〉Europa, 1991의 첫 장면이 떠올랐다. 흑백 화면, 어두운 철로가 덜컹덜컹 이어지는 동안 최면을 걸듯 내레이션이 깔린다. 사내의 낮은 목소리가 하나, 둘… 그렇게 열까지 세고 나면 2차 대전 후 독일을 배경으로 한 영화가 시작된다. 근데 내 기억의 영사기는 열차의 흔들림 때문인지 유로파에 닿지 못하고 판이 튀는 레코드처럼 계속 첫 장면으로 되돌아갔다.

하나, 둘, 셋, 넷… 열, 덜컹
하나, 둘, 셋, 넷… 열, 덜컹

별을 세듯 웅얼거리는 내레이션이 자장가처럼, 규칙적인 기차의 덜컹거림이 흔들침대처럼 편안해지면서 나는 최면이라도 걸린 듯 서서히 잠 속으로 빠져들었다.

끼이이익. 기차가 갑자기 정차를 했다. 잠이 깼다. 몹시 추웠다. 기차가 다시 출발했다. 침낭을 준비했어야 했나? 그런 후회를 하며 다시 잠 속으로 기어드는데 내가 누워 있던 침대칸 문이

벌컥 열리더니 기차 화통을 삶아먹은 듯 큰 목소리가 좁은 공간을 뒤흔들었다. 빠. 쓰. 뽀. 트!!!!

단 네 음절로 수면의 장벽을 박살 내려는 듯 딱딱하고 커다란 분절음. 모든 것이 의심스러워졌다. 유로파에 도착한 것일까? 눈을 비비며 일어나는 사이 사내가 실내등을 켰다. 제복을 입은 사내가 화가 잔뜩 난 듯한 표정으로 서 있다. 나는 어리둥절한 표정으로 사내를 쳐다보고, 맞은편의 여행자도 자리에서 부스스 일어났다. 무슨 일이죠? 그러자 사내가 다시 빠.쓰.뽀.트! 하고 소리를 버럭 질렀다. 빠쓰뽀트? 여행자와 내가 동시에 묻고 사내가 또다시 빠쓰뽀트!를 외치고 나서야 나는 여권Passport을 말한다는 걸 눈치 챌 수 있었다. 한번에 알아채지 못한 건 잠이 덜 깨서이기도 하지만, 빵으로 치자면 백 년 묵은 바게트처럼 딱딱한 "빠쓰뽀뜨!"를 직접 들어 보면 충분히 납득이 갈 것이다. 나의 여권을 확인한 출입국관리원이 입국도장을 꽝! 하고 찍었다. Poland Arrived. 맞은편의 사내가 고개를 절레절레 흔들며 여권을 꺼내고 있었다.

폴란드의 아침. 해 뜨는 풍경 아래 나는 바르샤바Warszawa의 랜드마크, 문화과학궁전 앞에 서 있었다. 폴란드 관련 정보가 전혀 없던 나에게 문화과학궁전의 위용은 규모 그 자체로 충격이었다. 스탈린이 뉴욕의 엠파이어스테이트 빌딩에서 영감을 받아 폴란드에 지은 문화과학궁전은 초고층 빌딩으로 둘러싸인 뉴욕의 엠파이어스테이트 빌딩과 달리 주변에 어깨를 겨룰 빌딩군도 없이 광장 한가운데 우뚝 솟아 있었다. 그건 마치 발사대에 세워져 있는 거대한 로켓 같았다. 높이 234.5m에 총 3,288개의 방이 들어찬 초고층 빌딩의 벽면을 따라 공산주의 영웅과 투사들의 조각상이 서 있었다. 멀리 아프리카에서 동유럽을 지나 북한 여성 투사까지, 한복을 차려입은 여성이 아침 햇살을 받아 반짝였다.

내가 영국에서 동유럽으로 바로 넘어온 건 한때 공산권이던 동유럽이 변해 가는 모습을 두 눈으로 확인하고 싶었기 때문이다. 소련의 몰락과 그로 인한 세계 질서의 재편은 우리 시대의 화두였다. 변화의 물결은 수많은 청년들의 삶과 정체성에 혼란을 가져왔고, 길 잃은 사람들은 새로운 길을 찾아야 했다. 청년 조각상이 손에 쥐고 있는 책 표지엔 세 사람의 이름이 적혀 있었다. 마르크스, 엥겔스, 레닌. 문득 고국에서 듣던 강의가 떠올랐다.

2

대학 신입생이던 그해 봄, 교정을 걷다가 '동구권의 몰락과 세계 질서의 재편'이란 타이틀이 붙은 플래카드를 발견했다. 특강강사는 한겨레에서 '전망대'를 연재하고 있는 정운영 교수. 나는 전공 수업을 제쳐 두고 대강당으로 달려갔다. 학생들이 이미 계단식 강의실을 가득 채우고 있었다. 꽃샘추위로 차가운 실외와 달리 실내는 학생들이 뿜어내는 열기로 뜨거웠다. 간신히 빈자리를 찾아 앉았을 때 정운영 교수가 연단 위로 올라섰다. 예상보다 더 마르고, 더 키가 컸으며, 공명 큰 목소리에선 카리스마가 느껴졌다.

그는 긴 다리로 성큼성큼 강단 위를 좌우로 오가며 마치 햄릿 역을 맡은 배우처럼 얘기하고, 방백을 하듯 질문을 던지곤 했다. 모노드라마에 등장하는 배우 같았다. 우리가 관객인 듯했고, 때로는 그의 친구인 듯했으며, 그러다 학생의 자리로 돌아오던 시간. 어렵고 복잡한 주제도 쉬운 단어와 간단한 예로 명쾌하게 주제를 풀어 나가는 강의, 단순명쾌했다. 2시간에 이르는 강의가 끝났다. 그러나 질문 시간이 시작되자 10분만 더, 5분만 더, 하던 것이 3시간으로 이어졌다. 예정된 시각을 훨씬 넘기고, 마지막 인사만이 남았다.

– 이봐 자네들, 혹시 읽어 봤는지 모르겠지만 《녹슬은 해방구》란 소설이 있지. 권운상 작가가 쓴 이 대하소설에 빨치산으로 활

동하다가 전향을 거부하고 수십 년간 감방에서 갇혀 지내는 장기수 선생님이 나와. 만약 내가 그 장기수 선생님을 만나 이런 말을 하면 그는 어떤 대답을 할까? "선생님, 당신이 실현시키고 싶었던 공산주의는 무너졌고, 당신이 수십 년 세월 내려오길 기다리던 김일성 장군은 내려오지 않았으며, 이제 소련과 현실 사회주의는 몰락했습니다. 선생님이 전향을 거부하며 수십 년 감옥에서 세월을 보낸 게 무슨 의미가 있습니까? 선생님은 인생을 헛사셨어요!" 내가 이런 말을 하면 그는 뭐라고 대답할까? "그래, 정 선생 말이 맞았어. 난 인생을 헛살았어." 이렇게 대답할까? 아니, 왠지 그렇게 대답하진 않으실 것 같아. 아마도 이렇게 대답하지 않을까? "이봐, 정 선생! 김일성 장군이 내려오지 않았고, 소련이 무너지고, 현실 사회주의가 몰락했기 때문에 내가 인생을 헛살았다고? 천만에. 내가 소련 공산주의를 위해서 빨치산 활동을 하고, 김일성 장군이 내려오기를 기다리며 수십 년 세월을 견뎠다고 생각하나? 자넨 뭔가 착각하고 있군. 이봐, 정 선생! 난 무엇을 위해서가 아니라, 단지 내, 인생을 살았던 거야."

그 말과 동시에 정운영 교수가 천천히 손가락을 들어 우리를 가리켰다. 그가 치켜든 손가락은 하나였지만 강의실의 모든 학생들은 그 손가락이 자신을 가리키고 있는 듯한 착각에 빠졌다. 시간이 멈춘 것만 같던 그 순간, 정운영 교수가 손가락 끝에 힘을 주며 단호하게 마지막 인사를 던졌다.

- 자넨, 자네의 인생을 살아야 돼!

그 강의는 내 인생 최고의 강의로 남았다.

3

프라하에서 만난 N이 알려 준 번호로 전화를 걸었다. N의 친구집이 바르샤바 시내에 있다고 해서였다. 여보세요, 안녕! 난 N의 친구 R이라고 해. 맞아. 바르샤바 대학 정문? 찾아갈 수 있을 거야. 그래 이따 봐.

그렇게 나는 프라하에서 시작된 인연으로 인해 폴란드에서도 새로운 친구의 집에서 숙박을 해결하게 되었다. 바르샤바 대학으로 갔다. 1816년 크라코프에서 바르샤바로 수도를 옮기며 세운 바르샤바 대학은 잘 꾸며진 정원 같았다. 정문 앞에 배낭을 내려놓고 F를 기다렸다.

- 혹시 네가 R이니?

두 청년이 곁으로 다가와 섰다. 금발머리의 F와 갈색머리의 G. 그들 역시 형제였다. 일단 배낭부터 집에 옮겨 두자. 두 사람의 집으로 갔다. F가 자신의 침실을 내주었다. 방 한쪽 벽에는 LP판이 가득했다. 그러고 보니 F는 록 기타리스트 같은 인상이었다. 앞에서 보면 반듯한 올백이지만 뒤를 보니 머리카락이 허리까지 내려왔다.

– 음악을 좋아하나봐? 어떤 장르를 좋아해?
– 고딕 록Gothic Rock을 좋아해.
– 기타도 칠 줄 알겠구나.
– 아니, 연주는 못하고 그냥 듣기만 해. 고딕 록을 틀어 주는 라디오 방송이 있거든.

고딕 록은 1979년 바우하우스Bauhaus의 '벨라 루고시는 죽었다 Bela Lugosi's Dead'로 시작된 불길하고 어둡고 음침한 장르. 이 친구의 성격까지 차갑고 음침하면 어떡하지? 그러나 그런 염려는 집을 나와 함께 왕궁으로 가는 길에서 사라졌다. F는 쾌활하고 다정다감한 청년이었다.

폴란드 문학을 전공했다는 G는 역사에 조예가 깊었다. 1980년 유네스코 문화유산으로 지정된 바르샤바 구시가 광장의 명소를 돌아보는 동안 그 장소에 관련된 이야기를 들려주었다. 여행 가이드가 되고 싶다는데 아직은 일자리를 구하지 못해 쉬는 중 이라고 했다. 내 영어가 짧다 보니 G가 설명할 수 있는 내용이 제한되었지만, 자신이 아는 한 최대한 많이 알려 주고 싶어 하는 그의 열성이 정말 고마웠다. 2차 대전 당시 유럽에서 가장 심각 한 피해를 입은 바르샤바. 가장 번화한 신세계 거리는 물론 왕궁 이며 구시가 광장의 모든 집들이 전쟁 중에 파괴되어 복구된 것 들이라고 했다. 나치가 유대인을 격리시킨 게토 지구의 북쪽 '죽음의 역'으로 갔다. 1942년부터 매일 7,000명의 유대인이 60 개의 수송열차에 실려 강제수용소로 보내졌던 곳. 이곳에서 이 송된 유대인의 숫자만 26만 5,000명. 얘기를 하던 G의 눈에 갑 자기 물기가 맺혔다.

- R! 오슈비엥침(아우슈비츠)에 꼭 가봐. 처음 아우슈비츠에 갔을 때 난 얼마나 울었는지 몰라.

4

F와 G의 집에서 하루를 묵은 뒤 다음날 크라코프 Krakow 로 떠났 다. 기차역에서 내려 버스로 갈아타면 오슈비엥침, 즉 2차 대전 당시 유대인 수용소였던 아우슈비츠 Auschwitz 로 갈 수 있다고 했

다. 16세기까지 폴란드의 수도였던 크라코프는 중세 분위기가 물씬 풍기는 도시. 역에서 내려 역사에 붙어 있는 안내지도를 읽었다. 오슈비엥침 방면으로 가는 버스 정류장은 가까이에 있었다. 그러나 나는 버스로 갈아타는 대신 인근 공원 숲으로 들어갔다. 초록빛 어두운 그늘이 드리운 숲속 벤치에 앉았다. 막상 아우슈비츠로 가기 위해 크라코프까지 왔지만 마음이 편치 않았다.

〈안네의 일기〉The Diary of Anne Frank, 1959, 〈바르샤바〉Warszawa, 1992, 〈쉰들러 리스트〉Schindler's List, 1993 아우슈비츠와 연관된 작품들이 차례차례 떠올랐다. 그렇게 문학, 영화 등 다양한 매체와 작품을 통해 이미 익숙해진 아우슈비츠였지만, 섣불리 방문할 수가 없었다. 다른 관광명소들처럼 '구경거리' 삼아 찾아갈 수 있는 곳이 아니었다. 20세기 인류가 저지른 가장 큰 죄악의 현장. 공식적으론 100만, 비공식적으론 400만 명이 넘는 사람들이 단지 유대인이라는 이유만으로 아우슈비츠에서 목숨을 잃었다. 가스실에서 죽어 가는 여자들과 아이들, 총살대에 묶인 채 죽어 가는 사내들의 모습이 환영처럼 떠올랐다. 나는 학살의 현장 속으로 들어갈 자신이 없었다. 내가 도무지 감당할 수 없는 곳이라는 느낌이 들었다.

숲에서 나와 야기엘론스키 대학Uniwersytet Jagiellonski으로 갔다.

1364년에 세워진 대학은 지동설을 주장한 코페르니쿠스^{Nicolaus} Copernicus가 1491년부터 4년간 수학, 천문학, 고전학을 공부하던 곳이다.《천체의 회전에 관하여》를 쓴 해가 1530년경이고, 원고를 제자 레티쿠스에게 넘긴 건 1542년이니까 코페르니쿠스는 '태양이 지구를 도는 게 아니라 지구가 태양을 돈다'는 것을 알고도 진리를 숨긴 채 12년을 살았던 셈이다. 터무니없는 이유로 무고한 여자들을 마녀로 몰아 죽이는 악습이 유럽 전역으로 퍼져 가던 시대. 1543년 2월 25일, 코페르니쿠스는《천체의 회전에 관하여》의 첫 인쇄견본을 건네받던 날 죽었다고 한다. 교황청은 1606년 이 책을 금서 목록에 올렸고, 금서에서 풀린 건 19세기. 젊은 코페르니쿠스가 오갔을 야기엘론스키 대학의 회랑을 거닐었다. 종이 울리자 그의 후배들이 책과 공책을 옆구리에 끼고 강의실 밖으로 우르르 빠져나왔다. 또 다른 코페르니쿠스의 후배, 교황 요한 바오로 2세는 이 대학을 다니는 동안 '진리와 권력', '진실과 폭력'에 대해 어떤 생각들을 했을까?

나는 아우슈비츠로 가지 못하고 바르샤바로 돌아가는 저녁 기차에 올랐다. 크라코프를 벗어날 무렵 한 목소리가 귓가에 달라붙었다. 목소리는 물었다. 인류가 지난 세기 동안 얼마나 많은 죄악을 저질렀는지 아니? 인류의 한 사람으로서 너도 그 책임이 있지 않니? 나는 변명했다. 그건 지난 세기를 살던 기성세대의 역사지, 나의 역사가 아니라고. 아우슈비츠뿐 아니라 20세기에 기성세대가 수많은 죄와 폭력과 부정을 저지를 때 난 태어나지도 않았거나 아무 것도 할 수 없는 아이였다고. 그렇게 대답하자 목소리가 되물었다. 그럼 21세기는? 21세기엔 너도 사회적 발언과 행동을 할 수 있는 어른이 되겠지. 21세기에도 죄악과 폭력과 부패가 존재한다면 그것들에 대해선 어떤 변명도 통하지 않을 거야. 그때 너도 그곳에 있을 테니까!

잊지 마, 네가 하는 말과 행동 하나하나가 모여 21세기의 역사가 되리라는 것을.

세계는 커다란 꿈이다. 꿈은 작은 꿈일 때는 비현실적이지만 그것이 큰 것일 수록 정밀하다.

– 고은의 《화엄경》 중에서

인류의 이상과 벌러톤의 부랑자

1

1933년 작곡가 레조 세레스Razso Seress는 연인을 잃은 아픔으로 피아노 연주곡을 작곡한다. 연주곡이 레코드로 발매되고, 두 달 사이 이 음악을 들은 사람들 중 187명이 스스로 생명을 끊는다. 프랑스 파리 오케스트라 콘서트홀에선 이 음악을 연주한 드럼 연주자가 권총자살하고 이어 연주자 전원이 사망하는, 정말 믿기 어려운 사건까지 벌어진다. 1968년 레조 세레스도 고층 아파트에서 투신자살로 생을 마감한다. '글루미 선데이' Gloomy Sunday 에 얽힌 이야기다. '자살의 송가'로 불리게 된 이 노래가 탄생한 도시 헝가리의 수도. 부다페스트Budapest.

1차 대전 때 독일 편에 서서 참전했다가 전 국토의 3분의 2를 잃은 헝가리는 2차 대전이 발발하자 잃은 국토를 되찾기 위해 다시 독일 편에 섰다. 이때 부다페스트의 70%가 파괴된다. 그럼에도 불구하고 유럽인들은 여전히 부다페스트를 동유럽의 파리, 도나우Donau 강의 진주라고 부른다. 로마네스크, 고딕, 르네상스, 바로크 등 각종 건축 양식이 꽃피던 흔적이 곳곳에 남아 있기에.   •

2

바르샤바에서 출발한 야간열차는 다음날 아침 헝가리 부다페스트에 도착했다. '글루미 선데이'가 탄생한 도시라고는 믿기지 않을 정도로 화창한 날이었다. 나는 기차역에서 빠져나와 헝가리 사람들이 유럽 내륙에서 가장 오래되었다고 자랑하는 부다페스트 지하철을 타고 도나우 강변으로 향했다. 도시는 도나우 강을 경계로 왕궁, 요새, 교회 같은 유적들이 산재해 있는 부다Buda와 국회의사당을 비롯해 상업용 건물과 기차역이 있는 페스트 Pest로 나뉜다. 두 도시가 하나로 합쳐진 것은 1873년 세체니 다리Szecheny lanchid가 두 도시를 잇고 난 후부터다. 도나우 강변에서 내리니 모든 관광객이 한 방향으로 가고 있었다. 어부의 요새로 올라가는 하얀 계단.

적군의 공격으로부터 가능한 한 오래 견디면서 아군의 안전을 기해야 하는 요새니 높은 곳에 세워진 건 당연한 일일 테지만 가파른 계단을 배낭까지 짊어지고 올라가려니 보통 힘든 게 아니었다. 이마에 땀방울이 맺혔다. 휴우. 숨을 고르기 위해 잠시 멈추고 뒤를 돌아보았다. 그 순간 입 밖으로 튀어나오던 신음이 감탄으로 바뀌어 버렸다. 도나우 강 건너편 국회의사당은 정말 매혹적이었다. 그건 마치 '건축建築'이란 이름의 거대한 곤충이 잠든 사이 화석이 된 것만 같았다. 하얗고 아름다운 화석으로.

　　계단이 끝나고 어부의 요새 Halaszbastya 로 들어섰다. 일곱 개의 탑이 연결된 회랑, 요새 가운데의 조각상. 성 이슈트반 1세. 그리곤 마차시 교회 Matyas Templom 로 이어지는 하얀 계단. 이슬람 양식과 가톨릭 양식이 혼재하는 외부와 헝가리 역사를 프레스코화로 장식한 내부를 둘러본 후 부다 왕궁 Buda Castle 으로 향했다. 13세기에 지어진 왕궁을 마차시 왕이 이탈리아 예술가들을 불러들여 르네상스 스타일로 바꿨는데, 16세기엔 터키 제국에 의해, 20세기에는 폭격으로 파괴되었다가 복구했다고 한다. 어부의 요새, 마차시 교회, 부다 왕궁으로 이어지는 건축물들은 아름다웠다. 그러나 나는 외적 아름다움, 그 이상의 감흥을 받을 수는 없었다.

유럽에서 만난 수많은 유물, 유적들은 말하고 있었다. 이 성당은 어느 왕의 이름을 땄고, 이 왕궁은 어느 왕이 만든 것이고, 이 유적은 어느 왕이 조성했다고. 그러나 왕이 만든 게 아니었다. 왕과 귀족에게 착취당하던 수많은 민중들이 만들고 조성한 것이다. 세상의 유물과 유적에 대해서 어느 '왕의 치적'이라고 기억하는 그 '틀'에서 벗어나지 않으면, 우리 시대에도 우리를 착취하는 또 다른 지도자를 만나게 되리라, 그의 치적을 위해서. 한낱 왕이나 지도자의 치적이 아니다. 우리들의 땀과 세금으로 이루는 것이다.

늦은 오후 치타델라Citadella 요새에 도착, 도미토리 룸에서 묵기로 했다. 겔레르트 언덕Gellert Hill에 세워진 치타렐라 요새는 1848년 민중봉기에 깜짝 놀란 합스부르크가 재반란이 일어날 경우 도시를 포격하기 위해 축성한 건물. 한때 감옥으로 사용된 요새는 이제 호스텔과 식당으로 사용되고 있었다. 감옥에서의 하룻밤이라! 배낭을 내려놓고 겔레르트 언덕으로 갔다. 유럽에서 가장 아름다운 야경으로 꼽힌다더니 겔레르트 언덕에서 바라보는 부다페스트의 야경은 정말 아름다웠다.

도나우 강의 진주라는 찬사가 헛소리는 아니었구나!

3

부다페스트를 떠나기 직전, 내가 마지막으로 방문한 곳은 헝가리 국립박물관이었다. 대영박물관에 비하면 정말 한산해서 유럽과 헝가리의 지난 역사 속으로 조용히 잠길 수 있었다. 나의 박물관 관람법(처음 대면하는 유물에 집중하고 그 유물이 내는 소리가 들릴 때까지 기다린다. 환청이 들리기 시작하면 그 소리를 따라 한 걸음씩 역사를 거슬러 올라간다)을 따라 천천히 발을 옮겼다. 훈족(Hun+gary는 훈족의 나라라는 뜻)과 마자르Magyar(우리 역사에도 종종 등장하는 말갈족이 마자르족이라는 설이 있다) 유물들이 소곤대고, 중세의 갑옷을 입은 전신상이 씩씩대는 전시관과 복도를 지나 마지막 전시실, 20세기관에 들어서는 순간, 나는 확성기 소리에 둘러싸인 역사의 소용돌이 속으로 빨려들었다.

인터내셔널 코뮤니즘 포스터, 광장을 메운 군중들이 행진하는 활동사진, 히틀러와 나치 군용 오토바이에 새겨진 BMW 마크, 레닌이 그려진 도자기, 스탈린 흉상, 망치와 낫이 그려진 포스터. 전시관을 빠져나오기 직전 마지막으로 대면한 유물은 레닌, 스탈린, 마오쩌둥의 조각상이 처박혀 있는 쓰레기통과 한때 '마르크스 광장'과 '엥겔스 거리'라고 씌여진 이정표 위에 그어진 사선이었다.

왜 그랬을까?

 박물관을 나와 계단을 내려오는데 갑자기 목이 메었다. 울음을 참으려니 자꾸만 눈시울이 뜨거워졌다. 결국 터진 눈물이 회색빛 계단에 투두둑 떨어졌다. 내 심정을, 내 눈물을 당신이 이해할 수 있을는지? 나는 인류의 희망, 고통, 사랑, 상처, 희생, 증오라는 깃털을 모아 날아오르던 이카로스의 추락을 본 것만 같았다. 내가 본 것은 자본주의나 공산주의 같은 '이데올로기'가 아니다. '인류의 이상'이 존재하던 시대를 말하는 것이다. 나는 시간을 잊은 채 계단참에 젖은 눈자위가 다 마를 때까지 서 있었다. 박물관으로 되돌아가 방명록에 적었다.

 우리 삶이 그러하듯 역사에서도 성공과 실패란 없다. 인류는 지금껏 그래 왔듯 앞으로 또 달려갈 것이다. 갓난아기, 꺄르륵거리는 21세기가 저기 활짝 웃고 있지 않느냐?

4

 기차에 올랐다. 남쪽으로 기차는 달렸다. 아름다운 헝가리의 시골 풍경을 바라보다가 열다섯 살 때 읽은 최인호의 소설《고래사냥》을 떠올렸다. 거지 한민우가 말한다. 기차 안에 편안히 앉아 '아, 아름다운 저 시골 풍경!' 하고 감탄하는 여행자는 논밭에서 농부가 흘리는 땀 냄새를 맡을 수 없다고. 비단 시골 풍경뿐만 아니라 우리 삶의 수많은 풍경도 마찬가지리라. 생각에 잠겼다가 빠져나오며 나는 만났다, 중부 유럽에서 가장 크다는 벌러톤 호수Lake Balaton. 그건 호수가 아니라 마치 푸른 바다 같았다. 헝가리가 사회주의 국가였다는 선입관을 씻어 버리듯 믿기지 않을 정도로 아름다운 풍경. 나는 창밖의 풍경 속으로 들어가 보고 싶었다. 기차가 간이역에 도착했다. 서둘러 배낭을 챙겼다. 나는 벌러톤 호수가 뿜어내는 매력에 취해 간이역에 발을 내렸다.

기차 역사를 빠져나오는데 차가운 가랑비가 살에 닿는다. 역에서 가까운 곳에 숙소를 잡기로 했다. 한적한 게스트하우스엔 나 말고 다른 여행자는 없었다. 주인과 손짓과 몸짓으로 의사소통을 했다. 잠자는 시늉, 밥 먹는 시늉. 숙소에 딸린 식당에서 저녁식사를 하고 식당 TV에서 방영되고 있던 영화를 봤다. 베토벤의 생애와 사랑을 다룬 〈불멸의 연인〉Immortal Beloved, 1994. 교향곡 9번 〈합창〉이 초연되는 동안 어린 베토벤이 어두운 밤길을 달려가 호수에 눕고, 그 호수가 우주로 변하는 회상 장면은 다시 봐도 감격스러웠다. 영화가 끝나고 2층의 방으로 올라갔다. 침대 하나, 그리고 헝가리 화가 미하이 문카치Mihály Munkácsy의 풍

경화 모작이 걸려 있는 작은 방. 빗소리가 어느 때보다 객창감
에 젖게 하던 빗소리.

아침 일찍 잠이 깨었다. 밤새 내리던 비는 멎었다. 날이 개었
지만 게스트하우스는 조용했다. 기차 시간을 확인하지 않았던
터라 일찍 움직이기로 했다. 배낭을 챙겨 마당으로 나서자 셰퍼
드 한 마리가 다가와 꼬리를 흔들었다. 비 젖은 호숫가 마을은
고즈넉했다. 나는 호숫가에 앉아 풍경을 바라보다가 역으로 갔
다. 대합실의 타임테이블을 올려다 보았다. 그러나 읽을 수가 없
었다. 해독 불가능한 헝가리 문자들. 배가 고팠다. 그러나 부다
페스트에서 헝가리돈을 다 쓰고 떠난 데다가 어제 숙박비와 식
비를 남은 달러로 지급한 뒤라 현금이 남아 있지 않았다. 주변을
돌아봤지만 환전소도 현금인출기도 보이지 않았다. 벤치에 앉아
하행선 기차가 올 때까지 편지를 쓰며 기다리기로 했다.

안녕, K. 어제 내린 비로 배낭이 젖어 그 속에 들어 있던 이 공책 역
시 축축하다. 축축해진 공책에 축축한 사연은 적지 않으리라 마음먹
는다. 그러나, 나는 알고 있다. 결국 목메이던 그 계단에 대해서 적
고 말리라는 것을….

K에게 작별인사를 할 때까지 기차는 오지 않았다. 결국 매표

원에게 손짓, 발짓으로 물어 크로아티아행 기차 도착 시간을 간신히 알아냈다. 서쪽에서 부다페스트 행 기차 한 대가 달려오고 있었다. 나는 어제 지나온 길을 거슬러 올라가 보기로 했다. 배를 곯은 탓에 움직일 기력이 없었지만 다른 지점에서 벌러톤 호수를 조망하고 싶었다. 시간은 충분했다. 다음 간이역에서 내려 벌러톤 호숫가로 갔다. 물수제비를 던졌다. 퐁퐁퐁퐁. 물수제비를 던지는 것도 지겨워지자 호숫가에 앉아 풍경만 하염없이 바라보았다. 영국에선 거들떠보지도 않던 영국호텔의 아침 식사와 맥주가 정말 먹고 싶었다. 달걀 프라이, 소시지, 프라이드 토마토… 상상의 음식을 그리고 있는데 누군가 내 팔을 갑작스레 낚아챘다. 50대의 남자, 찢어진 옷, 부러진 앞니, 노랗게 바랜 치아… 정신이상의 부랑자였다.

내 팔을 당기며 횡설수설 떠들었지만 나는 한마디도 알아들을 수 없었다. 헝가리어였으니까. 아니, 헝가리어를 안다고 하더라도 이빨 사이로 새나오는 그의 발음을 알아들을 수는 없을 듯했다. 먹는 시늉과 팔을 끄는 몸짓, 간신히 들을 수 있었던 단어는 피자! 그의 등 뒤로 피자가게와 테이블이 줄지어 있었다. 무슨 말을 하는지 짐작할 수 있었다. 피자 좀 사 줘! 나는 돈이 없었다. 나는 호주머니에 손을 넣었다 빼는 만국 공통어 "난 돈이 없어"라고 대답했다. 그러나 나의 만국공통어에도 불구하고 히죽

히죽 웃으며 사내는 내 어깨에 팔까지 얹더니 피자가게로 끌어 당겼다. 나의 거부에도 불구하고 사내가 계속 끌어당기자 화가 났다. 결국 나는 사내의 팔을 뿌리치고 눈을 부라리며 고함을 질렀다. "이봐, 나 정말 돈이 없단 말이야!" 사내가 주춤주춤 물러섰다.

호숫가로 되돌아와 흥분을 가라앉히는데 이번엔 할머니 한 분이 다가왔다. 머리카락이 희끗희끗한 할머니가 한참을 얘기하시는데 이번에도 알아들을 수가 없었다. 독일어였다. 이히, 디히를 제외하고 내가 알아들을 수 있었던 단어는 이번에도 피자! 조금 전의 사내도 이 할머니도 대체 무슨 말을 하려고 하는 걸까? 잔디 곱게 깔린 마당과 피자가게 그리고 파라솔. 아, 내가 앉은 자리가 피자가게 마당이고 피자를 사먹지 않으려면 사유지에서 나가 달라, 그런 뜻이구나. 나는 배낭을 다시 메고 자리를 옮기기로 했다. 그때 할머니가 내 손을 덥석 잡더니 기어이 테이블 앞으로 데려가 앉혔다. 그리곤 피자 한 판을 가져와 테이블 위에 내려놓았다. 난감했다. 이걸 먹어야 하나, 말아야 하나? 그 순간이 무슨 황당한 일인가? 할머니가 테이블 맞은편에 앉아 피자를 먹기 시작한다. 도대체 이게 무슨…?

할머니가 손가방에서 기차표를 꺼내 보이며 방글방글 웃었다.

기차표에 찍힌 시각은 PM 5:30. 시간이 촉박해 나 혼자 피자 한 판을 먹진 못해, 나랑 같이 먹자. 그런 눈빛이었다. 당케 셴! 할머니는 피자 한 조각을 더 먹은 뒤, 손목을 손가락으로 톡톡 두드리며 일어섰다. 아우프 비더젠, 안녕히 가세요. 간이역으로 향해 가는 그녀를 향해 손을 흔들었다. 그리고 다시 테이블 앞으로 돌아앉았는데 , 이건 또 무슨 일이란 말인가?

가장 먹고 싶던 맥주와 요리(달걀 프라이, 소시지, 햄, 프라이드 토마토)가 테이블 위에 놓여 있었다. 좀 전의 부랑자가 히죽히죽 웃으며 맞은편에 앉으며 이쪽 건 내 거, 그쪽 건 네 거라는 손짓을 하고, 영수증과 잔돈을 호주머니에 집어넣었다. 어서 먹으라는 시늉을 했다. 나는 어리벙벙했다. 부랑자가 구걸하는 거라고 여기고 손을 뿌리쳤는데, 내게 이 요리를 사주려고 어깨동무를 한 것이었다니. 설령 그랬다 치더라도 사내는 어떻게 알았단 말인가? 내가 가장 먹고 싶었던 게 바로 맥주 한 잔과 이 요리였다는 것을.

벌러톤 호숫가에 앉아 걸인 행색을 한 사내와 함께 황금빛으로 빛나는 맥주와 요리를 먹는 동안 나는 황제라도 된 것만 같았다. 그리고 이런 행운 혹은 그의 호의를 어떻게 이해해야 할지 어리둥절하기만 했다. 사내는 소세지를 썰고 맥주를 마시며 알아들을 수 없는 헝가리어로 계속 떠들었지만 여전히 나는 아무 말도 알아들을 수 없었다. 그러다가 사내가 손가락으로 자신의 손목을 톡톡 두드렸다. 좀 전의 할머니의 행동을 따라 하는 것일까? 나는 맥주 한 모금을 마시고 등을 돌려 황금빛으로 물들어 가는 호수를 바라보았다. 풍경에 취해 생각이 멎었다. 그리고 정신을 차려 고개를 돌렸는데, 사내가 보이지 않았다. 마치 무언가에 홀려 헛것을 본 것처럼.

테이블 위에는 한 잔의 맥주와 요리가 그대로 남아 있었다.

이런 시대에 살아남아서 꿈을 꿀 수 있는 길은 도피뿐이다.

– 앙리 라보리

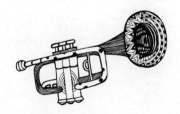

에밀 쿠스트리차를 아시나요?

1

옛날 옛날에 유고슬라비아라는 나라가 있었다. 이 나라에서 '출장'
은 '정치적 감금'을 뜻하기도 했다. 노동성 간부 메쉬아는 아내에게
출장(지방) 간다고 하고선 정부와 놀아나곤 했다. 그러던 어느 날 이
혼하라고 보채는 정부의 투정에 "감옥 같은 세상에서 어떻게 사랑을
해?"라고 대꾸했다가 출장(감옥)을 가게 된다. 아빠가 출장 간 사이,
아들 말리코는 관심을 온통 축구와 섹스에 쏟는다. 가난하고 힘겨운
환경 속에서 말리코는 역사의 의미와 삶의 희비를 깨달아 간다.

1985년 칸영화제 그랑프리를 수상한 〈아빠는 출장 중〉When
Father was Away on Business의 간단한 줄거리다. 이 영화가 국내에서 개

봉한 해는 1988년. 3년이 지난 후 개봉한 까닭은 가택연금, 강제 출국 등 툭하면 '출장' 비스무리한 걸 보내 버리는 제5공화국 눈치를 보았기 때문일까. 아무튼 3S 정책(Screen, Sex, Sport에 의한 우민정책)의 영향인지 이 영화도 한국에선 야릇한 포스터로 둔갑해 길거리에 나붙었고, 열여섯의 나는 '에로영화'인 줄 알고 동시상영극장에 들어갔다가 뜻하지 않게 '예술영화'를 관람하는 횡재(?)를 누렸다.

스물여섯에 〈돌리벨을 아시나요?〉Do You Remember Dolly Bell?, 1981 로 베니스를, 서른한 살에 칸을 제패한 천재 감독 에밀 쿠스트리차 Emir Kusturica 의 작품을 다시 만난 건 5년 후. 고향 후배를 종로에서 만나 저녁식사를 하는데 맞은편 극장에서 마침 〈집시의 시간〉Time of the Gypsies, 1989 이 상영되고 있었다. 어디 보자, 시간도 딱 맞고 잘 됐다. 그렇게 기어든 극장에서 만난 마술적 리얼리즘. 집시들의 비극적 삶 속에 꿈, 환상, 춤, 음악, 신화가 어우러진 영화.

〈아빠는 출장 중〉 때문에, 〈집시의 시간〉 때문에, 에밀 쿠스트리차 감독 때문에 유고슬라비아에 가고 싶었다. 고국을 떠나기 전 마지막으로 본 그의 영화는 〈언더 그라운드〉Underground, 1995. 발칸 반도의 무엇이 그로 하여금 그런 영화를 만들게 했을까?

에밀 쿠스트리차 감독의 영화는 내게 동유럽판 '백 년 동안의 고독'이었다.

2

형가리 국경을 지나 기차가 크로아티아Croatia의 수도 자그레브 Zagreb에 도착한 저녁. 1991년 내전을 치르고 유고슬라비아연방에서 독립한 지 꽤 오랜 시간이 지났지만 여전히, 어디선가, 화약 냄새가 나는 듯했다. 여기서 하룻밤을 묵을까, 아니면 숙박비를 아낄 겸 야간열차를 타고 다른 도시로 떠날까? 지도를 꺼내들고 타임테이블과 맞춰 보았다. 크로아티아 제2의 도시이자 지중해와 접한 항구도시 스플리트Split행 야간열차가 1시간 반 뒤에 도착할 예정이었다. 광장 한구석에 배낭을 내려놓았다. 그래, 지중해로 가서 해수욕을 하자! 결정을 하고 담배 한 개비를 무는데 금발의 사내가 불쑥 다가와 손을 내밀었다. 나도 담배 한 개비 줄래? 호주머니에서 담뱃갑을 꺼내 그에게 건넸다.

– 이건 헝가리 담배잖아! 난 독일 담배만 피워. 독일 담배는 없니?

– 없는데….

– 그럼 나 한 푼만 줄래?

마치 오래전부터 알고 지낸 사이라도 되는 듯 능청스레 돈을 달라는 사내에게 나도 모르게 지갑을 열어 돈을 내밀었다.

– 이건 달러잖아! 너 혹시 마르크는 없어?

동냥질로 얻은 돈의 국적을 따지다니 정말 이상한 거지였다. 마르크가 왜 필요해? 난 독일인이거든! 베를린에서 기차를 타고 오긴 했는데 언제 왔는지는 기억이 가물가물하다는 막스는 이제 크로아티아가 지겨워졌고 기차표 살 돈만 다 모이면 독일로 돌아갈 거라고 했다. 그러면서 계속 마르크가 필요하다고 중얼거렸다. 나로선 도무지 이해가 되지 않았다. 달러든 마르크든 받아뒀다가 환전하면 되지, 왜 꼭 마르크가 필요한 걸까? 이해할 수 없는 건 그뿐이 아니었다.

막스는 자그레브역에 도착하는 기차 시간을 모두 외우고 있었다. 그는 다른 유럽 국가에서 기차가 들어올 즈음이면 재빨리 플랫폼으로 달려갔다가 잡지를 잔뜩 품에 안고 되돌아왔다. 승객들이 두고 내린 잡지였다. 막스는 대체 뭘 하던 작자였을까? 그는 잡지에 수록된 그림들이 어느 미술관(박물관)에 소장되어 있는지 죄다 기억하고 있었다.

- 어디 보자, 이 그림은 구겐하임 미술관에 있어. (휘릭) 이 작품은 테이트 미술관에 있어. (휘릭) 아, 이 그림, 이건 루브르 미술관에 있어. (휘릭) 이 그림은 영국 국립미술관에 있지. (휘릭) 이건 스미스소니언 박물관에 있고. (휘릭) 하하하 이 그림은 바티칸에 있어.

잡지에서 그림을 발견할 때마다 손가락으로 가리키며 소리치던 막스가 갑작스레 생각난 듯 물었다.

- 지금 몇 시야?
- 7시.
- 이런 커피 타임이잖아! 나 커피 마시고 올게.

새벽마다 종점역에서 쉬고 있는 열차에 숨어 들어가 잠을 잔다는 부랑자가 커피 타임을 꼬박꼬박 챙기는 여유라니 도무지 알 수 없는 친구였다. 10분 후 돌아온 막스는 다시 내 곁에 앉아 잡지를 넘겼다. 그림을 가리키며 소리치다가 느닷없이 묻기도 했다. 너 어디로 가? 스플리트. 어디서 왔는데? 영국에서. 스플리트 다음엔 어디로 갈 거야? 내 고향 한국까지 갈 생각이야. 한국에도 미술관 있어? 응. 막스와 머리를 맞대고 광장 바닥에 펼쳐 놓은 잡지를 넘기다가 시계를 보니 어느새 스플리트행 기차

97

시간이 되었다. 나는 일어섰다.

　- 난 이제 가봐야 해. 넌 잡지 가지러 안 가?

　- 응. 그 기차엔 읽을 만한 잡지가 없어.

　- 그렇구나. 근데 너 정말 돈이 필요 없어? 5달러가 적어서 그런 거라면 내가 10달러를 줄게

　- 달러는 필요 없어. 조심해서 다녀. 내가 기도해 줄게.

　- 고마워, 너도 조심해.

　막스와 헤어져 스플리트행 야간열차에 올라탔다. 승차를 재촉하는 경적이 울렸다. 덜컹. 기차가 출발하자 마치 플레이 버튼을 누른 것처럼 스팅의 '잉글리시맨 인 뉴욕' Englishmen in New York이 '저머니 인 자그레브' Germany In Zagreb 로 개사되어 머릿속에서 맴돌았다.

I don't drink tea, I take coffee my dear

난 홍차를 마시지 않고 커피를 마셔

I like my toast done on the side

난 한쪽만 구운 토스트를 좋아해

You can hear it in my accent when I talk

내가 말할 때 독일 악센트를 들을 수 있을 거야

I'm an Germany in Zagreb

난 자그레브의 독일인이야

See me walking down Zagreb station

자그레브역을 걷는 나를 봐

A walking magazine here at my side

내 곁엔 늘 잡지가 있지

I take it everywhere I walk

난 어디를 가든 잡지를 가져가

I'm an Germany in Zagreb

난 자그레브의 독일인이야

I'm an alien I'm a legal alien

난 이방인, 난 합법적인 이방인

I'm an Germany in Zagreb

난 자그레브의 독일인이야

3

열차 안은 자대 배치를 받아 떠나는 크로아티아 젊은 군인들로 가득했다. 군복을 입은 앳된 얼굴의 내 또래 청년들이 복도에 줄지어 서서 담배를 피우고 있었다. 나는 화장실에서 돌아오는 길에 침대칸으로 들어가지 않고 그들 곁에 서서 창밖을 내다보았다. 기차는 어느새 도시를 빠져나와 교외를 달리고 있었다. 덜커덩, 덜커덩. 유고 내전으로 부서진 집들과 벌판 곳곳에 버려진 군용트럭들. 어린 군인들의 눈동자엔 불안이 잔뜩 고여 있다. 창가 자리가 비면 또 다른 군인이 와서 담배를 피웠다. 다들 잠이 오지 않는 모양이었다. 뻐끔뻐끔. 열린 창문으로 하얀 연기가 줄지어 빠져나갔다. 그건 마치 인간의 영혼처럼 보였다. 한국에서 에밀 쿠스트리차의 새 영화 〈언더그라운드〉를 보고 친구들과 나눈 대화가 떠올랐다.

– 에밀 쿠스트리차가 은퇴를 선언했더라.
– 아니, 왜?
– 유럽 지식인들이 〈언더그라운드〉를 세르비아계의 정치 선전물이라고 혹평을 했대.
– 그게 무슨 소리야?
– 자세한 사정은 잘 모르겠어. 유고가 좀 복잡하잖아!

많이 복잡했다. 유고슬라비아는 7개 국경으로 이루어진 6개 공화국에 5개 민족이 섞여 살면서 4개 언어를 사용하고 3개의 종교를 믿으며 2개 문자를 쓰는 1개의 나라. 어떻게 해서 이런 나라가 생겨났는지 설명하자면 1400년 전으로 거슬러 올라가야 하고 – 신성로마제국, 비잔틴제국, 오스만투르크제국, 마케도니아, 세르비아, 보스니아, 크로아티아, 슬로베니아, 우스타냐, 티토, 밀로세비치 등 - 낯선 용어, 지명, 인명까지 이어지면 도무지 무슨 소린지 알 수 없는 이야기가 되어 버린다. 그래서 유고슬라비아 상황을 한국으로 변환해서 정리하자면,

배달민족이 한반도에 정착한다. 2차 대전 중 전라도 출신 이완용이 경상도민을 학살하는 일이 벌어진다. 김구는 독립군을 이끌고 일제에 대항해 게릴라전을 편다. 해방이 된다. 김구는 강원, 수도권, 경상, 전라, 충청 각 공화국을 모아 대한민국이라는 연방국을 만든다. 공화국마다에 각 지역 출신, 다른 종교를 가진 사람들이 뒤섞여 산다. 김구 대통령이 사망하고 새 대통령이 취임한다. 그는 경상도 출신들 위주로 정부 인사를 구성하고, 불교신자는 적으로 간주하고, 과거 이완용의 사례를 들추며 전라도 출신을 탄압한다. 이에 전라도를 시작으로 함경도, 강원도가 독립을 선언한다. 전라도는 불교신자가 다수지만 경상도 출신이 20%를 차지한다. 상대적 소수인 경상도 출신은 연방에서 독립하기를 거부한다. 내전이 일어난다. 강원도는 기독교 신자가 70%, 불교신자가 30%를 차지한다. 상대적 소수인 불교신자가 독립을 반대한다. 내전이 발생한다. 내전으로 경상도 출신 30만, 불교신자 50만 명이 죽는다. 다른 공화국의 경상도 출신 친척들과 불교신자 교우들이 내전에 개입한다. 내전은 '종교'와 '출신'이 복잡하게 뒤얽히며 연방 전체로 확산된다. 수도권에선 전라 출신

과 불교인에 대한 무차별 인간청소가 벌어진다. '눈에는 눈, 이에는 이' 식의 복수가 꼬리를 문다. (위 내용은 실존 인물이나 특정 지역과 전혀 관련이 없으며, 유고슬라비아 상황은 이보다 더 복잡했다.)

야간기차는 이제 불면의 산악지대를 지나고 있다. 아, 차가워. 발가락이 어두운 유리창에 닿았다. 침대칸 2층에 누운 채 고개를 들고 발아래 창문을 내려다보았다. 창문 너머로 디나르알프스 산맥Dinar Alps Mts.의 능선이 보였다. 초승달이 두 발바닥 사이에 들어와 있었다. 양쪽 엄지발가락을 가운데로 모았다. 이러면 달 위에 서 있게 되는구나. 디나르알프스 산맥 위에 뜬 초승달에 실려 나는 지중해로 가고 있었다.

스플리트역의 아침은 민박 쪽지를 들고 서 있는 호객꾼들로 붐볐다. 한 노인의 뒤를 따라 언덕 위 낡은 아파트로 갔다. 집주인 내외는 도시로 간 아들 방을 비워 민박을 치고 있었다. 나는 배낭을 내려놓고 지중해로 내려갔다. 초록빛 야자수와 하얀 대리석으로 지어진 로마제국의 유적들이 해안을 따라 이어지면서 묘한 조화를 이루고 있었다. 체코, 폴란드, 헝가리를 지나며 냉온대기후의 나무들만 보다가 야자수들이 하얀 대리석 궁전과 성곽을 감싸고 있는 풍광을 만나니 전혀 딴 세상에 뚝 떨어진 것 같았다. 지중해를 지배하던 로마제국의 왕과 귀족들의 휴양지.

성 돔니우스 성당The Cathedral of St. Domnius, 주피터 신전, 황제의
아파트, 열주의 안뜰, 신하와 하인들이 거주하던 집터가 남아 있
는 디오클레티아누스 궁전The Palace of Diocletian을 거닐다 남문을 나
와 동쪽으로 향했다. 낯선 크로아티아인이 나를 물끄러미 바라
보더니 다가왔다. 일본인이세요? 아뇨, 한국인입니다. 대답을
하고 다시 걷는데 사내가 유모차를 끌고 뒤따라왔다. 커피 한잔
을 사고 싶은데요. 그와 함께 해변의 카페에서 아이스커피 한
잔을 마시며 이런 저런 이야기를 했다. 자신의 아내가 일본인이
라고 했다. 동서양의 피부와 이목구비가 섞인 딸아이가 참 예뻤
다. 기차역으로 아내를 마중 나가는 길이라는 그와 헤어져 해변
을 따라 걸었다. 마침내 모래사장에 다다랐다. 수영복을 준비
해 오지 않았기에, 나는 바지를 벗고 팬티바람으로 지중해로 들
어갔다.

나 홀로 수영을 즐기다가 발끝으로 바닥을 딛고 섰다. 주위를
둘러보았다. 바다는 황금빛으로 물들어 가고, 해수욕을 하는 사
람들, 해변가를 달리는 사람들, 깔깔거리며 공놀이를 하는 아이
들, 키스를 하는 연인들, 모든 사람들의 실루엣이 마치 그림자극
을 보는 것처럼 비현실적으로 느껴졌다. 나는 영화 〈언더그라운
드〉의 마지막 장면을 떠올렸다. 죽은 아내와 아들, 며느리, 친구
들 모두가 해변에 모여 벌이던 축제. 악단이 음악을 연주하는 동

안 주인공들이 어울려 춤추고, 대지가 육지에서 떨어지며 섬이
되던 장면. 나는 지중해 위에 몸을 뉘었다. 둥둥. 해수면 아래로
잠긴 귓가, 물속에서 트럼펫 소리가 들려오는 듯하고.

나 스스로 하나의 섬이 된 것 같았다.

내 생애 동안 내가 행한 일은 그것이 선한 일이든 악한 일이든 무엇보다 나의 자유의지로 행한 것이다. 나는 내 안에서 자유로웠다고 독자들에게 고백한다.

— 카사노바

광장과 게토

1

이것은 세기적 바람둥이로 이름난 세 인물, 돈 후안, 카사노
바, 바이런을 잇는 '방탕의 계보'다. 그리고 이들은 하나의 도시
에서 만난다.

옛날 옛날 스페인 전설에 돈 후안Don Juan이라는 호색한이 있
었다. 티르소 데 몰리나Tirso de Molina(에스파냐 극작가)는 전설을 바
탕으로 〈세비야의 탕아와 돌의 초대객〉이라는 희곡을 쓰고 이로
써 돈 후안은 전 세계 문화판에 본격적으로 등장한다. 18세기 풍
운아 카사노바Giovanni Casanova는 24세나 어린 로렌초 다 폰테와 친
구처럼 지낸다. 로렌초의 직업은 작사가. 카사노바는 그에게 돈

후안 이야기를 오페라로 써보라고 권유한다. 종교와 관습으로부터 자유롭고 천국을 꿈꾸기보다는 일상을 예술로 만들려는 카사노바를 계몽주의자의 초상으로 여기던 로렌초 다 폰테는 이를 투영해 글을 쓴다. 훗날 모차르트의 대표작이 된 〈돈 조반니〉는 로렌초 다 폰테의 대본을 기반으로 했다.

  카사노바가 죽은 바로 그 해 바이런 Baron Byron(영국 낭만파 시인)은 남작인 친척의 전 재산을 물려받는다. 꽃미남에 독신 귀족 출신의 천재 시인은 시집 《차일드 해럴드의 편력》 Childe Harold's Pilgrimage 을 발표, 커다란 명성을 얻으며 런던 사교계의 총아로 부상한다. 유부녀, 처녀, 귀족, 하녀 가리지 않는 여성 편력을 펼치다 사태가 복잡해지자 정치적 망명이 아닌 치정적 망명을 떠나야 했다. 자신의 시 중에서 후대에 가장 널리 읽히게 된 풍자희극 대서사시 〈돈 후안〉은 이때 쓰여졌으며 바이런의 망명지는 카사노바의 고향, 베니스다.

2

  세기적 바람둥이로 알려진 세 인물을 잇는 베니스는 운하의 도시. 과연! 산타루치아역을 빠져나와 무작정 걷다 보니 물길이 막아섰다. 앞장 서 걷던 관광객들은 곤돌라(베니스 운하를 오가는 배)에 몸을 싣고 떠나고, 나는 좁은 길과 운하와 막다른 골목을 한참 헤맨 끝에 간신히 리알토 다리Ponte di Rialto에 도착할 수 있었다. 베니스 '최초의 다리'라는 명성 때문인지 다리 주변은 관광객들로 붐볐고 상점들은 색색 가면들로 화려했다. 가면을 쓰고 거울을 들여다보는 사람들. 저 가면 뒤의 얼굴은 어떤 표정을 짓고 있을까?

우리나라에선 '탈'이라고 부르며 광대들이 썼던 가면을 유럽에선 카니발 기간 동안 일반인이 사용했다. 예수가 광야에서 40일간 금식하던 것을 떠올리며 부활절 D-40일부터 식육을 금하는 풍습이 있었는데 사람들은 금육을 시작하기 전에 맘껏 먹고 놀자며 카니발을 열었다. 1268년에 시작된 베니스 카니발은 세월이 흐르면서 '종교적 의미'는 '원초적 본능'으로 퇴색, 카니발이 열리는 동안 사람들은 누가 누구인지 알아볼 수 없는 가면을 쓰고 낯선 상대와 정사를 나누며 육체적 쾌락을 즐겼다. 카사노바가 베니스 출신인 것도 카니발과 전혀 무관하진 않으리라.

파닥 파닥, 파닥 파닥.

한 무리의 비둘기 떼가 날아올랐다. 베니스의 심장, 산마르코 광장San Marco Piazza에 도착한 것이다. 좁은 골목을 지나다가 갑자기 공간이 확장되자 내 생애 가장 넓은 공간에 서 있다는 착각이 들었다. 산마르코 광장은 전 세계 관광객, 비둘기 떼, 아이스크림 장수, 유모차, 기념품 판매상을 빨아들이는 블랙홀 같았다. 강렬한 인상에 입을 다물 수 없었다. 물론 광장을 둘러싸고 있는 산마르코 대성당, 두칼레 궁전Palazzo Ducale과 종루의 아름다움이 감격지수를 끌어올리는 데 한몫했을 것이다.

나폴레옹은 산마르코 광장에 들어서며 '세상에서 가장 아름다운 응접실'이라 격찬했다는데 글쎄, 길이 175m 폭 80m의 광장을 '응접실'이라고 부르는 게 격찬이랄 수 있을까? 어쩌면 광장이라는 단어를 몰라서 응접실이라 불렀던 건 아닐지. 만약 착오가 아니라면 나폴레옹이 응접실이라고 부를 때 일찌감치 알아봤어야 했다. 그때 이미 황제를 꿈꾸고 있었다는 것을. 아무튼 나폴레옹의 군대가 베니스를 점령하면서 공화국의 수명도 끝.

산마르코 성당은 정면에서 보면 '아치'를 특징으로 하는 로마네스크 양식인데, 천장은 십자 모양의 '돔'으로 이루어진 비잔틴 양식을 하고 있다. '산마르코'는 우리말로는 '성聖 마가'. 마가복음을 쓴 바로 그분이다. 신심(?) 깊은 베니스 상인이 이집트 알렉산드리아에서 마르코의 유해를 훔쳐 와 납골당을 세웠고, 마르코가 베니스의 수호성인이 되면서 납골당은 지금의 형태로 확장되었다. 훔쳐 온 유해를 묻고 삽질을 시작하더니, 십자군 원정 때마다 동방에서 훔쳐 온 물건으로 성당을 장식했다나. 현재 산마르코 성당 입구를 장식하는 청동말은 콘스탄티노플(이스탄불)에서 훔쳐온 전리품인데, 이 청동말은 콘스탄티누스 대제 Constantinus 大帝가 그리스에서 훔쳐 온 물건이었다니 '장물과 함께 돌고 도는 유럽사'라고 할까?

두칼레 궁전 회랑엔 관광객들이 앉아 쉬고 있었다. 베니스는 여행자들을 도보 순례객으로 만드는 도시. 나도 회랑 한구석에 앉아 잠깐 다리를 쉬기로 했다. 베니스 공화국의 정부청사였던 두칼레 궁전은 하얀색과 분홍색이 조화를 이루는 고딕 양식. 멀리서 볼 땐 너무 단조로워 별 다른 감흥이 없었는데 회랑 기둥의 머리를 장식하고 있는 조각들은 무척 섬세하고 아름다웠다. 신발끈을 풀고 의자에 앉은 채 광장을 바라보았다. 사진을 찍고, 아이스크림을 핥고, 깔깔깔 웃고, 손을 휘저으며 대화를 나누고, 근데 광장廣場이란 대체 무엇일까?

내 머리 속엔 두 개의 광장이 있다. 최인훈의 《광장》과 영화 〈시네마 천국〉Cinema Paradiso, 1988의 광장. 최인훈의 소설에서 광장은 밀실과 대비되는 공간으로서, 서문에 다음과 같은 구절이 있다. "광장은 대중의 밀실이며 밀실은 개인의 광장이다." 주인공

이명준은 개인의 광장인 '밀실'만이 존재하는 남한과 대중의 밀실인 '광장'만이 존재하는 북한을 오가며, 어느 쪽도 선택하지 못한다. 남북 어느 곳에도 (개인의 생각이 수렴되고, 대중의 이상이 확산될 수 있는) 진정한 광장이 없었기에. 결국 중립국에서의 삶을 택하지만 그 또한 밀실에 불과하다는 것을 깨닫고 인도양에 몸을 던진다.

나는 오래전부터 이미 '광장'을 가졌던 유럽 사람들이 부러웠다. 그런 광장에서 일찍이 토론하고 생활하던 사람들이니, 왕의 목도 쳐 봤겠지. 왕의 목을 쳐 본 사람들은 왕이 허튼 수작을 할 때 일어설 줄 알 테고, 왕의 목을 쳐 본 나라의 지도자들은 제 목을 쓸며 조심할 줄도 알 테지.

내 나이 열아홉 살에 본 〈시네마 천국〉은 감동적인 엔딩으로 유명한 영화다. 그러나 관객들의 눈자위를 물렁물렁하게 만드는 마지막 장면도 인상적이지만 처음 보았을 때부터 내 눈과 귀를 사로잡은 장면이 있었다. 〈시네마 천국〉엔 한 명의 광인이 등장한다. 토토의 어린 시절, 사내는 저녁이 되자 광장에서 사람들을 쫓아내며 고래고래 소리를 친다. "광장은 내 꺼야, 광장은 내 꺼야, 광장은 내 꺼야." 중년의 토토가 다시 시실리를 찾았을 때 그는 여전히 같은 말을 되뇐다. "광장은 내 꺼야… 광장은 내 꺼라고…." 그런 모습들조차 토토로 하여금 추억에 젖게 하지만 한편, 나는 이런 생각이 들었다.

영화에서든 현실에서든 광장을 자기 것으로 여기고 사람들을 광장에서 내쫓는 사람은 미친 사람이다. 그곳이 시실리든 서울이든.

두칼레 궁전을 빠져나와 바다로 나갔다. 지나는 보트가 일으킨 물살에 장대에 묶인 곤돌라가 흔들렸다. 바다 건너편 산조르조 마조레 성당San Giorgio Maggiore을 바라보며 부둣가를 걸었다. 갈매기가 끼룩끼룩 울었다. 계단을 오르는데 관광객들이 카메라 셔터를 눌러댔다. 탄식의 다리Pontidei Sospiri였다. 두칼레의 법정에서 유죄 선고를 받으면 다리 건너편 감옥에 수감되는데 죄수들이 다리를 건너며 탄식해서 붙은 이름이다. 카사노바도 '문란한 사생활'로 유죄를 선고 받아 1755년 이 다리를 건넜다고 한다. "그 여자(종교재판관의 애인)를 몇 번 만난 적은 있지만 아무 짓도 안 했어요." 카사노바는 결백을 주장했음에도 투옥되었고, 그로부터 1년 후 지붕을 뚫고 탈옥한다, 감방에 쪽지 한 장 남겨놓고서.

당신들이 나를 이곳에 가둘 때 나에게 동의를 구하지 않았듯이 이제 나도 자유를 찾아 떠나며 당신들의 동의를 구하지 않겠소.

파리로 도주한 카사노바는 탈옥 이야기까지 곁들여 유럽 사교계를 휘어잡는다. 배우였던 부모의 유전자를 물려받아 유난히 뛰어난 '화술', 한때 가톨릭 사제로서 신학강의까지 하던 '종교적 지식'과 장교로 입대하던 '군대 경험', 바이올린 연주자로서의 '예술가적 기질', 파도바 대학 법학과를 졸업한 '지성'이 결합된 인물 카사노바는 한낱 바람둥이로 치부하기엔 너무나 변화무쌍하고 매력적인 인간이었다.

유럽 전역을 여행하며 볼테르, 루소, 프레데릭 2세, 예카테리나 2세를 비롯한 귀족, 작가, 예술가, 배우, 천민, 사기꾼, 방탕아와 두루 사귀며 파란만장한 생애를 보낸 카사노바도 말년엔 발트슈타인 백작의 사서로 지내며 쓸쓸한 시간을 보내야 했는데, 이 시기의 고독이 없었더라면 카사노바라는 이름도 인구에 회자되지 못하였으리라. 백작의 하인들로부터 받는 멸시와 외로움을 견디기 위해 그는 지난 생애를 기록하기 시작했고, 12권에 달하는 이 기록이 《카사노바 회상록》이다.

살루테 교회 Chiesa Della Salute 너머로 황혼이 내려앉고 한 점 한 점 들어오는 상점의 불빛들이 수면에 닿아 번들거린다. 베니스는 유럽 도시 중 나의 출신과 가장 잘 맞아떨어지는 도시였다. 나의 고향은 부산, 부산은 항구다. 나는 어디를 가든 가까이에서 물을 접할 수 있는 도시, 베니스가 좋았다. 섬이나 바닷가에서 자란 사람들은 물에서 멀어지면 영혼이 마르는 듯한 느낌을 받는다.

베니스에선 하루 종일 영혼을 흠뻑 적실 수 있었다. 그리고 또 하나 베니스가 각별한 이유가 있는데 '게토' 때문이었다. 베니스공화국에선 1516년 유대인 강제거주구역을 설치하고, 이곳을 게토 Ghetto 라고 부르기 시작했다. 베니스에서 처음 사용된 이 단어는 세월이 흐르면서 나치 독일이 만든 유대인 강제수용소, 미국 흑인 등이 사는 빈민가 등 소수 인종이나 소수 민족 또는 종교집단이 거주하는 구역을 가리키는 말로 변천됐다. 그리고 가난한 예술가들의 공동체를 일컫는 용어로까지 확장되었는데 고국을 떠나기 전 나와 내 친구들이 만든 록밴드의 이름이 '게토'였다.

하여, 베니스를 떠나기 전 나도 한 편의 회상록을 쓰리라. 내가 기록해 두지 않는다면 아무도 기억해 주지 않을 '게토'에 대하여.

* * *

게토 회상록

오늘 오후 3시경 청담동 K은행에서 4인조 무장 강도에 의해 36억 원이 털리는 은행 강도사건이 발행했습니다. 목격자들의 증언에 의하면 범인들은 비틀스의 멤버 존 레논, 폴 매카트니, 링고 스타, 조지 해리슨의 가면을 쓰고 있었으며, 범인들 중 한 명은 흰색 정장을, 두 명은 검은색 정장, 나머지 한 명은 청셔츠와 청바지를 입고 있었으며, 범인 중 한 명은 맨발이었다고 합니다. 이들은 은행금고에 들어 있던 현금을 갖고 달아나면서 "이 음악이 끝날 때까지 고개를 들지 마라"는 협박을 하고 사라졌는데, 범인들이 틀어 두고 간 CD카세트에서 흘러나온 음악은 커트 코베인이 이끌던 너바나의 〈네버 마인드〉 앨범이었다고 합니다. 한편 경찰은…….

라는 9시 뉴스가 방송되지 않았던 건 순전히 운명의 장난이었다, 고 나는 생각한다. 전구공장에 나가기 시작한 지 일주일이 지났을 때 새 직원이 들어왔다. 나의 기타 선생이자 밴드 멤버가 되는 J다. 그가 첫 출근한 날 구내식당에서 새벽 야참을 먹으며 이야기를 나눴다. 그는 나보다 한 살 많은 이십대 중반이었는데 이미 결혼해서 아이까지 둔 가장이었다. 퇴근을 하려는데 그가 자신의 차로 집까지 데려다 주겠다고 했다. 그의 은색 프라이드를 타고 집으로 가는 새벽 길. 카스테레오를 켜자 크림슨 글로리 Crimson Glory의 '로스트 리플렉션'이 터져 나왔다.

– 아니, 이런 음악 좋아해요?
– 그냥… 메탈리카랑 R.E.M을 좋아해요. 요즘은 판테라가 좋더라구요.

자연히 공장에서 일하다 얘기를 나누는 시간이 늘어났다. 어느날 그가 조심스레 물었다.

– 저어… 부탁이 있는데… 나한테 영어 좀 가르쳐 주면 안 될까? 우리 아이 크면 아버지가 영어도 할 줄 안다, 그러면서 우리 애 영어는 내가 가르치고 싶어서. 수업료 대신 내가 기타를 가르쳐 줄게….

J는 지방공고를 다니며 스쿨밴드 활동을 하던 기타리스트였다. 졸업 후 실용음악과를 가고 싶었지만 집안형편상 그럴 수 없어 공장에 나갔다. 그러나 이미 뮤즈의 세례를 받은 뒤라 웅웅거리는 공장의 소음만으로는 귀를 채울 수가 없었다. 낮에 일하고

밤에 멤버들과 연습을 하는 생활. 작곡도 하고 노래도 불렀지만 지방 밴드에 학벌도 없고, 클럽문화가 생기기 전이라 월급 모아 마을회관에서 공연 한번 하고 나면 빈털터리였다. 음악만 하고 싶어 공장도 접고 멤버들과 연습을 하고 저녁엔 주점밴드를 나가기 시작했다. 회갑잔치나 돌잔치에도 갔다. 그러다 사귀던 여자의 배속에 애가 들어섰고 결혼을 했다. 아이가 태어나자 겁이 났다. 안정적인 일을 해야겠구나. 밴드를 접고 직장을 구한 곳이 내가 있던 전구공장이었다.

처음엔 영어과외에 대한 보답으로 시작된 기타 교습이 뮤즈의 마魔가 끼었는지 이상한 방향으로 풀리기 시작했다. 아이 엠 어 티처, 유 아 어 스튜던트… 1시간 반 동안 영어공부. C코드, E코드, G코드, Bending, Slide… 1시간 반 동안 기타 교습을 한 지 일주일 후 J의 차를 타고 출근하려는데 보조석에 한 사내가 앉아 있었다.

　- 아, 인사하세요. 제 친구 D예요. 여긴 R.
　- 네, 안녕하세요.
　- 예전에 드럼 치던 친구인데 같이 공장 나가기로 했어요. R씨도 기타만 연습하는 것보단 드럼하고 같이 박자를 맞추면 제대로 배울 수 있을 텐데.

- 고향에서 드럼을 가지고 올 수는 있는데 그걸 놓을 만한 장소가 있겠어?

순간 나의 머리 속에 한 장소가 삼파장 전구처럼 반짝거렸다. 다음날 나는 학교 스쿨버스 대기주차장 건물동을 뒤졌다. 스쿨버스 기사들을 위한 신축 건물이 들어서면서 옛 건물은 창고로 사용되고 있었다. 스쿨버스 관리실로 갔다.

- 저쪽에 있는 빈 방을 동아리 연습실로 사용할까 하는데 괜찮을까요?
- 이 학교 학생인가?
- 네, 여기 학생증.
- 무슨 동아리지?
- 에… 공연 동아리요!

얼떨결에 드럼까지 세팅할 수 있는 합주실이 생겼다. 내가 속한 문학동아리 이름으로 사용신청서를 제출했다. 생각지도 않은 기타에 R, 베이스에 J, 드럼에 D로 구성된 잼이 만들어진 것이다. 며칠 후 도서관에서 빌린 책을 반납하러 갔다가 봄 학기 수강신청을 하러 온 짐을 만났다.

짐은 장발과 그가 즐겨 입던 도어즈 티셔츠 때문에 짐 모리슨 James Douglas Morrison (도어즈의 리드싱어)의 '짐Jim'으로 불러 주는 줄 알았지만 우리는 순수 우리말의 의미로 그를 '짐'이라 불렀다. 토목공학과에 입학했으나 연극영화과에 가기 위해 휴학하고 재수를 했지만 떨어지고 다시 복학, 군 입대 후 2년간 고문관으로 지내다 제대한 복학생이었다. 그는 홍대 앞에 클럽문화가 생기자 주말마다 오디션을 보러 다니고, '보컬 구함' 전단지가 붙으면 경쟁률을 낮추기 위해 전단지를 찢어서 가방에 챙겨 오곤 했다. 공대생과는 말이 안 통한다며 공강 시간 내내 정기간행물실에 처박혀 〈창작과 비평〉에서 〈레이디경향〉까지 문학잡지, 시사잡지, 음악잡지, 영화잡지, 인테리어 잡지, 여성잡지 등 잡지적雜紙的 지식으로 좌뇌, 우뇌가 스테레오로 도배되어 있던 선배. 단 한번도 술값을 낸 적이 없고, 후배에게도 얻어먹으며 점심시간엔 교내식당에 줄서서 얼렁뚱땅 떠들다가 식권 넣는 척만 하고 공짜 식사를 하던 선배. 그렇게 모은 돈으로 남몰래 팝에서 록까지 거의 모든 신보를 사서 듣던 선배. 그는 우리들의 '짐'이었고, 심리학적으로나 정신적으로나 문제적 인간 '짐'이었다.

- R, 요즘 뭐 하냐?
- 응, 나 요즘 음악 해! (기타 한 달 치고 음악 한다고?)
- 어? 그래? (눈이 동그래져선 반색하는 짐)… 누구랑?

- 공장 친구들이랑.

- 기타는 누구야?

- 나.

- 드럼은 있냐?

- 응.

- 베이스도 있어?

- 응.

- 음… 근데 보컬 있냐?

- 아니.

- 푸하하하하하하하.

영어과외로 시작된 기타 교습이 보컬을 하겠다는 짐까지 합세하면서 일이 커져 버렸다. 공장노동자, 위장취업 휴학생, 사회부적응자로 구성된 노학연대勞學連帶 록밴드 결성. 꿈에 그리던 보컬이 된 짐은 꿀단지처럼 모아 둔 음반들을 짊어지고 내 자취방으로 들어앉아 버렸다. 그가 들고 온 음반들은 가히 환상적이었다. 사이키델릭, 프로그레시브, 아트 록, 하드 록, 헤비메탈, 데스메탈, 인더스트리얼 메탈, 그런지, 글램, 고딕, 펑크… 음반만으로 그는 록의 역사를 소장하고 있었던 것이다. 공장에서 돌아와 자고, 오후에 일어나 기타 연습을 하고, 저녁엔 공장에서 음악을 들으며 피크로 청바지 옆 재봉선을 스트로크 해대던 어느 날.

– 이젠 곡을 정해서 연습하는 게 낫지 않을까?

– 그래, 그래야 실력이 늘지! (내 기타 실력을 말했다.)

– 그럼 공연을 한번 해볼까?

– 공연을 하려 해도 주최측이든 돈이든 뭐가 있어야 하지.

– 내가 한번 알아볼게.

공연을 하게 되면 내 기타 실력은 한방에 업그레이드될 거야. 누가 그랬던가? 작곡 할 땐 늘 자신의 한계를 넘어서는 곡을 만든다고. 그러면 라이브 공연를 하기 위해 그 한계를 뛰어넘지 않으면 안 되기에 연습에, 연습을 거듭하게 된다고. 공연을 하자. 그러면 무대에 서기 위해서라도 연습에 연습을 거듭하게 될 테지. 그러나 막상 알아보겠다곤 했지만 뾰족한 답은 없었다. 우리에겐 비싼 장비 빌려서 공연할 돈이 없었다. 내 자취방에 얹혀지내는 짐이 돈이 있겠는가? 집안의 가장인 J가 돈이 있겠는가? 갓 공장에 입사한 D가 돈이 있겠는가? 젠장, 내 통장을 털어?

일찍이 은행털이범이 주인공인 영화를 무척 좋아하던 나는 공연 자금을 마련하기 위해 〈우리에겐 내일은 없다〉Bonnie and Clyde, 1967, 〈내일을 향해 쏴라〉Butch Cassidy and the Sundance kid, 1969, 〈개그맨〉 Gagman, 1988, 〈폭풍 속으로〉Point Break, 1991 등 은행털이용 학습 영화를 보던 중 은행털이 수능시험을 치르지 않아도 된다는 소식을

접했다. 영문과, 불문과, 일문과 등으로 이루어진 밴드가 생겼고
3주 후 첫 공연을 한다는 내용이었다.

　－ 그 밴드 리더가 누구야?

　－ P라고 하던데요?

　－ 영문과 P?

　－ 네.

　－ 하하하하하하!

　적군의 리더는 한때 과내 사회과학학회에 들어왔다가 그의 흠
모 대상이 마르크스나 알튀세르 Louis Pierre Althusser가 아니라 채림
을 닮은 여자 후배로 들통 나면서 마르크스주의자도 신자유주의
자도 아닌 연애지상주의자로 낙인찍힌 P였다. 그 여자 후배를
사귀기 위해 우선 학회 선배들에게 늘 깍듯이 인사하던 후배 P.

　－ 밴드 방이 어디야?

　－ 따로 방이 없어서 민중가요 패들과 같은 방을 쓴다던데요.

　나는 학회방으로 갔다. 넓직한 방에 반은 풍물패 악기가 널려
있고 한쪽에는 기타가 죽 세워져 있었다. 깁슨? 헤머? 잭슨? 나
의 최저가 콜트는 감히 내밀지도 못할 수입 기타들이 줄지어 서

있었다.

– 어, 형이 웬일이에요? 휴학했다면서요.

– 응. 올여름부턴 나 보기 좀 힘들 거야. 근데 니네 이번에 공연한다며?

– 네. 3주 뒤에 첫 공연해요. 꼭 구경 오세요.

– 그래 가야지(구경이 아니라 연주 하러!). 근데 니네 오프닝 맡을 밴드는 정했어?

– 네.

– 그래? (그렇다고 포기할 내가 아니지) 포스터도 다 찍었어?

– 아뇨, 아직 디자인이 안 끝나서….

– 그럼… 오프닝에 우리 밴드도 넣어 줄래? 한 팀 더 넣어도 괜찮지?

– 형이 밴드를 해요?

– 어… 응….

– 형 밴드면 넣어 드릴게요. 밴드명이 뭐죠?

– 에… 그게… 나중에… 언제 알려 주면 되지?

– 내일까지 알려 주세요.

야호! 드디어 공연을 잡았다. 밴드명? 아직 없으면 어때? 네버 마인드! 멤버들 만나 밴드명 정하고 연주곡 골라서 내일 전해 주면 되겠지! 그러나, 몰랐다. 정말 몰랐다. 밴드명을 막상 지으려니 그게 그렇게나 힘든 것일 줄은.

- '귀구멍에 X 박았냐', 어때? (내 귀에 도청장치에 경도된 짐이 가히 방송 불가성 밴드명을 들먹여댔다.)
- 그건 너무하잖아. 그런 밴드명으로는 앨범을 낼 수도 없어. 차라리 이렇게 수정을 하자! (D가 내민 백지 위에는 선명하게 '귀구멍에 X 박았냐'가 씌어 있었다.)
- 엑스? 지금 장난 치냐? 차라리 '궁뎅이 밴드'가 낫겠다. (가난한 록밴드의 생활이 끈적하게 배어 나오는 '허벅지 밴드'명에 경도된 J가 말했다.)
- 그건 너무 아류 냄새가 나는데 차라리 '어금니 밴드'가 낫지 않겠어?
- 니미, 궁뎅이나 어금니나 그게 그거지.
- '크라잉 크틀피쉬'는 어때? 우는 땅콩(크라잉 너트)도 있는데 우는 오징어가 함께하면 좋지.

도무지 진도가 나가지 않았다. 한 시간이 지나도록 노브레인이 따로 없는 밴드명이 수없이 쏟아졌지만 좀처럼 그럴듯한 밴드명이 떠오르지 않았다. 내일까지 밴드명을 넘겨야 되는데 말이다.

– 그럼 게토는 어때? 록밴드들의 공동체 혹은 로커들의 거주지로 해석할 수도 있고 슬럼 같은 분위기는 그런지 록과 잘 어울리고.

– 빙고!!!

– 아멘!!!

– '귀구멍에 X 박았냐' 가 낫다니까!

떼쓰는 짐을 제쳐 두고 우리는 밴드명을 게토GHETTO로 정했다. 그러나 짐은 귀 구멍에… 귀 구멍에… 귀 구멍에… 로 우리들의 귓구멍을 계속해서 괴롭혔고 결국 짐은 우리들이 내린 최후의 통첩을 받고서야 잠잠해졌다. '보컬 구함' 전단지 돌릴까?

아마도 내가 3개월만 더 기타를 쳤더라면 그처럼 무모한 공연을 강행하지는 못했을 것이다. 그래서 나는 생각한다. 모든 것을 음악에 거는 뮤지션들을 찾아 날아다니던 뮤즈가 날개기관 오작동으로 내 어깨에 잠시 불시착했던 것이라고. 공연 날짜가 정해지면서 영어과외는 당분간 건너뛰기로 했다. 공장에선 이어폰으로 음악을 들으며 청바지 옆선을 튕기고, 공장에서 돌아와 한숨 자고 일어나 저녁 8시까지 합주를 했다. 일주일이 지나자 드럼과 박자가 맞았고, 2주일이 지나자 베이스 소리가 들렸고, 3주가 지나자 보컬까지 합세해 공연 준비가 끝났다. 그러나 무대에서 기타 한 번 친 적 없는 내가 한 가지 간과한 것이 있었으니….

　공연 당일 오후 2시까지 잠을 잤다. 공연은 6시에 시작이었다.
3시부터 합주실에서 자체 리허설을 했다. 처음 무대에 오르는
짐은 들떠 있었고 긴장해 있었다. 나 역시 긴장되긴 마찬가지였
지만, 긴장보다는 걱정이 앞섰다. J와 D는 대학 밴드 멤버들보다
훨씬 연주 실력이 뛰어났다. 기타와 드럼스틱을 다시 잡으며 한
껏 신이 난 벗들의 기분을 나의 실수 때문에 망치고 싶지 않았
다. 5시가 되어 공연장으로 갔다. 공연장은 각 팀들의 리허설 준
비로 시끌벅적했고, 조명과 오디오 시스템을 손보느라 부산스러
웠다. 마침 연주하던 팀의 리허설 후에 우리의 리허설이 잡혔다.
비상구 옆의 계단에 앉았다.

　– 아무래도 안 되겠어.

　짐이 가방에서 참이슬을 꺼내 들었다. J와 D가 웃었다. 언제
사 뒀어? 짐이 한 모금을 들이켰다. 야, 그러다 가사도 잊어버리
는 거 아냐? 짐이 J와 D에게 술을 권했지만 둘 다 사양했다. 그
들은 이미 콘서트, 환갑잔치, 가라오케에서 연주해 온 베테랑들
이었다. 짐이 내게도 권했지만 나 역시 사양했다. 공연이 다가올
수록 마음이 가라앉았다. 모든 사물들이 천천히 움직였고, 공연

장 밖으로 달려 나오는 초강속 기타 리듬도 느릿느릿 기어오는 것처럼 느껴졌으며 심장은 평소보다 더 느리게 뛰었다. 그러나 초짜는 초짜이다 보니 우리 리허설 차례가 되었을 때, 나는 '게토'의 전설이 될 한마디를 던지게 된다. 지금 생각하면 차마 부끄러워 외칠 수 없는 말, 내가 런던으로 떠난 후 들어온 신입멤버가 긴장할 때마다 전해 줬다는 말, 마치 〈넘버3〉의 송강호가 중국집에서 쫄따구들을 모아 두고 설교하던 어투로….

　- 공연 들어가기 전에 마지막으로 한마디만 하겠다. 예전에 말이야, R이라는 분이 계셨어. R! 기타 잡은 지 석 달 만에 무대에 오르신 분이지. 그 양반이 여러 곡 작살 내셨지, 여러 곡. 그 양반 스타일이 이래. 딱 기타 앞에 서면 말이야. 너 기타냐. 너 콜트 기타! 나 R이야!! 그리고 그냥 기타 딱 잡아. 잡고 무조건 피크로 X나게 내리치는 거야, X나게. 기타줄 끊어질 때까지! 첫 공연에 무대에서 리허설할 때도 마찬가지야. 딱 무대 위에 섰다. 헤이 라이트? 유… 유 라이트? 나 R이야. 그리곤 그냥 소리쳐. 아무 생각 없이, 그냥

　- 조명 아저씨!

　- 그럼 조명 아저씨는, 조명 아저씨는… 갑자기 소리치니까,

뭐야 이 씨발놈, 뭐야 이 씨발놈. 이러면서 쳐다보게 되어 있어. 쳐다보게 되어 있다고. 보다가 눈이 딱 마주쳐, 응, 마주쳐. 그러면.

– 불 끄면 나 기타 못 쳐요, 조명 좀 환하게 해주세요!!!!!!!

– 이봐 이봐 이봐봐 이게 이렇게 조명을 올리게 돼 있어. 사람이란 게 반사적으로 조명을 올리게 돼 있다고. 그리고 기타를 딱 쳐 그냥. 어? 무조건 딱 치고, 치고 하는 말이… 하… 이 씹쌔끼야, 머머머 이 음악은 음악 아냐, 머? 이러면서 또 X나게 내리치는 거야, 무조건. 어? 이, 노… 노… 노래 끝날 때까지 노… 노래 끝날 때까지! 그런 무대포 정신! 무대뽀! 무대뽀. 그게… 필요하다.

그랬다, 나는 그때까지 단 한 번도 어두운 조명 아래서 기타를 친 적이 없었다. 이제 겨우 몇 개 기타 코드와 업다운 스트로크를 배운 마당에 조명이 어두워지자 기타 코드를 제대로 짚을 수 없었던 것이다. 불 끄면 기타 못 친다는 말이 어린이 합주회도 아니고 그날 오프닝 공연 무대에 설 밴드 기타리스트 입에서 너무나 당당하게 터져 나왔으니! 아무튼 리허설은 환한 조명 아래 무리 없이(?) 진행되었고, 연주할 곡들이 끝나자 다음 리허설 팀에게 바통을 넘겨주었다. 5시 45분. 이제 15분이 지나고 나면 본격적인 공연이다. 자, 다들 준비됐어? 오케이! 조명 ON, 스피커 ON, 마이크 ON, 기타~~~~~플레이!!

'게토'란 공장 노동자 J와 D, 위장취업자 R과 사회부적응자 짐으로 뭉쳐진 밴드명이었다. 학교 구석에 버려진 건물, 그곳은 합주실이자 자치구역이었다. 우리는 '비틀스'로 건물을 짓고, '너바나Nirvana'로 가로등을 세우고, '펄잼Pearl Jam'으로 가로수를 심었다. 그리고 우리의 깃발 '게토'을 들고 행진하던 첫 공연에서 짐은 날아올랐다. 알코올 25도가 동맥과 정맥을 지나 모세혈관을 향해 질주하는 제1의 아해, 짐은 그토록 꿈꾸던 보컬이 되어 첫 무대에 선 환희로 무대와 객석을 헤집고 다녔다. 가정과 학교와 군대에서 사회부적응자로 짐짝 취급 받던 짐이 그처럼 신이 나서 노래 부르며 날아오르는 모습을 지켜보는 것은 즐거웠다. 그날 나는 단 한 번의 삑사리도 없이 연주를 마쳤다. 내가 어쩜 그렇게 침착할 수 있었는지 지금 생각해도 이해가 가지 않는다. 무대에 올라간 순간, 난 온돌방에 누워 천장을 올려다보며 바깥에서 부는 겨울바람 소리를 듣고 있는 듯한 기분이었다. 마치 어머니의 아기집으로 돌아간 아이처럼.

무대에서 내려온 우리는 다음 팀이 연주하는 모습을 잠시 지켜보다가 각자 악기를 챙겨 공연장을 빠져나왔다. 공연이 끝날 때까지 보고 싶었지만 그날도 우리는 야간작업을 위해서 공장에 갈 준비를 해야 했다. 집으로 돌아오는 길에 J에게 물었다.

　- 오늘 나 어땠어?

　- 큰 실수 없이 잘했어. 너무 얌전하게 치긴 했지만 (다른 기타리스트들처럼 기타랑 몸을 흔들어 대는 여유는 없었던 게다.)

　- 네가 기타 친 지 석 달밖에 안 된 초짜인지는 아무도 눈치채지 못했을걸. 그치 않냐?

　- 리허설에서 조명 좀 환하게 해주세요! 라고 외친 것만 빼면, 하하하.

　- R, 영국 가지 말고 우리 이 길로 나서자! 앨범 준비하고 판 내고, 니네 취직하냐? 나는 밴드 한다! 그러곤 학교를 떠나는 거야. 취직은 무슨 취직. 우린 한방에 뜰 수 있어 (흥분이 가라앉지 않은 짐이 110% 오바성 발언을 해댔다)

　- 짐, 내가 영국에서 정통 펑크 록을 배워 올 테니 그때까지만 기다려!

　그 시절의 무엇이 우리로 하여금 록으로 이끌었을까? 부동의 시스템, 세습되는 계급, TV에서 Radio까지, 골목에서 대로까지, 마을버스에서 지하철까지, 백주 대낮에도 '자본주의'와 '상업

주의'가 발가벗고 살 섞는 음탕한 공기가 숨 막혔기에 우리는 마치 폐쇄공포증 환자처럼 사방의 모든 벽을 무너뜨리고 싶었던 게 아닐까? 그때 음탕하지 않은 것은 아무 것도 없었다. 물론 지금이라고 해서 달라진 건 없겠지. 다만 우리의 청춘이 우리의 생애에서 조금씩 빠져나가는 사이 우리가 음탕한 공기에 익숙해지고 있을 뿐.

나는 아직 배우고 있다.

– 미켈란 젤로

바티칸이라는 이름의 거대한 고래

1

당신의 로마는 언제 시작되는가? 나의 로마는 내 나이 여덟 살, 최초로 성性을 느낀 날과 함께 시작되었다. 명절날 온 가족이 둘러앉아 TV영화를 감상하고 있었다. 엘리자베스 테일러와 리처드 버튼이 주연한 〈클레오파트라〉Cleopatra, 1963. 시저(카이사르)와 클레오파트라의 만남에선 별 느낌이 없었다. 별 느낌 없이 영화를 보다가 시저가 원로원에서 칼에 찔려 죽고, 안토니우스가 이집트로 돌아간 클레오파트라를 만나 키스를 하던 장면. 두 남녀의 입술이 살짝 붙는가 싶더니 화들짝 떨어졌다가 다시 달라붙던 순간, 내 마음 깊은 곳에서 전율이 일었고, 알 수 없는 느낌이 내 몸의 어딘가로 전달되었다. 같이 영화를 보고 있던 가족들이 내 몸의 변화를 알아챌까봐 얼마나 불안하던지! 어린아이가 보아서는 안 되는 것을 보고 있는 듯한 불안과 그것을 훔쳐보고 있다는 야릇한 흥분, 그것이 내가 최초로 성性을 맞이한 순간이고, 로마와의 첫 만남이다.

로마Rome는 거대한 도시다. 면적을 말하는 것도, 제국을 일컫는 것도 아니다. 세계의 머리Caput mundi라고 불리는 로마는 도시 그 자체가 거대한 박물관이고 미술관이다. (도시 자체가 박물관이니, 미술관이니 하는 수식어가 붙는 도시는 세계 곳곳에 있지만 로마와 비교하면 다른 도시는 동네 박물관, 동네 미술관 수준에 불과하다.) 기원전 8세기경 도시국가로 시작해서 476년 서로마제국이 멸망하기까지 '제국의 수도'였으며, 로마제국이 멸망한 후에도 '가톨릭의 중심지'였던 로마 곳곳에는 기원전부터 지금에 이르기까지 수많은 유적과 명소와 작품들로 가득하다.

콜로세움, 로마 신전, 원로원, 대전차 경기장, 판테온, 카타콤, 바티칸 박물관, 라오콘, 아테네 학당, 천지창조, 최후의 심판, 시저, 아우구스투스, 미켈란젤로, 라파엘로.

로마의 유적과 작품들은 저마다 다양한 인물들의 흥미로운 이야기와 사연을 간직하고 있다. 그래서 그 모든 이야기들을 다 들으려면 천 일 밤을 새워도 부족하다. 로마에 도착한 나그네는 수많은 이야기들 중 몇 개를 선택해야 한다. 결국 로마에 살지 않는 한 대양大洋에 발목만 적시고 떠날 수밖에.

2

　로마에서 친구 D를 만나기로 했다. D의 이름은 다비드.(미켈란젤로의 작품과 이름이 같다. '다윗과 골리앗' 이야기의 주인공 다윗. 한 손에 팔매를 한 손에 돌을 쥐고 있는 다비드상을 사진으로만 보고 보통 남성의 키 높이 정도로 짐작하는 사람들이 많은데, 실제 다비드상의 높이는 4m 30cm에 이른다. 하얀 대리석으로 만들어진 나체 조각상. 최초의 성을 느낀 순간이 언제였냐는 질문에 다비드상을 보았을 때라고 대답하는 여성도 많지 않을까?) 내 친구 다비드를 만난 건 런던에서다. 내가 입학한 칼리지에는 나처럼 아르바이트로 생활비를 벌며 공부하는 친구들이 많았다. 〈태양은 가득히〉Purple Noon, 1960의 알랭 들롱을 쏙 빼닮은 다비드는 두 군데 레스토랑에서 오가며 바쁘게 일했다. 살짝 미간을 찡그린 얼굴엔 늘 고단함이 묻어나던 그가 축구선수였다고 했을 때 나는 얼마나 놀랐던가. 눈을 동그랗게 뜨자 그는 이탈리아 3부 리그에서 뛰었다며 수줍어했다. 런던을 떠나기 직전 다비드로부터 전화번호를 받았다.

– 나도 다음 주엔 귀국할 거야, 로마에 들르면 꼭 전화해!

로마 트리니티역에서 내려 공중전화로 D에게 전화를 걸었다. D의 어머니가 받았다. 일하러 갔는데, 저녁에 다시 전화해 보렴. 런던에서도 로마에서도 다비드는 늘 바쁘구나. 로마의 어디부터 볼까? 어린 시절부터 바티칸Vatican City에 꼭 가고 싶었다. 가톨릭 신자도 아닌 내가 바티칸에 가고 싶었던 이유는 세상에서 가장 작은 나라라는 타이틀 때문. 인구가 1,000명도 되지 않고 스위스 병정들이 지키는 나라, 동화 같은 배경에 매료되었던 것. 그리고 또 한가지 이유는 미켈란젤로의 〈천지창조〉를 보고 싶었다.

바티칸으로 가는 길목 곳곳에 두리번두리번 진을 치고 있는 집시들. 이탈리아 집시들은 특히 악명이 높았다. 훔친 아기를 관광객들에게 내던지고 관광객이 갓난애를 받아 안는 사이 지갑이나 카메라를 뺏어 달아나기도 한다는 소문이었다. 배낭과 지갑을 점검했다. 체인을 연결해 둔 호주머니 속 지갑에 100만 원, 자물쇠를 채워 둔 배낭 속 다이어리에 100만 원이 들어 있었다. 내 여행길의 전 재산이었다. 어느 것 하나만 잃어도 유라시아 횡단여행은 포기해야 한다.

바티칸에 들어서면 관광객들을 가장 먼저 맞이하는 성 베드로 광장-Piazza San Pietro. 수용인원만 30만 명이 넘는 초대형 광장 한가운데 높이 25m에 달하는 오벨리스크Obelisk가 우뚝 서 있었다. 칼리큘라Caligula가 경기장을 장식하기 위해 이집트에서 가져온 기념비가 타원형 광장 한가운데 시계의 중심축처럼 꽂혀 있었다. 광장을 둘러싼 284개의 기둥은 마치 시계의 분침 같아서 기둥 위의 카톨릭 성인 140명은 오벨리스크를 바라보게 된다. 아이러니한 것은 오벨리스크가 상징하는 신이 야훼가 아닌 태양신이라는 것.

바티칸 박물관은 동물로 치자면 흰수염고래에 해당한다. 세계 최대 고래의 아가리 앞에는 관광객들로 인산인해, 한 해 방문객만 400만 명이 넘는다고 하니 몇 시간이고 줄서서 기다려야 한다. 고래 뱃속에 들어갔다고 해서 편해지는 것도 아니다. 전시품을 모두 다 관람하려면 무려 16km를 걸어야 한다. 이 정도 되면 관람이 아니라 행군이다. 아가리에서 몸통을 지나 꼬리에 이르는 머나먼 행군을 마치려면 한 살이라도 더 젊을 때 들어서야 한다. 내가 바티칸이라는 거대한 고래 뱃속에서 만난 조각들 중 가장 인상적인 작품은 라오콘, 아폴론, 피에타였다.

'라오콘' Laocoon은 바티칸 박물관의 기원이 된 작품. 1506년 포도밭을 일구던 농부의 삽에 대리석 돌덩이가 걸린다. 교황은 미켈란젤로Michelangelo Buonarroti를 파견해 이 돌덩이를 조사하게 한다. 미켈란젤로는 "예술의 기적"이라고 외치며 교황으로 하여금 돌덩이를 사들이게 한다. 교황은 한 달 후 바티칸에 이 돌덩이, '라오콘'을 진열하고 대중에게 개방한다. 바티칸 박물관의 시작이다.

트로이 전쟁 당시 목마를 들여놓지 말라고 경고한 사제 라오콘은 천기를 누설했다는 죄로 신들의 노여움을 산다. 포세이돈은 거대한 바다뱀 두 마리를 보내 라오콘을 살해했는데 이 조각상은 라오콘과 두 아들이 바다뱀에게 죄어 죽어 가는 모습을 묘사한 걸작이다. 바다뱀은 마치 살아 있는 듯 꿈틀대고, 라오콘과 두 아들의 고통스런 표정은 보는 이에게 그대로 전달된다. 이 역동적이고 생동감 넘치는 조각상 앞에서 입 벌리지 않는 관람객은 없다. 아, 감탄사들이 사방에서 터져 나온다.

'아폴론Apollon'는 여느 남성 조각상과는 다른 느낌이었다. 남성 조각상에서 흔히 발견할 수 있는 복근이 보이지 않고, 이두도 삼두도 매끈하다. 아름다운 얼굴, 늘씬한 허벅지, 가느다란 종아리는 여성에 가깝다. 그래서 남성 성기를 떼 내고 젖가슴을 붙이면 미의 여신, 비너스라고 해도 믿을 것 같다. 고대 그리스와 로마엔 동성애자와 양성애자가 많았다는데 아폴론처럼 중성적인 아름다움이 돋보이는 조각상 때문이 아니었을까? 라오콘의 비극적 아름다움과는 또 다른 매력에 발목이 잡혀 버렸다.

'피에타Pieta'는 '마리아가 예수를 끌어안고 있는 형상'을 가리키는데, 원뜻은 '자비를 베푸소서'. 샛길로 잠깐 빠지면 내 생애 가장 아름다운 피에타상은 영화의 한 장면이다. 박광수 감독의 〈그들도 우리처럼〉(1990). 1980년대 시위를 주동한 혐의로 수배를 받던 기영(문성근)은 위조한 신분으로 탄광촌으로 숨어든다. 다방에서 몸을 팔아 생활하는 영숙(심혜진)은 기영을 사랑하게 되고 티켓 파는 일도 그만둔다. 연탄공장 아들 성철(박중훈)이 평소 마음에 두고 있던 영숙에게 티켓을 끊으려다가 거절당하자 폭행을 하고, 기영이 성철을 말리다가 경찰에 연행된다. 형사에게 취조와 고문을 당하고 무혐의로 풀려난 날, 기영은 몹시 앓고 영숙은 헛소리와 신음을 하는 그를 품에 안는다. 그때 기영의 입에서 터져 나오던 말, 어, 어, 어머니! 그 순간 나는 피에타가 떠올랐다.

미켈란젤로의 '피에타'는 나이 든 어머니가 죽은 아들을 안고 있던 실제보다 내가 영화 〈그들도 우리처럼〉에서 발견했던 이미지에 더 가깝다. 33세 아들을 안고 있는 어머니는 어머니라기보다는 연인처럼 보인다. 얼굴에선 주름을 찾아볼 수 없고, 노년의 구부정한 곡선도 보이지 않는다. 그럼에도 불구하고 마리아는 어머니다. 기영이 영숙의 품에서 '어머니'를 외치듯 세상의 모든 아들, 딸들이 고통 속에서 '어머니'를 외칠 때, 그 '어머니'가 미켈란젤로의 피에타에 살아 있다. 미켈란젤로는 일찍이 자신이 조각을 하는 게 아니라, 돌 속에 이미 있는 대상을 해방시킨다고 말했다. 영숙 안에, 돌 속에, 만물 속에 어머니가 들어 있다.

바티칸 박물관이 자랑하는 그림들 중 단연 압권은 미켈란젤로의 '천지창조'. 유년 시절 한 사내가 천장벽화를 그리는 과정을 다룬 영화를 본 적이 있다. 교황이 사내에게 성당의 천장벽화를 그리도록 명령한다. 그러나 사내는 자신이 조각가이기 때문에 그림을 그릴 순 없다고 버티다가 마지못해 계약을 한다. 넓고 커다란 천장에 무엇을 어떻게 그려야 하나? 작업을 시작했지만 자신이 그린 그림이 내키지 않은 사내는 기껏 그린 그림을 지워 버리고 줄행랑을 친다. 교황은 그를 잡아오라는 명령을 내리고, 도망치던 사내는 우연히 바라본 하늘의 구름과 자연이 만들어 놓은 형상에서 영감을 얻는다. 영화 〈고뇌와 절정〉The Agony and the Ecstasy, 1965. 여러 해가 지난 후, 나는 도망치던 사내가 미켈란젤로이고, 교황이 율리오 2세, 그가 그린 작품이 '천지창조'라는 것을 알게 되었다.

돌아온 미켈란젤로는 자신의 몸을 돌보지 않을 정도로 작품에 몰입했던 것 같다. 그림을 그리다가 방으로 돌아와 신발도 안 벗고 곯아떨어지던 탓에 신발과 발가락이 달라붙었고, 높이 20m에 달하는 비계(작업대) 위에서 일한다는 것도 잊고 뒷걸음치다가 추락사하기 직전에 조수가 물감 묻힌 붓을 맞은편 벽화를 향해 던져 겨우 목숨을 건질 수 있었다. 영리한 조수가 없었더라면 인류 미술사에 획을 긋는 초대형 걸작은 완성되지 못했겠지.

고행수행자(?) 미켈란젤로는 4년간 혼자 '천지창조'를 그리며 갑상선종, 종기, 목과 허리 디스크 등 이루 말할 수 없는 고통을 겪었고, 천정화를 그리다 보니 눈동자 위로 떨어지는 물감 때문에 실명에 대한 두려움을 내내 안고 지내야 했다. 후세의 사람들은 말한다. 미켈란젤로가 '천지창조'를 완성한 것이 곧 '기적'이라고.

시스티나 예배당 Cappella Sistina 천장에 구현된 이 '기적'에 넋을 잃은 관광객들은 목과 허리 디스크에 걸리기 십상이다. 길이 41m 폭 13m의 면적에 '창세기'가 마치 영화처럼 펼쳐지는데 등장인물만 300명이 넘는다. 그림의 크기와 웅장함이 관람객들을 단숨에 압도한다. 빛과 어둠의 창조, 달과 해의 창조, 하늘과 물의 분리, 아담의 창조, 이브의 창조, 원죄와 낙원 추방, 노아와 예언자들…. 천장 아래 담요라도 깔아 두고 입장 순서대로 누워 천장화를 감상하게 해줬으면 좋으련만 그런 배려는 없다. 목을 젖히고 올려다보는 동안 미켈란젤로가 겪은 고통을 몸소 체험해 보라는 '깊은 뜻'이겠거니 하고 꾹 참아야 한다. 아, 정말 목과 허리가 아프다.

너무 유명해서 한마디 하는 것 자체가 사족이 될 라파엘로 Raffaello Sanzio의 '아테네 학당'도 바티칸에 있다. 원근법으로 그리스 학자들의 모습을 조화롭게 배치한 작품. 한가운데 학당을 걸어 나오는 두 인물은 플라톤과 아리스토텔레스다. 손가락으로 하늘을 가리키고 있는 플라톤은 르네상스 시대 최고의 지성 '레오나르도 다 빈치'를 모델로 삼았고, 손바닥으로 땅을 지향하고 있는 아리스토텔레스는 '교황 율리오 2세'를 모델로 삼았다. 54명에 달하는 인물들 중 내가 가장 좋아하는 인물은 디오게네스Diogenēs. 견유학파犬儒學派, 그러니까 훗날 '개 같은 학파'라고 손가락질 당한 비주류 학파의 거두. 알렉산더 대왕에게 '태양을 가리고 있으니 옆으로 비켜 달라'고 대답했던 바로 그 인물이다. 계단참에 널브러지듯 비스듬히 앉아 있는 그는 실제 부랑자 같은 행색이었다고 한다. 노숙을 하며 길에서 아무렇지 않게 자위행위를 했다는 그가 '성욕은 성기를 문지르는 것만으로도 해소가 되는데, 식욕은 배를 문지르는 것만으로는 해소가 되지 않는다'며 안타까워한 일화를 읽고, 무릎을 치며 얼마나 웃었는지.

알렉산더는 동방원정을 끝내고 나면 디오게네스의 제자가 되겠노라고 했다는데, 대왕이 거지의 제자가 되는 아름다운 사건은 일어나지 않았다. 인도 원정에서 돌아오는 길에서 죽고 말았으니까. 실제 있었던 일인지 모르지만 알렉산더는 자신의 두 손을 관 바깥으로 내놓고 귀국하라는 유언을 남겼다 한다, '황제도 죽을 때는 빈손'이라는 것을 알리기 위해. 무소유의 철학을 죽기 직전에라도 깨달은 것을 다행으로 여겨야 할까, 아니면 진작 디오게네스의 제자가 되어 무소유의 행복을 누리지 못하고 죽은 것을 안타깝게 여겨야 할까?

바티칸 박물관은 수많은 인물과 이야기들이 소용돌이치는 거대한 바다다. 인류의 역사를 종횡으로 가르는 수많은 인물과 이야기들. 그래서 내 좁은 안목으로는 바티칸 박물관에 대해 제대로 전할 재간이 없다. 더 많이 배우고 제대로 익혀야 하리라. 대학에서 소크라테스에 대해서 말하는 여러 교수들을 만났지만 '너 자신을 알라'던 소크라테스를 진정 이해하고, 그와 같은 삶을 사는 스승을 만난 적은 없다. 대학이 아테네 학당이길 포기하고 취업 학원으로 변질된 현실 탓일까?

흰수염고래의 뱃속에서 빠져나오니 해가 저물고 있었다. 다비드에게 전화를 해야겠구나. 공중전화를 찾아내 다이어리를 꺼냈다. 마침 다비드는 집에 있었다. 그러나 일하러 다시 나가야 한다고 했다. 혹시 방은 구했니? 조심스레 묻는 다비드의 목소리에서 손님을 받기 여의치 않다는 것을 알아챌 수 있었다. 으응. 대답을 하자 내일 아침 9시에 판테온Pantheon 앞에서 만나자는 대답이 돌아온다. 공중전화 부스에 한국어로 된 민박 안내문과 연락처가 붙어 있었다. 숙박비가 저렴했다. 한국인 사내가 전화를 받았다. 다행히 빈 침대가 있다고 했다.

민박집 주인은 중년의 신부님이었다. 로마에서 '비교종교학'을 공부한다고 했다. 내가 묵을 방은 어둡고 좁은 공간에 2층 침대 2개, 네 명이 함께 쓰는 방. 다른 세 사람은 북한에서 온 동포들이라고 신부님이 귀띔했다. 야간에 일하고 오전에 퇴근해서 낮엔 잠을 잔다고 했다. 누워 있던 사람들이 고개를 들어 나를 힐끔 쳐다보더니 끙! 하고 일어났다. 처음 만난 북한 사람들이었다. 주섬주섬 수건과 세면도구를 챙겨 나갔다. 고단해 보였다. 배낭을 내려놓고 세면도구를 챙기려는데….

지퍼가 열려 있었다. 다이어리가 보이지 않았다. 배낭 속을 다 뒤져 보았지만 다이어리는 보이지 않았다. 자물쇠로 늘 잠그고 다녔는데 대체 어떻게 된 일이지? 하루 행적을 더듬어 보았다. 배낭을 열었던 장소가 떠올랐다. 공중전화 부스. 다비드에게 전화를 걸기 위해 배낭에서 다이어리를 꺼내 전화를 걸고 민박집 안내문을 발견했다. 거리를 오가던 집시들. 다이어리를 배낭에 넣고, 민박집 위치를 물어 보던 사이, 100만 원이 허공중으로 사라진 것이다. 하늘이 무너져 내렸다. 이제 영국 그리니치 천문대를 출발, 동경 12도, 로마에 도착했을 뿐인데. 동경 129도 고향까진 아직 갈 길이 먼데. 남은 돈은 이제 100만원.

여행자수표가 아니라서 분실신고를 한대도 되찾을 수도 없는 노릇이었고, 다이어리 속의 연락처도 은행카드도 사라졌다. 기억하고 있는 건 고향집 전화번호뿐. 그러나 부모님에게 전화를 할 수 있는 상황이 아니었다. 괜한 걱정을 끼치고 싶지 않아 이번 여행에 대해 알리지 않고 길을 떠났고 그래서 부모님은 내가 아직 영국에 있는 줄 알고 있었다.

궁리를 해도 해결할 방법이 떠오르지 않았다. 앞이 캄캄했다. 찬물로 세수를 하고 침대에 누워 곰곰이 생각해 보았다. 가이드 북이 없으니 남은 여행길에서 경비가 얼마나 들지 알 수 없다. 인터레일패스로 터키까지 이동할 수는 있다. 터키에 도착하면 반대편에서 오는 여행자들에게 정보를 캐어 뒷일을 생각하자.

자리에 누웠다. 그러나 잠이 오지 않았다.

100만 원을 가지고 이탈리아에서 한국까지 돌아갈 수 있을까?

누구나 다 유명해질 수는 없지만, 누구나 다 위대해질 수는 있다.

— 마틴 루터 킹 목사

#10 로마
축구와 열정, 카타콤베와 콜로세움

1

판테온 신전 앞에서 다비드를 만나 축구장으로 갔다. 잃어버린 돈은 잃어버린 돈. 다비드에게 어제의 도난사건에 대해 얘기하지 않았다. 세계 3대 프로축구 리그 중 하나인 이탈리아 세리에A가 유명한 이탈리아에선 하위 리그라 해도 응원 열기가 대단했다, 물론 헤이젤 참사가 벌어지던 현장만큼은 아니었지만.

1985년 벨기에 브뤼셀 헤이젤 스타디움, 리버풀 vs 유벤투스의 유럽 챔피언스컵 결승전. 리버풀 훌리건은 리버풀 팬들이 이탈리아 팬들에게 폭행당했던 1984년의 사건을 곱씹으며 이 날만을 기다린다. 결전의 날. 리버풀의 훌리건들이 쇠파이프와 흉기를 들고 이탈리아 응원석을 향해 돌진, 무차별로 폭행을 가하기 시작한다. 관중석은 아수라장이 되고, 홀리건의 난동을 피하려 대피하던 사람들이 출구로 몰리면서 콘크리트 담장이 무너져 버린다. 454명이 부상을 당하고, 39명이 담장에 깔려 죽는다. 헤이젤 참사 사건의 대략적인 내용이다.

내 친구 다비드가 수비수로 출전하고 있으니만큼 나도 응원석에 앉아 소리를 지르고 박수를 쳤다. 그러나 경기 결과는 아쉽게도 1:1 무승부. 심판이 종료 휘슬을 불자 파란 유니폼을 입은 다비드가 내게 달려왔다. 젖은 유니폼으로 땀범벅이 된 이마를 닦는 다비드의 얼굴엔 아쉬움이 가득 묻어 있었다.

– 이길 수 있는 경기였는데….

비록 다비드는 이탈리아 하위 리그 선수였지만 축구에 대한 열정만은 1류였다. 그는 런던에서와 같이 로마에서도 두 군데 레스토랑에서 아르바이트를 하며 생활비를 벌었고, 주말엔 경기에 출전했다. 축구를 하기 위해서 돈을 번다고 해도 과언이 아니었다.

'1류가 되기엔 재능이 부족하고, 3류가 되기엔 열정이 부족하다' 며 자신을 비관하던 M의 편지가 떠올랐다. 그녀의 말대로라면 3류야말로 가장 뜨거운 열정을 지닌 존재였다. 1류는 누구나 알아보지만 3류를 알아주는 사람은 없다. 그럼에도 불구하고, 주목 받지 못하는 자리에서 자신이 추구하는 것에 온몸을 다 바치는 사람들. 다비드에게 물었다. 너에게 축구란 무엇이니?

– 축구장에서 달릴 때, 내가 진정 살아 있다는 걸 느껴.

ALIVE. 그는 내 질문에 답하며 '얼라이브' 라는 단어를 사용했다. 뻔히 살아 있는 사람이 '살아 있다' 는 걸 느낀다고 말하는 건 어딘가 모순이 있다. 그럼에도 불구하고 사람들은 종종 그렇게 말한다. 어쩌면 그 모순이 동물과 인간의 차이점인지도 모르겠다. 동물은 살아 있는 그 자체로 살아 있다. 그러나 인간이 살아 있기 위해선 생명력 말고도 또 다른 '무엇' 이 필요하다. 사람들은 그것을 '열정' 이라고 부른다. 생명이 없는 이도, 열정이 없는 이도 죽은 자다.

다비드와 함께 죽은 자들의 무덤, 카타콤베Catacomb로 갔다.

집에서 잠을 잘 적마다 카타콤베의 무거운 냄새가 났다. 나는 그 냄새가 지겨웠다. 어머니, 이 개 같은 년, 소리 듣기 싫어 자주 화장실로 숨어들었다. 그곳에서도 내가 용서할 삶은 없었다. 아버지는 용서 받기 위해 성서 속으로 유배를 떠났다. 나는 이곳에 남았다.

　　　　　　　　　　　　　　　　　- 조동흠의 〈이해할 수 없었던 것들〉 중에서

카타콤베Catacomb(초기 기독교 시대 지하 묘지. 카타콤이라고 부르기도 한다). 기독교와는 무관한 환경에서 자란 내가 카타콤베란 독특한 어감의 단어를 만난 건 후배가 쓴 시에서였다. 그의 시를 읽고 카타콤베의 냄새를 짐작하고, 상상하고, 궁금해 했더랬다. 과연 카타콤베의 '무거운 냄새'란 어떤 것일까? 종교적 '열정' 때문에 박해를 받다가 죽은 사람을 매장하거나 비밀 예배를 보았다는 곳. 로마 근교에만 60여 개의 카타콤베가 있고 지금껏 발굴된 면적만도 900여 km²에 달한다고 한다. 다비드와 시내버스를 타고 일반인이 입장할 수 있는 카타콤베 중 규모가 가장 큰 성 칼리스토 카타콤베로 갔다. 아피아 가도Via Appia에서 내렸다. 다비드는 이미 여러 번 관람을 했다며 바깥에서 기다리겠다고 했다. 손을 끌었지만 그는 그 냄새를 맡고 싶지 않은 듯했다. 스무 명 정도의 관광객이 모이자 가이드가 일장연설을 하고 앞장을 섰다.

- 자, 이제부터 조심하세요. 반드시 앞사람 뒤통수를 보고 잘 따라오셔야 합니다. 괜한 호기심에 샛길로 들어섰다가는 두 번

다시 해를 못 볼 수도 있습니다. 몇 년 전 일본인 관광객이 오셨는데 앞사람 뒤통수를 놓쳤는지 어쨌는지, 여태껏 카타콤베를 관람 중(?)이십니다. 여긴 지하 무덤이니까 굳이 무덤을 따로 만들어 드릴 필요는 없겠죠? 장례비를 아끼고 싶은 분들만 대열에서 살짝 빠져나가시기 바랍니다.

죽음의 길이었다. 가이드가 무거운 분위기를 희석시키기 위해 연방 농담을 해대고, 그래서 웃음을 터트렸지만 그것도 잠시, 웃음소리가 멈춤과 동시에 뒤로 물러난 무거움이 성큼 다가섰다. 무덤 속의 길. 산 채로, 죽은 자들의 공간을 걷는 건 기이한 체험이었다. 그리스도교를 인정하는 밀라노 칙령 Edict of Milan, 312년 이후 성인들의 묘지를 참배하는 순례자들의 발길이 끊이지 않았다고 하지만, 젊은 육신으로 '죽은 후에야 들어갈 수 있는 장소'를 걷는 건 독특한 체험이었다.

현재 카타콤베의 모습이 옛 그대로는 아니다. 로마제국 말기 이민족의 침입으로 교회와 카타콤베가 약탈당하자 순교자들의 유해를 로마 시내 성당으로 옮기기 시작했고, 이후 카타콤베는 흙이 무너져 내리고 초목으로 덮여 입구를 찾을 길 없이 세월 속으로 사라졌다. 조반니 바티스타 데 롯시 Giovanni Battista de Rossi 가 성 칼리스토 카타콤베를 발굴하기 시작한 해는 1852년. 지하 20미터, 총길이 20m, 넓이 15만 평, 발굴된 유해는 50만 구로 탐방객이 들어갈 수 있는 깊이는 지하 2층 정도까지로 한정되어 있다.

갱도 양쪽의 묘혈에 층층이 직사각형 벽감을 만든 후 시신을 염포로 싸서 벽감에 넣고 대리석, 벽돌, 기와 같은 것으로 입구를 막은 뒤 회반죽으로 틈을 메웠다. 그물코 모양으로 뻗은 지하 묘지를 순례하는 동안 코를 킁킁거렸지만 1000년 전까지만 해도 남아 있었을지 모를 카타콤베의 냄새는 더 이상 나지 않았다. 내 앞의 뒤통수, 은발의 백인 아주머니가 걸음을 옮길 때마다 나는 진한 향수 냄새뿐.

카타콤베 순례가 끝나고 지상으로 올라왔다. 찬란한 태양이 빛나는 세계. 어둡고 축축한 지하의 기운이 순식간에 바싹 마르고 뽀송해지는 기분. 카타콤베를 둘러보고 난 후 만난 세상이 어두운 밤이라면 느낌이 어떨까, 궁금했다. 어때? 재미있었어? 다비드가 어느새 다가와 물었다. 그는 열여섯 살 때 카타콤베를 관람했는데 올라온 후 한동안 기분이 좋지 않았다고 했다. 처음으로 죽음에 대해서 생각하게 되었노라고. 카타콤베는 재미있는 곳도, 기분 좋은 곳도 아니다. 그러나 '탄생'과 '죽음'을 들여다보지 않는 인간은 자신의 정체성을 확립할 수 없다. 우리는 어디서 왔다가 어디로 가는가?

다비드는 저녁 7시부터 레스토랑 일을 해야 한다고 했다. 늘 바쁜 다비드를 보면 네오 리얼리즘의 대표작〈자전거 도둑〉The Bicycle Thief, 1948이 떠올랐다. 영화가 시작되면, 2차 대전 후 경제불황을 겪고 있던 이탈리아 로마다. 오랫동안 직업을 구하지 못한 안토니오는 직업소개소를 통해 벽보 붙이는 일자리를 구하게 된다. 일을 하기 위한 조건은 자전거. 아내가 혼수품으로 가져온 이불을 전당포에 맡기고 생계를 위해 저당 잡혔던 자전거를 되찾는다. 하지만 입사 첫날 그는 자전거를 도둑맞는다. 아들과 자전거를 찾아 로마 시내를 헤맨 끝에 도둑을 잡지만 도둑은 가난한 간질병 환자에 이미 자전거를 팔아 버린 후다. 안토니오는 결국 다른 자전거를 훔치다가 붙잡혀 아들이 보는 앞에서 수모를 당한다. 울먹이듯 찌푸린 안토니오의 얼굴을 힐끔힐끔 쳐다보는 아들과 손을 꼭 잡고 어두워져 가는 로마의 저녁으로 사라지며 FINE.

다비드와 나는 이른 저녁식사를 하고 헤어졌다. 한국에 무사히 도착하면 연락해. 응, 덕분에 이탈리아 축구경기도 보고 즐거웠어. 월드컵에서도 네 얼굴을 볼 수 있으면 좋겠다. 하하하, 그럴 일은 없을 거야. 국가대표가 되기엔 너무 늦었어. 스물여덟의 다비드가 웃음을 터트렸다. 나도 웃었다. 그래, 모든 사람이 유명해질 수는 없지 그러나 모든 사람이 다 위대해질 수는 있다.

자신이 하는 일에서 진정 살아 있음을 느낄 수 있다면 그것이 곧
신이 준 선물.

2

　다비드와 헤어져 나 홀로 고대 로마의 투기장 콜로세움
Colosseum으로 갔다. 회색빛의 육중한 건축물. 서기 80년, 한국사
연표와 비교하자면 삼한시대에 이렇게 거대한 석조 건축물을 만
들었다니 놀라웠다. 타원형의 콜로세움은 5만 명을 수용할 수
있는 계단식 관람석과 내부 경기장으로 구성되었는데, 총 면적 2
만4,000m²에 달하는 고대 로마 최대 건축물(콜로세움은 '거대한
건축물' 이라는 뜻)이다. 20세기까지 국내 야구장들 중 잠실과 사
직야구장을 제외하면 콜로세움보다　더 큰 야구장이 없었다는
것과 5만 명을 수용하는 국내 야구장이 없었다는 것으로 콜로세
움의 규모를 미루어 짐작할 수 있으리라.

　콜로세움을 조성한 목적은 검투사들의 경기와 맹수와의 싸움
을 로마 시민들에게 보여 줌으로써 로마 시민으로서의 일체감과
애국심을 불러일으키고, 한편으로는 권위에 불복했을 때 당할
수 있는 보복을 암시하기 위한 정치적 목적 때문이었다. 노예 검
투사들이 죽을 때까지 동료와 싸우다가 목숨을 잃은 피의 경기

장. 8년간에 걸쳐 이 거대한 건축물을 지은 노동자들은 예루살렘에서 유대 독립을 외치며 일어난 유대인 포로들(4만 명)이었다. 콜로세움의 거대함과 당시의 건축 기술은 놀랍지만, 인간 학대와 착취를 통해 조성된 이 따위 건축물이 없는 세계가 더 행복하리라는 것은 명백하다.

해가 기울고 톰 웨이츠의 노래가 귓가를 맴돈다. 비 오는 저녁, 귀족들이 포도주스를 마시며 경기장을 내려다보고, 가족 관람객들이 미친 듯이 소리쳐 대는 와중에, 사자의 이빨에 살이 찢기고 핏물에 젖은 진흙탕에서 신음하는 검투사들의 모습을 실감나게 묘사한 '인 더 콜로세움In the colosseum'. 미친 듯 소리쳐 대는 관중과 경기장 안의 살육 광경을 마치 아나운서처럼 전해 주는 톰 웨이츠의 기이한 읊조림은 우리가 매일 보는 뉴스가 곧 콜로세움이라고 노래하는 듯하다. 그래, 우리는 'TV'라는 '콜로세움'을 통해 강대국들이 벌이는 각종 전쟁을 관람하며 인류로서의 일체감을 느끼기도 하고, 한편 권위에 반항할 때 어떻게 보복당하는지를 학습하고 있는지도 모르지. 죽어 가는 검투사는 때론 이라크 사람들이고, 때론 아프가니스탄 사람들이고, 때론 팔레스타인 사람들이고… 바로 우리들일 수도 있다고.

콜로세움 맞은편 포로 로마노Foro Romano는 입장료가 없는 대신 저녁 7시면 문을 닫는다. 서둘러 안으로 들어섰다. 피의 경기장은 한순간에 로마 정치 종교의 중심지로 바뀐다. 포로 로마노는 20세기까지 화산재와 흙 속에 묻혀 있었다고 한다. 고대 로마의 신전과 원로원이 있었던 곳.

　클레오파트라에 대한 애정이 사그라들면서 나의 관심은 시저(이탈리아어로는 율리우스 케이사르)로 옮겨 갔다. 나는 시립도서관에서 시저의 이야기를 찾아다니곤　했다. '갈리아 전쟁'의 영웅 시저, 군대를 해산하고 로마로 돌아오라는 원로원의 결정에 "주사위는 던져졌다"는 말을 내뱉고 루비콘 강을 건너 로마로 진격하는 시저, 소아시아에서 미트리다테스 대왕의 아들 파르나케스를 격파하고 "왔노라, 보았노라, 이겼노라"고 외치는 시저, 권력이 집중되면서 왕위를 탐내는 자로 의심 받아 원로원 옹호파의 칼에 암살당할 때 "브루투스, 너마저"라고 탄식하며 쓰러지던 시저. 그가 암살을 당한 원로원 유적 앞에 섰다. 막강한 권력도, 강대한 제국도 덧없이 사라졌다. 일찍이 부와 권력과 명예를 다 누렸던 현자, 솔로몬이 남긴 말이 귓가를 맴돌았다. 헛되고 헛되어 인간이 해 아래서 하는 모든 일이 바람을 좇는 것과 같구나.

다음날 나는 피렌체Firenze로 가는 기차에 올랐다. 로마를 벗어날 무렵 내가 진정 로마에 입성하기를 바라던 한 사람을 추억했다. 그의 이름은 스파르타쿠스Spartacus. 기원전에 태어난 그가 로마로 진격해 노예를 해방하고 계급을 없애고 만인이 자유로운 로마를 만들었다면 유럽의 역사, 인류의 역사는 지금과 달랐으리라. 나는 '클레오파트라의 코가 1cm만 낮았더라면?' 하는 가정보다 '스파르타쿠스가 로마를 무너뜨렸더라면?' 하는 가정이 훨씬 더 흥미로웠다. 흥미로울 뿐만 아니라 스파르타쿠스의 난이 성공한 후의 인류사를 상상하는 것만으로도 가슴이 벅차올랐다. 벅찬 가슴이 갈비뼈를 뚫고 나오려는 찰나 위, 위 역사가들이 귓가에 다가와 속삭였다. 역사에서 가정은 금물이라고.

스파르타쿠스가 십자가에 못 박혀 죽은 지 2,000년이 흘렀다. 그리고 스파르타쿠스를 내놓으면 살려 주겠다는 적장 앞에서 내가 스파르타쿠스라고 외치던 그의 부하 장수들처럼 스파르타쿠스의 후예들은 끊임없이 나타났다. 최제우, 전봉준, 카를 마르크스, 로자 룩셈부르크, 체 게바라… 그렇게 세계는 한 발 한 발 전진했다. 이제 그들은 죽었지만, 스파르타쿠스의 정신을 이어받은 푸른 영혼들이 오늘도 태어나리라. 인간이 인간이라는 이유만으로 자유롭고 존중 받을 세상을 이루기 위하여.

　그것은

　때로 당신들이

　살아가는 이유이기도 하다

– 체 게바라의 〈내가 살아가는 이유〉 중에서

헤어진 것은 반드시 만나요. 어느 한 편에서 생각하면 만날 수도 있고 그러하지 않을 수도 있으나 두 편이 서로 생각하면 반드시 만나게 되어요.

– 고은의 《화엄경》 중에서

반야에 대하여

1.

그녀를 만난 것은 유람선 위에서였다. 로마에서 피렌체와 피사Pisa를 거쳐 시실리까지 내려간 나는 브린디시Brindisi를 출발, 아드리아 해와 이오니아 해를 지나 그리스 파트라스Patras항에 닿는 야간 유람선을 타기 위해 이탈리아 반도의 서항 브린디시(스파르타쿠스가 시실리로 갈 배를 기다리던 곳, 로마군에 매수당한 시실리인들이 배를 대지 않는 바람에 스파르타쿠스는 결국 전투에서 패하고 처형당하고 만다)에 도착했다. 해질 무렵이었다.

– 이러다가 배 놓치겠어요.

유람선 사무소에서 티켓팅을 하는 동안 그리스로 가는 마지막 배 시간이 다가왔고, 수속이 다 끝나고, 시계를 보자 5분도 채 남지 않았다. 부두까지는 400~500m 거리. 배낭을 어깨에 단단히 메고, 나는 어두워져 오는 거리를 전속력으로 달리기 시작했다. 배를 놓치면 이곳에서 하룻 밤을 묵어야 한다. 선착장에 도착했을 때는 배가 막 뱃고동을 울리며 출발하려던 찰나! 손 흔들며 달려오는 내 모습을 발견한 선원이 승선 사다리를 올리는 작업을 멈췄다. 그렇게 나는 가까스로 배에 올라탔다. 계단을 타고 유람선 이물에 올라선 나는 두 주먹을 불끈 쥔 채 환희의 소리를 질렀다. 야호~ (디카프리오와 누가 누가 목소리가 더 큰지 내기를 했다면 이기고도 남을 환호성이었다), 속으로 마치 〈타이타닉〉Titanic, 1997의 한 장면 같군, 하고 혼잣말을 하면서.

수영장과 나이트클럽, 바 시설까지 갖춘 유람선 안에는 나를 제외하곤 동양인은 단 한 명도 보이지 않았다. 이탈리아 평원 너머로 해가 지고 있었고, 스페인에서 온 여자아이들이 고물에서 멀어져 가는 육지를 바라보며 알아듣지 못할 이별 노래를 합창하고 있었다. 급히 오느라고 담배 사는 걸 잊었구나, 하며 주위를 둘러보는데 등 뒤 벤치에서 부스스 침낭을 걷으며 일어나는 당신을 만났다. 눈빛이 서늘한 동양 여자였다.

– Excuse me, do you smoke?(실례지만, 담배 피세요?)

– yes(네.)

– Could you give me a cigarlette?(한 개비 주시겠시겠어요?)

– Of course. Where are you from?(물론, 여기. 어느 나라에서 왔죠?)

– I am from Korea, and you?(난 한국에서 왔어요. 당신은?)

– 하하하, 여기서 한국 사람을 다 만나네요, 동양인이라곤 나밖에 없는 줄 알았는데.

– 하하하, 그러게 말이에요.

– 유람선에서 우연히 만난 남녀라니 꼭 〈타이타닉〉의 한 장면 같군요.

– 좀 전에 정말 그럴 일이 있었는데! 하하하 가까스로 배에 올라타는 디카프리오와 배에서 만난 낯선 여자라….

– 하하하, 나는 케이트 윈슬렛이 아니네요!

밤바람은 따스했고, 그대가 건네준 담배와 캔맥주는 맛있었다. 1박 2일에 이르는 항해 동안 나른한 지중해의 햇살과 평화로운 그리스의 섬들이 스쳐 지나갔다. 나는 배 옆으로 지나가는 하얀 섬들을 바라보며 오디세우스의 귀향을 떠올리거나, 낮잠 속에서 크레타 섬의 미로를 헤매거나, 갑판 위에 엎드려 그대가 가지고 있던 함성호의 《허무의 기록》을 읽었다.

배 위에서 보고 겪고 읽은 모든 것들이 나 자신과 은밀하게 연결되어 있다는 생각이 든 건《허무의 기록》마지막 페이지를 덮고 나서였다. 여정의 어떤 것도 기록하지 않는 까닭에 나 자신이 곧 '허무의 기록'이었고, 고향으로 돌아가는 '오디세우스 Odysseus'였으며, 지구라는 미로에서 인천항이라는 출구를 찾아 헤매는 '테세우스Theseus'였다.

고대 트로이에서 벌어진 전쟁에서 목마에 대한 아이디어를 내 오랜 전쟁을 승리로 이끌었던 오디세우스는 그 후로도 오랫동안 집으로 돌아가지 못했다. 칼립소와 지낸 7년과 그의 귀향길을 막았던 외눈박이 괴물과 사이렌을 비롯한 숱한 고난들. 이탈리아에서 집시에게 여행자금의 반을 털린 나는 터키에서 고국으로 이어지는 육로 여행을 계속할 수 있을까? 하여 산둥반도에서 배 타고 바다 건너 고향이라는 과녁에 꽂힐 수 있을까? 세계지도 한 장 달랑 갖고 길 떠난 내게 이 세계의 모든 도시는 미로, 나는 크레타의 테세우스처럼 미로를 벗어날 수 있을까?

– 곧 파트라스 항에 도착할 거예요. 아테네로 갈 작정이라면 내리자마자 역으로 가야 해요.

그대는 세계라는 미로에서 헤매는 나에게 실타래를 건네주는 아리아드네Ariadne(미노스의 미궁에 갇힌 테세우스에게 실타래를 준 그리스 신화 속 여인). 유람선에서 하룻밤과 한나절을 보내는 사이 우리는 말동무가 되었고, 그리스 파트라스항에서 내린 후론 길동무가 되어 밤기차를 타고 아테네로 떠났다.

아테네에서 함께 깃든 여행자용 아파트에서 하룻밤을 묵고, 아침 일찍 그녀와 '아크로폴리스Acropolis로 갔다(높다는 뜻의 '아크로'와 도시국가를 뜻하는 '폴리스'가 결합된 아크로폴리스). 해발 156m 언덕의 동남북 삼면은 절벽, 우리는 서쪽으로 난 길을 통해 오르막을 올랐다. 언덕의 정상에는 늘 사진으로만 보아 오던 도리아스식 석조 건축물, 아테네의 상징이자 그리스의 이미지인 '파르테논 신전'이 햇살에 빛나고 있었다. 그녀가 사진을 찍는 동안, 나는 신전 주변에 널브러진 돌무더기에 앉았다. 어린 시절부터 오고 싶던 이 장소. 파르테논 신전은 그리스인들에게 아테네 여신을 기리는 장소이지만, 나에게 파르테논 신전은 내가 그리스에 관해 배우고 익힌 모든 것들의 총합이었다.

소크라테스, 헤라클레이토스, 플라톤, 아리스토텔레스, 디오게네스, 피타고라스와 같은 실존 인물들을 비롯해 제우스, 헤라클레스, 페르세우스, 아폴론, 비너스, 시시포스와 같은 신화적 존재들과 소포클레스, 에우리피데스, 아이스킬로스와 같은 비극

시인들 그리고 오이디푸스와 피그말리온을 비롯한 정신의학 용어에 이르기까지. 세계화의 물결 속에서 태어나고 자란 나에게 고대 그리스 문화와 헬레니즘 문명은 내가 알고 있는 지식의 절반 이상이었다. 나는 돌무더기에 걸터앉은 채 지금껏 내가 배우고 익힌 지식들이 진정 나에게 무엇이었는지 생각에 잠겼다.

무너진 돌 틈 사이로 야생화 한 송이가 피어 있었다.

신전 기둥 사이를 지나온 바람에 여린 꽃잎이 파르르 떨었고 그 떨림이 내게로 왔다. 식물학자들은 저 야생화의 공식적 학명을 알고 있으리라. 그러나 이름이 저 꽃은 아니다. 나는 그동안 '서구문명사회가 지정한 꽃의 이름'을 찾아다녔구나. 그런 자각과 동시에 이름 너머의 세계가 어렴풋이 느껴졌다. 신전 앞 돌무더기 위로 바람이 지나갔다. 나는 파르르 떨고 있는 한 송이 꽃이었다.

2

아크로폴리스는 원래 군사적 방어를 위해 구축한 진지이자 시민들의 거주 공간이었지만 도시가 확장되고 시민들이 살기 편한 언덕 아래로 내려가면서 신앙의 중심지로 변모했다. 그래서

2,000년이 지난 지금 남아 있는 건물의 대부분은 신전이다. 파르테논 신전 외에도 다신을 믿던 그리스인들이 세운 니케 신전 Nike(승리의 여신, 운동화 상표로 유명세를 떨치고 있다)과 에레크테이온Erechtheion 신전의 유적. 해가 높이 떠오르자 관광객도 붐어났다. 한적하던 유적이 부산스러워지면서 그녀와 아크로폴리스 남서쪽 디오니소스 극장으로 내려갔다.

내가 가장 좋아하는 그리스의 '인물'은 디오게네스. 그리고 가장 좋아하는 그리스의 '신'은 디오니소스Dionysos다. 고대 그리스에선 이름이 '디오'로 시작되면 급진적이고 반사회적인 캐릭터가 되는 것일까? 제우스의 본처 헤라의 계략으로 세멜레가 타 죽고, 그녀의 태내에 있던 제우스의 서자 디오니소스는 제우스의 넓적다리에서 달이 찰 때까지 자란 끝에 태어난다. 헤라가 불어넣은 광기로 인해 각지를 방랑한 그는 이집트와 시리아를 거쳐 아시아 전역을 떠돌며 포도 재배(와인)를 보급했다. 그런 디오니소스가 '술의 신'으로 추앙 받는 것은 익히 알고 있었지만, '연극의 신'이기도 하다는 것을 알게 된 건 고국을 떠나기 전 마지막 학기에 수강한 '연극의 이해'라는 강의 시간에서였다.

연극과 젊은 교수는 학기가 시작되고 한 달 내내 '연극의 기원'에 대한 자료를 슬라이드로 보여 주며 열강을 했다. 디오니소스 신을 추앙하는 축제, 난무와 제례가 발전하여 연극이 되었다는 것. 그는 디오니소스 축제를 재현한 광란적 연극을 틀어 주며 연극에 '고정된 틀'이란 없다고 했다. 한 달이 지나 교수는 학기말 시험 대신 조를 나눠 직접 희곡을 쓰고, 연극을 만들자고 했다. "자네들 연극이 아닌, 연극을 한번 만들어 보게, 연극의 틀이란 존재하지 않아." 술의 신인 디오니소스를 좋아하던 나는 이번엔 연극의 신 디오니소스에 도취하여 희곡을 썼다. 교수가 던져 준 공통 소재는 '단군신화'. 각 조원들이 '단군신화'를 소재로 희곡을 쓰고, 각 조에서 채택된 희곡을 제출했다. 일주일 후, 교수는 강의를 시작하며 내 이름을 불렀다.

– R이 누구야? 손 들어 봐.
– 접니다.
– 자네가 쓴 희곡은 안 돼. 다른 희곡을 내도록 하게.
– 무슨 문제가 있습니까?
– 이건 이미 연극을 넘어섰어.

나는 당장 반박하지 않았다. 학생들이 다 있는 자리, 교수의 체면을 생각했다. 강의가 끝나고 조장회의에 참석한 교수에게 물었다.

- '연극이 아닌 연극'을 만들어 보라고 하셨는데, 그 '연극이
아닌 연극'이란 것도 교수님 머릿속에 들어 있어야 합니까?
- ……

교수는 한동안 아무 말도 하지 못했다. 그리고 신음하듯 내뱉
었다. 자네의 희곡은 연극이란 걸 벗어났어. 나는 말했다. 교수
님은 한 달 넘게 거짓말을 했던 겁니까? '연극이 아닌 연극'이
란 것조차도 '일정한 틀' 속에 들어 있는 거라면, 저는 F학점을
받더라도 더 이상 엉터리 강의를 듣지 않겠습니다. 교수는 다시
침묵에 잠겼다가 잠시 후 입을 열었다. 좋아, 자네 희곡을 무대
에 올려, 대신 내가 출연할 수는 없어.

나의 희곡은 액자 구성을 하고 있었는데, 액자는 연극을 만드
는 과정이고 '단군신화'를 정치권력의 이데올로기 선전물로 해
석한 내용이었다. 불온하고 급진적이었으며, 연극의 3요소 - 무
대, 관객, 배우 - 마저 그 틀을 깨고 있었다. 1막은 불온하고 급
진적인 이 연극의 배후 조종자가 누구인가? 라는 질문으로 시작
되고 마지막 장에서 교수는 용의자(나로 하여금 이 희곡을 쓰게 했
으니!)로 지목되어 심문을 당한다. 나는 마지막 장이 빠지면 극
전체가 무너진다고 교수의 제의를 거절했다. 교수는 대답을 미
뤘다. 2주간의 줄다리기 끝에 교수는 수긍했고 마지막 강의가

있던 날, 나의 희곡은 무대 위에서 상연되었다. 각 조별 공연이 끝나고 뒤풀이 자리. '연극이 아닌 연극'의 주인공은 우리 조가 올린 연극이 되었다. 강의를 함께 듣고 연극을 상연했던 학생들이 우리 조의 테이블로 몰려들었다.

- 대체 어떻게 이런 상상을 한 거야? 지금껏 이런 연극은 처음 봤어.

나는 말장난과 각종 무대장치들을 이용해 '연극 무대'를 '영화 촬영장'으로, 다시 '영상 화면'으로 만들어 버렸다. 무대와 배우는 물론 극장에 앉아 있던 관객들까지 과거에 이미 상연된 불온한 공연의 녹화 영상물 속 이미지로 설정했고, 연극 무대는 극장 안을 벗어나 극장 밖으로까지 확장되었으며, 관객을 연극의 '배우'이자 '관람자'인 동시에 불온한 극의 '용의자'로 만들었다. 게다가 이미 벌어진 공연을 찍은 영상 화면 '안'으로 영상 화면 '바깥'의 존재가 들어가는 지경까지 벌어졌으니!

- 이건 포스트모더니즘이야, 초현실주의야?

보름 후 강의실 벽에 학점이 나붙었다. 상대평가에 조별 학점. 우리 조는 모두 A⁺를 받았다. 문득 젊은 교수가 참 멋진 사람이라는 생각이 들었다. 좋은 학점을 줘서가 아니라, '자신의 틀과 권위'를 접고 '다른 틀'을 인정해 줄 줄 아는 사람이었으니까.

그리스에서 가장 오래된 디오니소스 극장은 스탠드식 야외극장으로 무려 1만 7,000명의 관객이 공연을 관람할 수 있는 초대형 극장이었다. 이곳에선 어떤 작품들이 무대에 올라갔을까? 소포클레스, 에우리피데스, 아이스킬로스의 희곡을 비롯해 다양한 비극과 희극들이 관객의 심금을 울리거나 웃음을 터트리게 했겠지. 무대를 내려다보며 상상했다. 여름밤 관객이 꽉 들어찬 야외극장에서 연극을 무대에 올리거나, 연극을 감상하는 건 정말 멋졌으리라고.

3

딱정벌레 같은 비잔틴 양식의 건축물들이 보스포루스 해협Bosporus Str.을 둘러싸고 있는 도시, 이스탄불. 런던 그리니치를 출발한 지 한 달, 드디어 나는 그녀와 함께 유럽에서 아시아로 가는 길목에 들어섰다. 그녀와 나는 함께 밸리댄스를 감상하고, 거리에서 케밥을 사 먹고, 성 소피아 성당Saint Sophia Cathedral을 거닐고, 카파도키아Cappadocia 지역을 여행하고, 그랜드 바자르Grand Bazaar에서 옷을 사고, 카페 양탄자에 나란히 누워 사과향이 나는 물파이프(나르길레)를 피우며 시간을 보냈다. 호스 달린 호리병을 갖고 온 종업원이 집게로 벌건 숯덩어리를 집어 호리병 위 움푹 파인 곳에 놓는다. 호스를 빨면 뽀글뽀글 물방울 오르는 소리와 함께 사과향이 입 안 가득 퍼진다. 양탄자에 누워 물파이프를 피울 때면 〈원스 어폰 어 타임 인 아메리카〉Once upon a Time in America, 1984의 엔딩이 떠오르곤 했다.

유년 시절부터 함께하던 친구들과 은행을 털다가 실패한 누들스(로버트 드 니로)는 경찰의 추적을 피해 차이나타운의 극장으로 숨어든다. 그림자극이 상영되는 스크린 뒤쪽에 숨겨진 아편굴. 중국 노인이 다가와 어둡고 피로한 누들스에게 아편 파이프을 건넨다. 누들스가 한 모금을 들이켜고 연기를 내뱉는다. 그리고 천장을 바라보던 누들스가 무언가 깨달은 듯 활짝 웃던 엔딩. 잊을 수 없는 장면이었다. 동시상영극장에서 본 첫 번째 성인영화이기도 했고, 그 웃음이 무엇을 의미하는지 궁금했다. 고3 때 무삭제판(3시간 47분짜리 영화를 국내 극장에선 1시간 49분 분량으로 삭제해서 개봉했다)을 보고 나서야 웃음의 의미가 풀렸다. 힌트는 '그림자극'에 있었다. 우리의 인생, 즉 인간이 무엇(돈, 이성, 권력)을 얻고 잃는 과정에서 겪는 모든 희로애락이 한낱 하얀 스크린 위에서 펼쳐지는 그림자극처럼 '허상'에 불과하다는 것. 누들스는 현실과 환각 사이로 넘어가는 찰나에 문득 깨달았던 것이다.

그렇게 내가 회상에 잠기거나 생각에 잠길 때 늘 그대가 내 곁에 있었다. 이탈리아에서 그리스로, 그리스에서 터키로 이어진 여정, 낯선 도시에서 당신과 한 침대에서 자던 밤들. 낯선 곳에서 처음 만난 사람임에도 불구하고 그대는 무엇을 믿고 내 곁에서 편히 잠들 수 있었을까? 화산재와 퇴적된 용암층으로 이루어진 터키 카파도키아의 동굴 펜션. 촛불이 일렁이는 방의 침대에 누워 그대에게 묻자 당신은 그 서늘한 눈으로 내 눈동자를 응시하며 대답했다. 당신 눈빛을 보고 믿을 수 있었다고. 그때 내 눈빛은 당신처럼 맑았던 걸까?

당신이 떠나기 며칠 전부터 나는 독감을 앓았고, 당신이 곁에서 간호를 해주지 않았다면 나는 더 이상 동쪽으로 나아가지도 못한 채 이스탄불의 게스트하우스에 눌러앉고 말았을 것이다. 이제 서울로 돌아가야 하는 그대가 떠나기 전날 짐을 꾸리며 내게 물었다.

– 같이 돌아가지 않을래? R은 로마에서 집시들에게 소매치기까지 당했고, 남은 돈으론 육로로 한국까지 가는 건 힘들어. 터키에선 비행기표가 싸잖아.

- 나도 그 생각은 했어. 근데 여기서 포기하고 싶진 않아. 이런 기회가 다시 오진 않을 거야. 물론 중년이 되어 다시 이 길을 지나갈 수는 있겠지. 그러나 그때의 나는 지금의 내가 아닐 테니까. 어차피 모험을 찾아서 떠난 길이야. 잘못되어 봐야 국제부랑자가 되는 정도. 내가 살 운명이라면 쉽게 죽진 않겠지.

- 그래 알겠어. 앞으론 기온이 더 떨어질 테니 침낭이 필요할 거야. 난 귀국하니까 이 침낭은 네가 가져.

- 음… 좋아! 무사히 귀국하면 돌려줄게. 그때 만나면 참한 후배랑 소개팅이나 시켜 줘. 나보다 서너 살 어리면 좋겠다.

- 근데 꼭 너보다 어려야 돼? 한 살 많은 여자는 안 될까?

- …….

그래, 당신은 나보다 한 살 많은, 대학을 갓 졸업한 약사였다. 지혜롭고 맑은 눈동자를 가진, 황당한 일을 겪을 때면 독특한 웃음소리를 터트리던. 나는 당신의 평소 목소리에서는 상상할 수 없던 톤의 웃음소리를 들을 때마다 당신 속에 두 여자가 살고 있다는 생각을 했다.

당신이 이스탄불 공항으로 떠난 후 나는 짐을 정리하고, 기차를 타고, 또 다른 도시로 길을 떠났다. 기차가 터키의 사막을 지나가는 동안 상현달이 떴다. 추석이 다가오고 있었다. 고향에도 저 달이 떠 있겠지. 차가운 밤기운이 창틈으로 새어 들어왔다. 당신이 건네주고 간 침낭속으로 들어가 잠이 든 첫날 밤, 꿈속에서 당신을 만났다. 뭔가 이상한 꿈이라는 느낌이었지만, 눈을 뜨자 내용이 전혀 떠오르지 않았다. 다만 나도 모르게 입에서 "… 반야!"라는 낯선 단어가 튀어나왔다. 분명 내 입에서 나온 소리였지만 한번도 들어본 적이 없던 단어였기에 이상한 기분이 들었고, 그 기억은 오랫동안 지워지지 않았다.

귀국 후 나는 '반야'라는 단어의 의미를 찾아보았다. 다음과 같은 내용이었다.

반야般若: 만물의 본질을 이해하고 불법佛法의 참다운 이치를 깨닫는 지혜. 반야는 지혜 또는 밝음의 뜻이 있습니다. 모든 사물의 도리를 밝게 보며 근원적 진리를 막힘없이 드러내는 큰 지혜입니다. 반야에 의하여 중생의 미혹과 고난과 분별 세계가 본래 없는 것을 알게 되니 반야 지혜를 공空이라고도 합니다. 그래서 반야는 범부를 단번에 여래법성으로 바꾸는 신령한 약이며 일체 중생을 고난에서 건져 주는 해탈의 배입니다. 일체 제불도 반야에 의하여 성불하시고 부처님의 온갖 법문도 반야에 의하여 열리게 되므로 반야를 모든 부처님의 어머니라고 하는 것입니다.

나는 그녀를 만나지 못했다. 그리고 세월이 흘렀고, 이제는 그녀의 이름이 지연이었는지, 지현이었는지, 지은이였는지 기억조차 나지 않는다. 그 대신 '반야'라는 꿈속의 이름만이 뚜렷이 남아 있다.

여자든 법(法 – 眞理)이든 따라가 보게나.
여자와 법을 뭣 하러 나눠 생각하나.
난 술과 법을 나눠 생각한 적이 없지. 아암, 없구말구.

– 고은의 《화엄경》 중에서

성지에서도 사기꾼은 태어난다

사기꾼 노인을 만난 건 터키의 수도, 앙카라Ankara에서 이란 입국비자를 받아 이스탄불로 돌아온 날이었다. 기차역 앞에는 벼룩시장이 열리고 있었다. 손목시계, 장난감, 스탠드, 전자계산기, 전동공구, 인형, 벽시계, 유리구슬, 저금통 등 손때 묻은 물건들이 좌판 위에 쪼그려 앉아 손님을 기다렸다. 하릴없이 이 좌판, 저 좌판을 전전하고 있을 때, 깡마른 몸에 머리카락이 희끗희끗한 노인이 다가왔다.

- 어디서 왔니?
- 한국에서 왔어요.
- 오호, 형제의 나라에서 왔구나!

노인은 환호하며 무척이나 나를 반겼다. 그는 자신을 한국전쟁 참전용사라고 소개했다. 그리고 자신이 한국전 참전 당시 겪은 이야기를 들려주었다. 야간순찰 중 미군에게 강간을 당할 위기에 처한 한국 처녀를 구해 준 이야기, 눈물을 한 바가지 넘게 흘리며 고마워하던 처녀의 가족들, 그리고 한국 처녀가 결혼 후 낳은 아들이 자신에게 보낸 편지에 이르기까지. 노인의 현란한 손짓, 발짓, 표정. 나는 마치 셰에라자드 Shekherazade 의 '천일야화'를 듣고 있는 왕처럼 터키 할아버지의 이야기에 홀딱 빠져들었다. 얘기가 다 끝나고 그가 말했다.

– 군에서 제대 후 일렉트릭 엔지니어가 되었어. 작년에 은퇴하고 지금은 여행을 하고 있지.
– 아, 그러면 저랑 같은 여행자군요.
– 응. 자네 내 고향 코니아 Konya 에 함께 가보지 않겠니?
– 좋아요.

시간은 많았고 터키에서 사용 가능한 인터레일패스가 있었다. 노인이 고향집에서 재워 주기라도 하면 숙박비도 아낄 수 있을 테니 아무래도 좋다고 생각했다. 매표소 앞에 이르자 그는 지갑을 꺼내 뒤적거리더니 나에게 기차표를 대신 사 줄 수 있느냐고 물었다. 토요일이라 은행이 문을 닫아 지금은 돈을 찾을 수 없는

데…. 기차표가 그렇게 비싸지 않았으므로 나는 노인의 기차표를 대신 샀다. 코니아행 야간열차가 출발하려면 아직 많은 시간이 남아 있었다.

우리는 맥주나 한잔 할 요량으로 근처 술집으로 갔다. 노인은 낯선 동양인을 보고 궁금해 하는 술집의 손님들에게 나를 대신해서 터키어로 소개를 했다. 물론 나는 무슨 말을 하는지 전혀 알지 못했다. 코리아라는 한 단어를 빼곤. 술집 안의 손님들이 반색을 하며 노인과 나를 환대했다. 한 손님이 우리 두 사람에게 맥주를 사 주었다. 술을 산 사람은 브라더(형제!)를 외치며 맥주잔을 치켜들었다. 노인이 방금 술집 문을 열고 들어온 손님에게도 뭔가 긴 이야기를 떠들었다. 이야기를 듣던 그는 놀라워하며 안주를 사 주었다. 단지 한국인이라는 이유만으로 이렇게 환대를 받다니, 놀라웠다. 안주를 사 준 터키인이 술집에 들어오는 손님들에게 노인으로부터 들은 이야기를 전했다. 다들 놀라워하며 브라더! 브라더!를 외쳐 댔다. 건배, 건배를 하며 공짜 맥주를 마구 마시다 보니 소변이 마려웠다. 화장실 문을 열려는데 한 터키인이 미소를 지으며 더듬더듬 영어로 물었다.

– 그래, 어머니는 잘 계시니?
– 네?

- 저 친구가 없었더라면 정말 큰 문제가 생길 뻔했어. 정말 다행이야.

그 순간 어떤 스토리가 휘리릭 머리를 스치고 지나갔다. 노인은 나를 한국에서 구해 준 처녀의 아들이라고 소개하고, 그때의 고마움을 전하기 위해 그녀의 아들이 자신을 찾아왔다는 식으로 이야기를 꾸며 내 공짜 음식과 술을 마시고 있었던 것이다. 터키를 여행 중이라는 이야기도 다 거짓임에 틀림없었다. 전직 일렉트릭 엔지니어였다는 것도 의심스러워졌다. 나는 화장실에서 지갑 속에 있던 여행자수표를 꺼내 양말 속에 숨겼다.

기차 시간이 다 되어 술집을 나왔다. 아무 것도 모르는 척 노인과 기차에 올랐다. 사기꾼 노인과 노인이 사기꾼이라는 것을 이미 알아 버린 나의 여행이 시작된 것이다. 이스탄불을 떠나 밤새 기차는 달렸다. 보름달이 떴다. 내일이 추석이구나.

이른 아침 코니아에 도착했다. 나는 이 도시에 대해 아는 게 아무 것도 없었다, 그저 노인의 뒤를 따를 뿐. 아침식사 후 노인은 나를 어느 이슬람 사원으로 데리고 갔다. '마블레나 박물관'이라고 씌어 있었다. 노인은 자신은 이미 여러 번 구경을 했으니 나 혼자 구경하고 나오라고 했다. 박물관 안으로 들어가고 나서야, 나는 그곳이 이슬람 신비주의 수피교의 황제, 잘랄루딘 루미의 무덤이 있는 성지라는 걸 알게 되었다.

페르시아 문화권에서 문학의 신으로 칭송 받는 루미의 명성은 익히 들었지만 그가 코니아에서 살았다는 건 전혀 몰랐다. 코니아는 잘랄루딘 루미Jalāl ud-dīn Rūmī 가 창시한 마울라위야Mawlawiyah 수피교의 성지였던 것이다. 루미는 아버지의 영향을 받아 처음엔 종교학자가 되었지만, 떠돌이 수도승 샴스를 만난 후 시인으로 변모했다고 한다. 그 후, 사랑과 기쁨이 넘치는 루미의 시는 동서양 철학자와 종교인들에게 커다란 영향을 주었고 그의 시는 음악과 춤이 되기도 했다. 어린아이처럼 제자리에서 빙글빙글 회전하며 추는 '세마'는 그가 창안한 대표적 명상법 중 하나다.

사원 안에 세마를 추는 인형들이 전시되어 있었다. 영국에서 세마를 본 적이 있다. 긴 원통형 모자에 희고 기다란 옷 그리고 검은 망토를 걸친 사람들이 등장한다. 피리로 시작되는 음악에 다른 악기가 더해지고 박자가 빨라지면 사람들이 검은 망토를 벗고 왼쪽으로 몸을 빙글빙글 돌리기 시작한다. 회전이 빨라지며 발까지 내려오던 하얀 옷이 치맛자락처럼 펼쳐진다. 벗어던진 망토는 자궁子宮을, 모자는 비석碑石을, 하얀 옷은 죽음死을, 춤은 삶生을 뜻한다고 했다. 삶과 죽음이 다르지 않아, 하나라는 것.

오라, 우리 서로

영혼으로 이야기하자

눈과 귀로는 비밀인 일들을

우리 서로 이와 입술이 없는

정원의 장미들처럼 미소 짓자

혀와 입술이 없는

생각으로만 이야기하자

신의 지혜처럼

우리의 입을 열지 말고

끝까지 세상의 비밀을 말하자

어떤 이는 귀로 듣고

입을 쳐다봄으로써만

비로소 이해할 수 있지만

우리는 그들의 집을 떠나도록 하자

잘랄루딘 루미의 무덤에 참배하고 박물관 밖으로 나오자 노인은 신문을 흔들고 환호를 지르며 달려왔다. 대체 무슨 일이지? 노인은 나를 끌어안으며 거의 울음을 터트릴 것만 같은 목소리로 말했다. 복권에 당첨이 되었어! 도대체 무슨 영문인지 알 수가 없었다. 흥분된 그를 가라앉히기 위해 식당으로 가서 앉았다. 노인은 테이블 위에 신문을 펼쳐 보이며 환호를 지르며 눈물을 쏟기 시작했다.

 – 신이여, 감사합니다. 감사합니다.
 – 진정하시고, 대체 무슨 일이죠?
 – 어제 산 복권이 상금 100만 달러짜리 복권에 당첨되었어!

노인은 식당에 앉고서도 주변 사람들 시선엔 아랑곳없이 눈물이 콧물이 되어 흐를 정도로 감격했다. 하늘 쳐다보며 감격하고, 고개 숙여 눈물 흘리고, 다시 하늘 쳐다보며 감격하고, 고개 숙여 눈물 흘리기를 반복했다. 나는 냉수를 노인에게 건넸다. 이젠 하늘 한번 쳐다보며 감격하고, 고개 숙여 찬물 마시기를 반복했다. 다행히 찬물이 들어가니 진정이 되는 모양이었다. 노인이 다시 한 번 찬물로 입술을 적시고 말했다.

 – 오늘은 일요일이라서 내일 은행 문을 열면 100만 달러를 찾을 거야. 너는 내 길동무니까 반을 줄게… 근데, 지금 100달러가 필요해, 내일 50만 달러를 줄 테니 오늘 100달러만 빌려 줄래?

내가 못 미더운 표정을 짓자 노인은 자신이 산 로또 슬립과 신문에 실린 당첨 번호를 대조하며 보여 줬다. 주말 신문의 날짜도 맞았고 그가 가진 로또 슬립과 신문에 실린 번호도 일치했다. 그러나 나는 이스탄불의 숙소에 돈을 맡겨 둬서 지갑엔 20달러 정도밖에 없다고 말했다. 내일 50만 달러를 준대도 지금은 어쩔 수 없는 노릇이라고. 노인의 100만 달러 연기도 나에겐 통하지 않았다.

코니아의 시장을 거닐다가 공중전화 부스를 발견했다. 집으로 전화를 했다. 어머니가 받으셨다. 추석 잘 보내고 계세요? 네. 저는 영국에서 잘 지내고 있어요. 네? 결혼을 한다고요? 언제요? 런던에서 비행기를 타면 13~14시간 후면 도착해요. 늦어도 결혼식하기 전에는 들어갈 테니 걱정 마세요. 아직 런던에 있는 것처럼 대답을 했지만 보통 심각한 일이 아니었다. 쌍둥이인 내 여동생들 중 막내가 결혼을 한다. 당연히 참석해야 하고 무엇보다 보고 싶다. 신부복을 입은 여동생의 모습이. 근데 이젠 비행기 티켓을 살 돈도 없고, 결혼식까지는 두 달도 남지 않았다. 여태까지는 여행 경비만 걱정했는데 이젠 소요 시간까지 걱정해야할 지경이 되었다.

하루라도 빨리 움직여야 한다. 당장 이스탄불로 돌아가 게스트하우스에 맡겨 둔 짐을 찾고 테헤란행 버스를 타자. 야간기차에 올랐다. 덜컹 덜컹, 기차는 달리고 창밖으론 둥그렇게 부푼 달이 떠올랐다. 나는 사기꾼 노인의 맞은편에 자리를 펴고 누웠다. 노인은 곧 코를 골며 잠이 들었다. 난 무슨 연유로 이 노인을 만나게 된 것일까? 그런 생각을 하는 사이 졸음이 왔다. 얼마나 시간이 흘렀을까? 노인이 갑자기 나를 흔들었다. 새벽이 밝아 오고 있었다.

 - 다음 역에서 기차가 10분간 정차해. 어제 가족들에게 전화를 해야했는데 깜박했어. 좀 심각한 일이 있거든. 기차역에 신용카드 전화기가 있는데 네 신용카드 잠깐만 빌려 줄래?.

내가 코니아에서 국제전화를 하는 걸 보고 신용카드가 있을 거라고 여긴 모양이다. 신용카드는 없고 대신 전화카드가 있다며 노인에게 카드를 건넸다. 기차가 서고, 그는 전화카드를 갖고 사라졌다. 10분이 지나고 기차가 출발했다. 노인은 돌아오지 않았다. 역시, 그랬구나.

새벽기차가 덜컹거리며 출발했다. 잠이 오지 않았다. 나는 자리에서 일어나 창밖의 풍경을 바라보았다. 흑해와 지중해 사이 유럽과 아시아를 나누는 보스포루스 해협과 비잔틴 사원들의 실루엣 너머로 해가 떠올랐다. 감청색 하늘과 파란 잉크 같은 바다가 태양빛을 받아 반짝이기 시작하고, 어둠이 슬금슬금 물러나고 있었다. 이제 사기꾼 노인과의 동행도 끝났다. 노인이 이틀

동안 내게 했던 여러 이야기와 의심스런 행동들, 한국전에 참전해서 겪었다는 이야기도 거짓이었을까?

　비록 노인이 사기꾼에 불과하고, 그가 한 모든 이야기들이 전부 거짓말이고 그가 한 모든 행동이 거짓 연기에 불과하더라도 노인 또한 선지식이다. 삶과 죽음이 다르지 않아 하나이듯, 성자와 사기꾼이 다르지 않아 선지식善知識인 것을. 고맙구나, 그가 아니었더라면 나는 코니아를 지나쳤을 테고 잘랄루딘 루미를 만나지 못했을 것이다. 노인을 뒤따라 다니는 동안 털끝 하나 상한 게 없다. 그래, 어쩌면 여행의 신이 노인을 빌려 나를 코니아로 안내했는지도 모를 일이지 .

우리 삶에서 진정 중요한 것은 세계와의 화해가 아니다.
오히려 세계와의 불화를 밀고 나갈 수 있는 용기다.

– 노동효의 《로드 페르몬에 홀리다》 중에서

13 이란

이스파한으로 가는 길

1

어린 시절부터 사막에 가고 싶었다. 터키를 떠나 이란으로 가는 길에서 내 생애 첫 사막을 만났을 땐 정말 기뻤다. 물론 어릴 때 꿈꾸던 황금빛 살결 같은 모래언덕이 바람에 스륵스륵 보드라운 곡선을 그리는 모래사막은 아니었지만 아무튼 자갈과 돌무더기로 뒤덮인 사막으로 내가 타고 있던 버스가 들어서자 마음이 들뜨기 시작했다. 드디어 내 생애 첫 사막을 지나는구나! 그러나 하루가 지나고 다음날이 되어도 어제와 전혀 다를 바 없는 풍경이 펼쳐지자 첫 경험의 환희는 한 달째 물을 주지 않은 화초처럼 시들어 버렸다. 해 뜰 때부터 해 질 때까지 똑같은 풍경을 바라보는 건 아무 것도 없는 풍경을 바라보는 것과 다를 바 없었다.

장거리 버스가 사막을 지나는 동안 차 안의 TV에선 연신 아~ 아~ 아~ 아~ 터키 가수의 뮤직비디오가 흘러나왔다. 그래서 창가에 앉아 사막을 구경하는 것도 지겨워지면 다른 승객들처럼 화면에 눈을 맞추고 노랫소리에 귀를 기울이기도 했다. 유럽을 여행하는 동안 듣던 밝은 노래와 달리 아시아로 들어서고 나선 왠지 모든 노래에 슬픔이 배어 있다는 느낌이었다. 가령, 사랑에 관한 노래도 '만남의 기쁨'이 아니라 '이별의 아픔'을 노래하는 식이었다. 가사를 전혀 알아들을 순 없었지만 굳이 가사를 알지 못해도 터키 가수가 내지르는 비명소리만 들어도 짐작할 수 있었다. 꿈에 그리던 연인과 사랑에 빠져 행복에 겨운 사내가 이런 비명소리를 낼 리는 없는 것이다. 아~ 아~ 아~ 아~　그래도 갑작스레 황지우의 〈뼈아픈 후회〉가 떠오른 건 가수의 애절한 비명이 나의 해마 어느 부위를 건드렸기 때문이겠지. 어쩌면 폐허 같은 자갈사막이 주는 아우라 때문이었는지도 모르겠다.

슬프다
내가 사랑했던 자리마다
모두 폐허다
나에게 왔던 사람들,
어딘가 몇 군데는 부서진 채
모두 떠났다

내 가슴속엔 언제나 부우옇게

바람에 의해 이동하는 사막이 있고

뿌리 드러내고 쓰러져 있는 갈퀴나무, 그리고

말라 가는 죽은 짐승 귀에 모래 서걱거리는

영국에서 알게 된 여동생 K의 집에서 하루를 보내고 집으로 돌아오는 버스에서 문득 스스로에게 물은 적이 있다. 너는 누군가를 진정 사랑해 본 적이 있니? 나는 그렇다고 대답할 수 없었다. 이 세상에 진정한 사랑이란 존재하지 않는다고 여겼으니까. 만약 사랑이 존재한다면 그건 비일상적인 그러니까 '평범하지 않은 이성'과의 '평범하지 않은 관계'에서나 존재하지 않을까, 하는 생각을 했으니까. 예컨대 〈퐁네프의 연인들〉The Lovers on the Bridge, 1991이나 〈베티 블루 37.2°〉 같은 프랑스 영화처럼. 그래서 독특한 성향을 가진 이성을 만나려고 했고, 또 그런 여자를 만나 광기 어린 사랑을 하기도 했다.

그러나 그곳에도 사랑은 존재하지 않았다. 나는 뒤돌아섰고 인류는 결코 사랑하지 않는다는 잠언을 스스로 만들어 사랑에 대한 기대를 버렸다. 그러나 나는 알지 못했다. 그게 다 고열의 사막 같은 나의 에고 때문이었다는 것을.

어떤 연애로도 어떤 광기로도

이 무시무시한 곳에까지 함께 들어오지는

못했다, 내 꿈틀거리는 사막이, 그 고열高熱이

에고가 벌겋게 달아올라 신음했으므로

내 사랑의 자리는 모두 폐허가 되어 있다

아무도 사랑해 본 적이 없다는 거;

언제 다시 올지 모를 이 세상을 지나가면서

내 뼈아픈 후회는 바로 그거다;

그 누구를 위해 그 누구를 사랑하지 않았다는 거

젊은 시절, 도덕적 경쟁심에서

내가 자청自請한 고난도 그 누구를 위한 헌신은 아녔다

나를 위한 헌신, 나를 위한 희생, 나의 자기 부정;

그러므로 나는 아무도 사랑하지 않았다

그 누구도 걸어 들어온 적 없는 나의 폐허

다만 죽은 짐승 귀에 모래알을 넣어 주는 바람뿐

그러던 내가 왜 그날 그 버스에서 그런 생각에 이르게 되었는

지는 모를 일이다. 누군가를 사랑해 본 적 있느냐는 스스로의 질

문에 처음엔 아니, 라고 대답을 했는데… 문득 지난 기억들이 떠오르기 시작했다. 여름방학 동안 읽던 책이 마음에 들어서 소포로 친구에게 보내 주던 오후, 여자 친구를 즐겁게 해주기 위해 들에서 꺾었던 꽃, 어머니를 기쁘게 해드리기 위해 함께 시장을 보러 가던 저녁, 아버지의 하얗게 센 머리카락을 염색해 주던 한 때 등. 그제야 내가 참으로 많은 사람들을 사랑했다는 것을 깨달았다. 사랑은 특별한 게 아니라 누군가를 행복하게 해주고 싶은 그 마음, Make somebody be happy라는 것을. 그날 나는 집으로 돌아와 내 생애 첫 연애시를 썼다. 푸른 스물을 보내며 내가 사랑했던 그녀를 떠올리며.

푸른 자전거. 내가 타고 다니던 푸른 자전거. 코스모스 피는 날 졸업하게 될 선배에게 술 한잔 사고 얻은 빵꾸 난 자전거. 아카시아 먹고 감기에 걸린 날 20세기 미소설 강의 빼먹고 쿨렁 쿨렁거리며 파란 페인트로 칠해 주던 푸른 자전거. 민들레 홀씨들 자욱히 몰려다니다 사라질 때까지만 타고 다니던 푸른 자전거.

푸른 자전거. 등 뒤에서 비명 지르던 당신을 태우고 울퉁불퉁한 보도블럭 길을, 흔들리는 다리를 건너던 용감한 푸른 자전거, 비 오는 날 당신의 궁둥이로 흙탕물 튀기며 키득거리던 푸른 자전거. 봄바람에 팔락거리던 당신의 치맛자락, 그 속살, 얼굴 붉히며 곁눈질하던 푸른 자전거.

푸른 자전거. 술에 취해 쓰러진 내가 울음이라도 울까 나보다 더 아프게 넘어져 빗방울 사방에 튀기며 서럽게 울어 주던 푸른 자전거. 내 곁에 문득 왔다가 사라진 모든 것처럼, 혹은 아닌 듯 버림받았던 당신처럼, 그렇게 될 운명을 다 알고 있었던 푸른 자전거.

푸른 자전거. 한 번도 다정스레 씻어 주지 못했던, 헤어지고 딱 한 번 공터에서 만났던, 앞바퀴 어디선가 잃어버리고 원망스레 쳐다보던, 지금은 너무나 그리운 푸른 자전거.

그 후 며칠이 흘렀을까, 학교에서 수업을 듣는데 할머니 교사 니키가 학생들에게 사랑이 무엇이냐고 물었다. 학생들은 각자 자신이 생각하는 사랑의 정의를 차례차례 답했다. 드디어 내 차례가 왔다. 나는 그날 밤 버스에서 있었던 얘기를 했다. 니키는 나의 이야기를 다 듣고 난 뒤 "R, 너는 그동안 긴 사랑의 항해를 해왔구나"라며 미소를 지었다. 그리곤 "난 50년을 넘게 살았지만 이 세상엔 사랑이 존재하지 않는 것 같아. 젊어서 히피적인 삶을 추구한 난 일찍이 사랑을 찾아 많은 곳을 떠돌아다녔단다. 그리스로, 독일로, 일본으로. 여러 나라를 여행하고 여러 사람들을 만나서 사랑을 하고 아이도 가졌지. 그렇지만 아직도 진정한 사랑은 찾지 못했어. 만약 인간에게도 사랑이란 게 존재한다면 그건 아마도 동성연애자들 사이에나 있지 않을까, 하고 짐작해 본단다"라며 자신이 겪은 긴 사랑의 항해를 들려주었다.

나는 런던에서 학교 친구들과 작별을 해야 할 마지막 수업에 꽃다발을 들고 학교로 갔다. 담임선생님 니키를 위해. 수업이 끝나고 나는 고국으로 먼 여행을 떠날 거라는 소식을 니키에게 전한 뒤 종이가방 속에서 꽃다발을 꺼내 니키에게 내밀었다. 그녀는 내가 내민 꽃다발을 품에 안은 채 울음을 터뜨렸다. 난 그저 니키 선생님을 기쁘게 해드리기 위해 꽃다발을 준비한 것뿐이었는데. 니키가 내 볼에 키스를 하고 눈물을 흘리며 작별 인사를 했다. R, 넌 내가 만난 동양인 중 가장 아름다운 청년이었단다.

그날의 일을 떠올리며 나는 생각했다. 사랑은 기브Give나 테이크Take가 아니라 단지 두Do가 아닐까, 하고. 어느 가수는 '사랑은 받는 것이 아니라면서'라고 노래했고, 뭇 성인들은 '사랑은 주는 것'이라고 말씀해 왔고, 세태는 '사랑은 기브 앤 테이크'라고 재잘대고 있었다. 그러나 사랑은 준다는 생각도 받는다는 생각도 없이 단지 '하는Do' 것이 아닐까? 누군가를 행복하게 해주고 싶은 그 마음으로.

한결같은 풍경을 보며 이틀째가 지나고 있었다.

사막의 풍경이 아무리 똑같아도 그 한결같음에 한 점 변화를 주는 건 태양과 구름. 해가 뜬 이후론 그나마 무료함을 견딜 수 있었는데, 해가 지평선 너머로 넘어가자 그나마도 사라져 버렸다. 승객들도 하나, 둘 잠 속으로 넘어갔다. 고개를 푹 수그리거나, 고개를 젖히거나, 옆 사람에게 기대어. 운전수는 잠 속으로 넘어간 사람들을 한층 더 지루해진 세계로 소환하지 않기 위해 뮤직비디오의 전원을 껐다. 버스 헤드라이트가 간신히 밝히는 앞길을 제외하면 완전히 암흑의 세계였다. 그래서, 나도 잠으로 넘어갈 수 있었다면 좋으련만 밤이 되자 낙수 아래 가부좌를 틀고 있는 것처럼 정신이 더 말똥말똥해졌다. 아닌 게 아니라 지구의 중력을 엉덩이만으로 견디기 힘들어 어정쩡하게 가부좌를 틀기도 했다. 나는 스무여 해를 보내며 내가 만난 모든 사람들을 내 기억의 화면으로 소환했다. 그들 한 사람, 한 사람과의 인연을 가만히 더듬는 사이 사막의 밤이 지나가고 있었다.

이스탄불에서 출발한 버스는 사흘 내내 달린 끝에 이란의 수도 테헤란Teheran에 도착했다. 버스에서 내리자 호객행위를 하는 사내들이 내 주위로 몰려들었다. 머리 위에 터번을 두른 그들에게 '이스파한! Esfahan'을 외쳤다. 나를 몇 겹으로 둘러싼 사내들 중 뒷줄에 있던 한 사내가 손을 흔들었다. 나는 사내를 따라가 한국에서 H기업 회사원들을 아침저녁으로 태우고 다니던 통근 (?) 버스에 올라탔다. 버스 안은 현지인들로 가득했고 내가 유일 한 외국인이었다. 빈 좌석에 앉은 지 10분 후 노쇠한 버스가 툴 툴 마른 기침 같은 연기를 내뿜더니 세계 최대 중고차 매장이라 고 해도 좋을 버스터미널을 빠져나왔다. 이스파한까지 동쪽으로 10시간을 더 달려야 한다고 했다. 결국 이스탄불을 떠나고 60시 간이 지나야 이스파한에 도착할 수 있다는 뜻이었다.

이스파한으로 가는 길은 멀었다.

지혜가 많으면 많을수록 번뇌가 많고,
지식을 더하면 더할수록 근심은 더하느니라.

– 전도서 1장 18절

사막의 하늘을 흐르는,
은빛의 거대한 강

1

파키스탄 국경, 사막 한가운데서 버스 바퀴가 터졌다. 스페어 타이어는 없었다. 해 저무는 길 위로 한 대의 버스가 지나간다. 사람들은 손을 흔들어 버스를 세웠지만 승객이 가득 차서 터진 바퀴와 버스 안내원만을 태운 채 버스는 떠났다. 사막의 지평선 너머로 해가 사라지기 시작하고, 내가 탔던 버스의 터진 바퀴가 언제 돌아올지 아무도 모른다. 태양이 지평선을 다 넘어가고, 어둠이 점점 짙어져도 터진 바퀴는 도착하지 않는다. 버스 안은 땀 냄새와 야릇한 향수 냄새로 가득하다(이슬람 국가에서는 대중교통을 이용하면 승객들의 손에 향수를 발라주었다). 인샬라!(신의 뜻대로!) 신발과 양말을 벗고 담요를 덮은 채 잠든 사람들. 이슬람 전통 의상을 입은 사내 하나가 도로변에 앉아 소변을 누고, 버스 밖의 또 다른 사내들은 초조한 표정으로 담배를 피운다. 나는 어둠이 번져 가는 사막을 바라보며 오늘 일어났던 불미스런 행운이 어디서부터 시작된 것인지 더듬어 본다.

2

이스파한에서 하루를 묵고 동쪽으로, 동쪽으로 오던 길. 파키스탄Pakistan 으로 가기 위해서는 이란Iran 의 국경마을에서 먼저 내려야 했다. 그리고 국경 간 중립지대를 지나 파키스탄 국경초소 겸 출입국사무소에 도착하면, 비자와 여권을 확인한 후 국경에서 가장 가까운 도시(가까워 봐야 9시간은 넘게 걸린다고 했다)로 떠나는 버스를 탈 수 있다고 했다. 이란의 국경마을에서 택시를 잡으려는데 백인 청년이 인사를 건넸다. 하이! 큰 키에 마른 체격, 푸른 눈동자, 마치 콧수염을 기른 에단 호크Ethan Hawke 같은 인상이었다.

- 너 일본인이니?
- 아니, 난 한국인이야.
- 다행이군. 일본애들은 정말 싫어. 넌 어디로 가? 난 파키스탄으로 가는데.

- 나도 그래.

- 그럼, 나 좀 도와줄래. 여행자수표를 못 바꿨어. 이 근방에선 환전소를 찾을 수가 없더군. 파키스탄에서 갚아 줄게.

- 좋아. 문제없어. 내 이름은 R이야!.

- 고마워, 난 폴이라고 해.

폴란드 대학에서 저널리즘을 전공하고 있다는 휴학생 폴은 택시가 정오를 지나 새하얗게 표백되어 가는 사막을 지나가는 내내 욕을 해댔다. 퍽 킹 재패니스! 내가 일본인이었다면 더 이상 말을 붙이지 않았을 거라고 했다. 터키에서 일본 젊은이와 동행한 적이 있는데 단 둘이 다닐 때만 해도 무진장 다정다감하게 대하던 녀석이 제 나라 패거리들을 만나자 해방이라도 된 듯 날뛰며 그동안 같이 지낸 폴을 폴란드에서 온 가난뱅이라고 놀려 댔다고 했다. 강한 사람에게 친절하고 약한 사람에게 잔혹하며, 홀로는 납작하게 수그리고 뭉치면 안하무인이 되는 게 일본인의 습성이라고 비난했다. 런던에서 내가 만난 일본인 학생들은 모두 착하고 다정다감했다. 그러나 폴과 비슷한 경우를 나도 이탈리아에서 겪은 적이 한 번 있었다.

피렌체 두오모Duomo 광장에서 자국민인 줄 알고 다가온 일본애와 길동무가 되었다. 군대 갔다 왔냐는 질문에 그렇다고 대답했더니 찰싹 붙어 굽신거리다시피 하던 녀석이 피사^{Pisa}에서 제 나라 패거리를 만나자 슬금슬금 태도가 바뀌더니 급기야 한국 여자가 나왔다는 포르노를 언급하며 제 나라 패거리들과 킬킬거렸다. 일본어로 나누는 대화였지만 몇 개 단어와 뉘앙스로 짐작할 수 있었다.

- 칸고쿠 온나히토… 포르노… 크크큭.

머리끝까지 화가 치밀었지만 덩치도 작은 내가 3:1은 무리다. 나는 녀석들과 함께 다니기로 한 일정을 취소하고 헤어졌다. 기차역에 짐을 맡기고 녀석을 찾아 나섰다. 그들이 묵기로 했다는 게스트하우스 앞에서 녀석을 발견할 수 있었다. 헤어지기 전에 전해 줄 게 있다며 녀석을 게스트하우스 옆 인적 드문 골목으로 데리고 갔다. 호주머니에서 무언가를 꺼내는 척하자 녀석의 눈길이 아래로 향했다. 그 순간을 놓치지 않고 녀석의 눈두덩을 향해 주먹을 날렸다. 아악! 녀석이 눈을 감쌌다. 비어 있는 복부를 향해 연달아 주먹을 날렸다. 녀석이 웅크린 채 푹 쓰러졌다. 나는 고꾸라진 녀석을 페널티킥을 차듯이 사정없이 걷어찬 뒤 기차역으로 내달렸다. 중학교 3학년 때 이후 주먹질을 한 것은 처음이었다. 그리고 그 사건이 내가 피렌체에서 하루도 묵지 않고 시실리로 떠나게 된 이유다.

파키스탄 국경에 도착하는 순간 문제가 발생했다. 비자를 확인하고 도장을 찍던 출입국사무소 직원이 왜 비자가 없냐며 나의 여권을 가리켰다. 비자? 비자를 확인하고 출입국 스탬프를 찍는 것이 일과인 그 앞에 비자가 없는 동양인이 나타난 것이다.

　- 이보세요, 파키스탄이랑 한국이랑 비자면제협정에 의해서 비자 없이 6개월간 체류가 가능해요.

　나의 말은 통하지 않았다. 국어도, 영어도. 그는 말없이 다른 사람들의 여권에 붙어 있는 파키스탄 비자를 보여 주며 나의 여권을 흔들었다. 그는 나를 출입국사무소의 소장에게 데리고 갔다. 보고를 듣고 나자 무거운 의자에 흔들흔들 앉아 콧수염을 만지작거리던 뚱뚱한 사내가 더듬더듬 영어로 묻기 시작했다.

　- 너는 파키스탄 입국비자가 없다. 이란으로 돌아가서 비자를 받아 와야 한다.
　- 이봐, 나는 파키스탄 입국비자가 필요 없는 한국인이야. 비자면제협정에 의해 한국인은 6개월간 당신의 나라에서 체류할 수 있다구.
　- 여기 오스트레일리아인이든, 폴란드인이든 모두 비자를 준비해 왔다. 너만 비자가 없어. 비자 없이 여기를 통과하는 외국

인은 없어. 이란으로 돌아가 비자를 받아 와라.

- 내 말이 사실인지 확인하고 싶다면 한국대사관에 전화를 해서 확인을 하든가, 아니면 당신 나라 외교부에 확인을 해보라구. 내 말이 사실이 아니라면 그때, 이란으로 돌아가겠어.

내가 책상 위의 수화기를 들자, 그가 화들짝 놀라며 수화기를 빼앗았다.

- 장거리 전화는 돈이 많이 든다. 이란으로 돌아가서 비자를 받아 와라.
- 통화료는 내가 지불하겠다. 5분이면 충분하다. 얼마냐?
- 사소한 일로 장거리 전화를 사용해서는 안 된다. 이란으로 돌아가서 비자를 받아 와라.
- 이봐, 난 비자가 필요 없는 한국인인데 내가 왜 왔던 길을 다시 되돌아가야 하지? 사실 여부를 확인하든가, 확인을 못한다면 나를 그냥 보내 주든가 해.
- 그렇게는 못해. 이란으로 돌아가서 비자를 받아 와라.

그가 내뱉는 모든 문장은 '이란으로 돌아가서 비자를 받아 와라'로 끝났다. 그런 식으로 한 시간 넘게 실랑이가 계속되던 중, 나를 콧수염에게 데리고 갔던 직원이 오래된 서류 뭉치를 들고 와서 그의 보스에게 내밀었다. 머리를 맞대고 수군거리며 서류의 어딘가를 손가락으로 가리켰다. 사무실 구석 캐비닛에 처박아 둔 서류 뭉치에서 한국과 비자면제협정에 관한 공문을 찾은 것이다. 공문이 씌어진 해는 1985년.

그렇게 해서 나는 파키스탄에 발을 딛게 되었다. 건물을 나서는 나의 뒤통수를 향해 출입국사무소 직원이 영어로 더듬더듬 외쳤다. "처음, 한국인, 여기서." 출입국사무소 앞에 폴이 다른 백인들과 어울려 나를 기다리고 있었다.

– 어떻게 된 거야? 이란으로 돌아간 줄 알았어. 너에게 진 빚을 못 갚을 뻔했군. 참, 이 친구들은 오스트레일리아에서 왔대. 같은 방향이야. 동행하기로 했는데, 너도 좋지?

오스트레일리아에서 온 젊은이들은 여섯이었고, 여자 두 명에 사내 네 명이었다. 인사를 나누고 각자의 여행 경로에 대해 얘기를 나눈 후, 폴과 나는 함께 마을 구경을 나서기로 했다. 폴 역시 나처럼 호기심이 많은 친구였다.

– 이봐, 버스는 한 시간 후에 도착한다고 하니, 우린 구경 좀하고 올게.

드넓은 사막 한가운데 빽빽하게 지어진 마을의 담벼락도 집도 황갈색 흙으로만 지어져 골목은 마치 미로 같았다. 높이 2m의 담과 집과 길로 이루어진 마을. 폴과 함께 새파란 하늘을 이고 있는 미로를 이리저리 헤매는데, 버스가 출발한다는 경적이 들렸다. 너무 멀리 왔구나. 폴과 내가 경적 소리를 향해 좌로 우로 길을 오가며 다시 공터에 도착했을 때, 버스는 이미 출발하고 있었다.

– 헤이, 헤이, 기다려.

폴과 내가 다급하게 외치며 쫓아가자 두 대의 국경버스 중 뒤차가 멈췄다. 부리나케 버스에 올랐는데 오스트레일리아에서 온 친구들이 보이지 않았다. 앞 유리창을 내다보니 앞서 가는 버스 뒤창문으로 오스트레일리아에서 온 여자애가 손짓을 했다. 아마도 '다음 도착지에서 보자, 기다리겠다' 그런 내용이었으리라. 그러나 폴과 나는 그녀의 손짓의 정확한 의미를 영영 확인할 수 없었다. 그녀가 마지막으로 손을 흔든 후, 그들이 탄 버스는 속력을 내면서 멀어져 갔고 그리고 운명이 갈렸다.

몇 시간이 지나 폴과 나는 검은 연기를 피워 올리며 뒤집혀 있는 버스의 잔해와 사고의 파편과 흥건한 핏자국을 만났다. 승객들은 보이지 않았다. 몇 명이 죽었고, 몇 명이 살아남았는지도 알 수 없었다. 거의 동시에 출발했지만 앞의 버스는 너무 앞서 갔다. (자갈사막의 국경도로는 지면보다 1m 이상 높이 솟아 있고, 폭은 버스 두 대가 간신히 지나갈 수 있을 정도다. 양쪽에서 달려오는 버스는 하나가 조금만 도로 폭을 넓게 사용해도 부딪히고 만다. 그래서 맞은편에서 달려오는 대형 차량이 있을 경우 속도를 줄이며 서로의 폭을 조절해야 하는데…) 두 대의 버스. 2분의 1확률. 폴과 내가 예정대로 앞의 버스를 탔더라면 나는 지금 이 글을 쓸 수 없는지도 모른다. 그래, 미로가 우리 둘을 헤매게 하지 않았더라면 우리는 오스트레일리아에서 온 그들과 같은 버스를 탔으리라. 삶과 죽음을 오간 것은 찰나였다. 그 친구들은 어떻게 되었을까?

3

버스 안의 승객들은 모두 바퀴를 기다리다 지쳐 잠이 들었고 폴 역시 이불을 덮고 좁은 좌석에 웅크린 채 잠이 들었다. 나는 반야로부터 받은 침낭을 버스 밖으로 갖고 나와 사막에 자리를 펴고 누웠다. 어린 시절부터 꿈꾸어 왔지, 사막에서의 노숙을.

사막에서 나는 보았다. 도시에서 태어나, 도시에서 자라고, 도시에서 사랑하고, 도시에서 잠들던 아스팔트 키드, 나는 '푸른 하늘 은하수, 하얀 쪽배'라고 노래를 부른 적은 있지만 내 눈으로 직접 은하수를 본 적은 단 한 번도 없었다. 사방이 지평선이고, 인공의 빛이라곤 한 점도 없는 어두운 사막에서 은하수Milky Way에 내 눈을 첨벙 담갔다. 그건 그야말로 밤하늘을 흐르는 은빛의 거대한 강이었다.

삶과 죽음의 경계를 오갔던 그날, 나는 그 흘러가는 우윳빛 강을 올려다보며 표현할 길 없는 슬픔과 황홀경에 뒤섞인 채, 코끝을 스치고 지나가는 사막의 향기와 바람을 느꼈다. 바람아, 너는 몇 번이나 지구를 돌아 내 머리 위를 지나가고 있니? 휘이익, 별똥별이 휘파람을 그으며 지나갔다. 나는 서른여 개의 별똥별이 지나가는 모습을 본 후에야 잠이 들었다. 별똥별의 꼬리가 사라지기 전에 소원을 빌었던가? 빌었다. 앞선 버스에 탔던 사람들이 모두 무사하기를, 그리고 또 빌었다. 해 뜨는 아침의 나라에 도착하게만 해달라고, 인천항에 발을 내리면 나 그 땅에 입 맞추리라고. 그러나 나는 알지 못했다. 하룻밤 사이 또 다른 삶과 죽음의 경계를 넘고 있었다는 것을.

– 헤이, R? R?… 일어나 봐!
– 히… 이즈 데드…
– 헤이, R? R?

- 스네이크….

귓가에서 웅성거리는 소리가 아득히 먼 곳에서 들리는 듯했다. 나는 침낭 속 깊숙이 잠 들어 있었다. 침낭을 들추고 일어났다. 눈이 부셨다. 휴우. 나를 둘러싸고 있던 폴과 파키스탄 사람들이 안도의 한숨을 쉬었다.

- 무슨 일이야? 폴.
- 네 주위를 둘러봐, R!

침낭에서 빠져나와 주위를 둘러보자 사방이 온통 뱀구멍 투성이었다. 사막을 지나가는 국경도로에는 가로등 하나 없어 나는 누운 자리가 뱀들의 터였다는 것을 알지 못했고, 내가 버스 밖에서 잠드는 모습을 아무도 보지 못했던 것이다.

- 이곳 사막의 뱀들은 독사라구! R… 넌, 정말 럭키 가이야.

해 뜨고 한참이 지나도 터진 바퀴는 돌아오지 않고, 버스 그늘에 함께 앉아 있던 파키스탄 소년이 손을 들어 먼 지점을 가리켰다. 사막 저편에 한 채의 집이 신기루처럼 아득하게 보였다.소년이 말했다. 저곳에 가면 마실 물과 먹을 것을 구할 수 있을 거야. 폴과 나, 내 침낭을 둘러싸고 걱정스레 바라보던 두 명의 파키스탄 청년과 소년이 함께 달리기 시작했다. 사막을 가로질러 가물가물 사라질 것만 같은 집을 향해.

　오아시스였다. 사막 한가운데 우물이 있는 마당. 우리는 집 안으로 들어가 도움을 청했다. 집주인은 밝게 웃으며 차를 내주고 밥을 짓기 시작했다. 그러나 우리는 그 밥을 먹지 못했다. 밥이 다 익기 전에 우리를 찾는 클랙슨이 울려 퍼졌다. 바퀴가 도착한 모양이었다. 우리보다 더 미안해하는 집주인을 뒤로하고 돌아올 수밖에 없었다. 버스를 향해 사막을 달리다가 잠시 숨을 멈추고 뒤를 돌아보았다.

　아이들이 대문 밖까지 나와 손을 흔들고 있었다. 마치 영원의 한 장면처럼.

허공은 비를 잃는구나. 본디 허공이 비를 가진 것이 아니니라. 비의 자리를 이루어 비의 터에 이루어진 비가 땅으로 내려오는지라 허공인들 내리는 비를 어이하여 붙잡을 수 있겠느냐. 세계는 잃어 가면서 세계가 되는구나.

- 고은의 《화엄경》 중에서

비밀의 서랍 속,
단 한 사람만의 보석

1

　휴가가 끝나면 길 떠난 이들이 하나 둘 집으로 돌아올 것이
다. 물론 길 떠난 모든 이들이 패키지 여행 코스대로 안전하고
편안하게 집으로 돌아올지, 미지의 여행길 어디쯤에서 헤매고
있을지는 알 수 없다. 그러나 나는 장담할 수 있다. 패키지 여행
은 당신이 모으고 있는 사진첩이나 사진 폴더의 페이지나 용량
을 늘려 줄 수는 있어도, 당신의 '진정한 재산'이 되지는 못한다
고. 패키지 여행이 제공하는 것은 코스와 일정과 시스템일 뿐,
그곳에 신神은 없다. 미지의 길에서는 언제나 여행자들을 보호
하는 여행의 신이 어깨에 내려앉으며, 그 신은 고난의 모험길을
선택한 이들에게 반드시 무언가를 보여 준다. 그리고 그것은 65

억 인류 중 단 한 사람만이 가지는 보석이 된다.

2

　이란과 파키스탄 사이의 국경사막을 지나 파키스탄의 국경도시, 그러니까 기차가 다니는 첫 국경도시에 도착한 것은 이란을 벗어난 지 40시간이 더 지나서였다. 물론 실질적인 거리는 열 시간이 걸리지 않는 지점이지만 타이어가 터져 버리는 바람에 사막에서 노숙하며 하룻밤을 보낸 탓이다. 고쳐 온 타이어가 불안한지 버스 운전기사는 속도를 올리지 못하고 느릿느릿 국경도로를 달렸다. 나는 이란 국경에서 만난 폴란드 친구 폴과 국경마을에 버스가 도착하자마자 기차역으로 향했다.

　사막의 먼지로 뒤덮인 채 가로등만이 불을 밝히고 있는, 폐허 같은 도시. 사막의 흙먼지인지 밤안개인지 알 수 없는 입자들로 휩싸인, 영국 식민지 시대의 역사. 플랫폼 기둥에 붙어 있는 브라운관에서는 지구 저편의 위성방송이 흘러나오고, 그 아래 쪼그려 앉아 화면을 주시하는 맨발의 사람들. 마치 핵전쟁 이후의 세계를 연상시켰다.

　폴은 핵전쟁 이후의 도시에서 한시라도 빨리 벗어나고 싶어

서, 나는 고국에서 있을 여동생의 결혼식 날짜에 맞추기 위해서
서둘러 매표소로 향했다. 그러나 기차 시간표를 들여다보자 마
지막 기차는 이미 떠난 후였다. 폴과 나는 하루 종일 거의 아무
것도 먹지 못한 탓에 요기를 할 곳부터 찾았다. 그러나 핵전쟁
후의 상점들은 이미 문을 닫은 후였고, 배 속에서는 국적을 불문
하고 꼬르륵 소리가 계속 터져 나오고 있었다. 그때, 광장 저편
에 손수레에 솥단지를 놓고 무언가를 파는 사내가 보였다.

  – 어이, R! 신이 우리를 돕는군. 저기 노점상이 있어. 저기서
뭔가 먹을 만한 것을 구할 수 있을 것 같은데.

  한국의 포장마차와 같은 작은 손수레에 두 개의 솥단지를 놓
고 카레라이스를 파는 사내였다. 마침 철수를 하려던 그가 마지
막 손님을 맞이했다. 우리는 카레라이스를 주문했다. 사실 메뉴
라곤 카레라이스밖에 없었다. 그는 먼저 조그만 플라스틱 밥그
릇에 폴폴 날리는 쌀밥을 한 주걱씩 올려놓고, 솥단지를 열어 카
레를 한 국자씩 부었다.

  카레는 인스턴트 카레 파우더를 넣어서 만든 게 아닌, 향을 내
는 나무 껍데기를 통째로 넣어서 끓인 오리지널 카레였다. 가끔
씩 입 안에서 씹히는 나무 껍데기를 뱉어 내야 했지만, 근 이틀

동안 거의 제대로 먹지 못한 폴과 내가 그 카레라이스를 얼마나 맛있게 먹었을는지 상상이 가리라. 폴과 나는 카레라이스를 먹으며 정말 많이 행복했다.

- 정말 맛있군. 안 그래, R?
- 응, 정말! 내가 지금껏 먹은 음식 중 최고로 맛있는 음식이야.

그때였다. 세 마리의 바퀴벌레가 솥단지 안에서 쪼르르 빠져나와 솥단지의 외벽을 타고 아래쪽으로 사라진 것은. 그리고 우리는 순간 동작을 멈추고 아무 말 없이 서로의 얼굴을 바라보았다. 폴의 눈은 말하고 있었다.

- R, 너도 봤어?

나의 눈빛이 대답했다.

- 응, 나도 봤어.

그때 이미 폴은 카레라이스를 한 숟갈 정도를 남겨 둔 참이었고, 나는 아직 3분의 1이 남아 있었다. 그는 숟가락을 놓았고, 입

안에 있던 음식을 바닥에 뱉었다. 내 입 안에는 막 한 숟갈을 집어넣어 씹다 만 카레라이스가 들어 있었다. 모르겠다. 왜 그 순간에 원효가 떠올랐는지.

의상과 함께 천축국으로 가던 원효. 한밤의 어둠 속에서 너무나 달게 마셨던 물이 아침이 되어 보니 해골 속에 괸 물이었음을 알고, 깨달음을 얻어 홀로 되돌아왔던 원효. 1300여 년 전, 하룻밤 사이에 일어났던 일이 마치 내가 겪은 일인 양 파노라마처럼 스치고 지나갔다.

천천히 입 안의 음식을 씹었다. 한 번, 두 번, 세 번…. 그리고 나는 남은 카레라이스를 다 먹어치웠다. 음식값을 치르고 뒤돌아서는 나에게 폴이 어리둥절한 눈으로 물었다. 바퀴벌레가 들어 있던 음식인데, 그걸 보고서도 왜 너는 그 밥을 다 먹었냐고, 게다가 이런 후진국에서 음식을 잘못 먹어 탈이 나면 목숨을 잃을지도 모른다고. 한낱 일상 영어회화 수준의 내가 원효의 이야기를 어떻게 영어로 다 표현할 수 있겠는가? 아니, 그것을 어떻게 언어로 표현할 수 있겠는가? 나는 그저 빙그레 웃어주었다.

이 늦은 시각에 어디서 숙박업소를 찾나, 그런 이야기를 주고받다가 역사에서 잠시 눈을 붙이고 내일 아침 가장 이른 이슬라마바드행 기차를 타자는 결론에 도달한 우리는 다시 기차역으로 들어갔다. 그때 덜컹덜컹 소리를 내며 느릿느릿 기차가 출발하고 있었다.

고개를 내민 승객에게 어디로 가는 기차냐고 물었다. 이슬라마바드 Islamabad~ 연착으로 막차가 이제 출발하는 것이라고 알려주었다. 아직 파키스탄 루피로 환전하지 못한 탓에 우리에겐 단 한 푼의 루피도 없었다. 폴과 나는 티켓을 사지도 않은 채 무작정 기차에 올라탔다. 케세라 세라! 그 뜻이 될 대로 되라든, 다 되겠지든.

3

기차 안은 승객들로 가득 차 있었다. 두 사람씩 앉는 좌석에 세 사람 네 사람이 끼어 앉아 있고, 심지어 짐을 올려 두는 선반에도 사람들이 올라가 잠을 잘 준비를 하고 있었다. 설날 귀성열차 안의 승객보다 두 배는 더 많은 듯했다. 중학교 때 읽은 박범신의 글. 그의 아버지가 들려주었다던가, 명절날 귀성객들로 가득 찬 기차라도 첫 칸에서 끝 칸까지 돌아다녀 보면 반드시 한 자리는 비어 있다고, 아무리 힘든 세상이라도 네 한 몸 먹여 줄 자리는 있다고.

과연 그 이야기가 선반까지 사람들이 누워 있는 이 파키스탄의 오지에서도 적용될지 알 수는 없지만 기차가 역을 떠나고 나서도 나는 폴을 이끌고 다음 칸으로, 다음 칸으로 옮겨 갔다. 빽빽하게 들어찬 사람들을 비집고 얼마나 많은 열차 칸을 지나갔을까? 붉은 색으로 꼬불꼬불한 문자가 쓰인 열차의 문을 열었을 때, 열차 안에는 좌석도 없고, 선반도 없고, 텅 빈 공간에는 그저 몇 개의 마대자루와 희끗희끗 머리가 센 노인이 의자에 우두커니 앉아 있을 뿐이었다.

- 여기가 끝입니까?
- 무슨 일이오?
- 방금 도착했기 때문에 티켓을 사지 못했어요. 지금이라도 티켓을 살 수 있으면 살게요. (호주머니 속에 약간의 달러가 있었다.) 라호르까지만 해도 10시간은 넘게 걸릴 텐데, 빈자리가 없는지 찾고 있었어요.
- 어디서 왔소?
- 저는 한국인이고, 그리고 이 친구는 폴란드인입니다.
- 짐을 내려놓고 앉으시오. 여기가 오늘 당신들을 위한 빈자리요.

기차의 마지막 칸은 우편열차였다. 편지와 소포들이 실려 있는. 머리칼과 콧수염이 희끗희끗한 노인은 우리에게 편한 대로 열차 바닥에 앉으라고 권했다. 자고 싶으면 누워도 괜찮다며. 그리고 더 이상 말이 없었다. 그저 가만히 바깥 풍경을 쳐다볼 뿐. 뜻하지 않은 행운에 폴과 나는 바퀴벌레를 보았을 때와는 또 다른 눈빛으로 아무 말 없이 서로의 얼굴을 바라보았다. 폴의 눈빛이 말하고 있었다.

- R, 어쩜 이런 일이 생길 수 있지?

나의 눈빛이 대답했다.

- 여행의 신이 우리들의 어깨 위에 앉아 있어.

만약 우리가 빼곡하게 들어찬 사람들의 틈바구니에서 엉덩이라도 붙일 자리를 찾아 그냥 주저앉아 버렸더라면 지금쯤 어떤 자세를 하고 있을까? 폴도 나도 말없이, 말 없는 노인의 눈치를 보며 가만히 생각에 잠겨 있는 동안에도 열차는 달렸다. 1시간쯤 지나 다음 역에 도착하자 또 다른 노인이 들어섰다.

두 노인이 몇 마디를 나눈 후, 새로 들어온 노인이 우리에게 다가와 어디서 왔는지, 어디로 가는지, 직업이 뭔지, 또 다른 어떤 나라들을 가 보았는지, 이런 저런 것들을 물었다. 나이는 두 사람이 비슷해 보였지만 새로 나타난 노인은 장난기와 호기심이 가득한 인상이었다. 그가 오른쪽 상의의 호주머니에서 담배를 꺼내 입에 물다가 물끄러미 올려다보는 폴에게 물었다.

– 한 대 줄까?

– 괜찮아요, 저도 있어요.

– 이건 마리화나야.

– 네? 마리화나요? 파키스탄에서는 마리화나가 합법인가요?

– 아니, 금지되어 있지. 그러나 나는 피워도 돼.

– 왜요?

– 내가 경찰이니까

– !!!!!

그는 마리화나에 불을 붙인 후 열차의 문을 열어젖혔다. 서부 영화나 〈세상 밖으로〉(1994) 같은 영화에서 보았겠지만, 구식 열 차의 화물칸은 벽 자체가 곧 문이다. 옆으로 드르륵 문을 밀자 한쪽 벽면 전체가 창이 되었다. 기차는 가까운 풍경조차도 충분 히 감상할 수 있을 정도로 천천히 달리고 있었고, 폴과 나는 기 차 바깥으로 다리를 내어 걸터앉았다. 폴이 노인이 건네준 마리 화나에 불을 붙였다.

남국의 따뜻한 밤, 마치 폴 고갱이 그려 놓은 원시적인 유화 속으로 빨려 들어가는 바람이 머리칼을 스치고 지나갔다. 검은 무소의 등과 뿔이 어둠 속에서 번들거리는 모습이 보였다. 논에 댄 물 위로 둥근 달이 사뿐사뿐 내려앉았다. 지나간 달은 발자국을 남기듯 그 자리에 그대로 남고, 새로운 달이 하나, 둘, 셋, 넷⋯ 달은 계속, 계속 늘어만 갔다. 시간의 흐름 속에서 수천 수백 개의 달이 물 위를 둥둥 흘러가고,

 찰칵! 60억 중에 단 한 사람만이 가지는 보석이 내 비밀의 서랍 속에 담기는 순간이었다.

광대한 우주, 무한한 시간. 그 속에서 같은 시대, 같은 행성을 무샤프와
함께 살아가는 것을 기뻐하며.

– 칼 세이건의 《코스모스》를 빌려

제3의 사내를 따라나선,
폴과 R의 표류기

1

　폴과 나, 그리고 제3의 사나이를 제외하곤 그 어두침침하고 황량한 역에 내린 사람은 아무도 없었다. 낡고 쇠락한 역사 앞, 뿌연 가로등을 향해 참새만 한 나방들이 몸을 부딪혀 댔고, 그 아래 제3의 사나이가 얘기한 승용차 한 대가 매미 성충처럼 웅크리고 있었다. 폴이 뒷좌석에, 나는 조수석에 앉았다. 제3의 사나이가 키를 꽂고 돌리자 몇 년이나 묵었는지 분간하기 힘든 도요타TOYOTA 매미가 한껏 소리를 지르고 나서 생을 마감할 작정으로 툴툴거렸고 헤드라이트를 향해 참새만 한 나방부터 메뚜기, 모기, 풀숲의 날벌레들이 가미카제 특공대처럼 부딪혀 오는 어두운 길이 시작되었다.

제3의 사나이를 따라 세계지도에는 표시되어 있지 않은 파키스탄의 시골 마을로 들어가는 길. 폴처럼 호주머니 속에 호신용 나이프를 움켜쥐고 있어야 할 정도로 불안하진 않았지만 전혀 긴장되지 않았다면 그건 거짓말일 것이다. 높이 2m가 넘는 풀숲 사이로 웅크리고 있는 음습한 창고를 지나갈 때는 슬래서 무비(연쇄살인 공포영화)의 비릿한 장면들이 망막 뒤에 달라붙었고, 끈적끈적한 불안감이 지네의 발처럼 등골을 타고 올라왔다.

2

내가 제3의 사나이를 만난 것은 폴이 열차에서 배낭을 내려놓고 화장실의 빈 칸을 찾아 자리를 뜬 지 5분쯤 지나서였다.

– 어디까지 가시죠?

야간열차, 열차와 열차 사이의 공간. 지난 역에서 두꺼운 책 한 권을 옆구리에 끼고 올라탄 삼십대 초반의 파키스탄 사내가 영국식 악센트로 물었다.

– 이슬라마바드.
– 좌석도 없이 이렇게 서서 가기엔 너무 먼 길인데요.

황홀한 밤이 지나고 라호르에서 우편열차가 떨어져 나가면서 폴과 나는 입석표를 사야 했다. 그 후 꽤 오랜 시간이 지나면서 나의 발바닥은 자기만이라도 좀 떼내서 선반에 올려 달라고 아우성을 쳐대고, 무릎은 무릎대로 욱신거리고.

– 다음 역에서 저랑 같이 내리는 게 어때요? 내 차로 우리 집까지 가서 오늘은 편히 자고, 내일 페샤와르Peshāwar로 가는 고속버스를 타세요. 페샤와르에서 이슬라마바드까지는 거리도 얼마 되지 않고 버스도 많거든요. 제 말대로 하는 게 나을 겁니다.

사람들로 미어터지는 열차 안을 통과해 간신히 화장실에서 볼일을 보고 온 폴이 나와 대화를 나누는 파키스탄 사내를 힐끔 쳐다보더니 무슨 일인지 물었다. 나의 대답. 폴의 의심스러운 표정. 처음 만난 이방인에게 자기 집에서 자고 가라니! 그러나 그의 제안이 의심스럽다 할지라도 피곤한 우리들에게 매력적인 제안이라는 것은 명백한 사실이었다. 잠 한숨 잘 수 없는 상태로 더 이상 야간열차를 타고 간다는 것은 무리다. 폴, 아무려면 우린 둘인데 무슨 일이야 있겠어? 그래, 사실 나도 더 이상 서 있을 기력이 없어.

– 어떻게 결정을 내렸나요?

- 네, 당신 말대로 하기로 했어요.

- 잘 선택한 겁니다.

그렇게 해서 제3의 사나이를 따라가는 하멜 표류기, 아니 폴과 나의 파키스탄 오지 마을 표류기가 시작되었다. 나는 지금도 그 마을의 이름이 무엇이었는지 기억하지 못한다. 《론리 플래닛》, 《세계로 간다》 같은 흔한 가이드북 한 권 나의 배낭에는 들어 있지 않았고, 내 유일한 길잡이이자 가이드북인 세계지도 어디에도 그가 말한 마을 이름이 표기되어 있지 않았으니까. 하긴 내가 갖고 있던 세계지도는 한반도로 치자면 부산 - 대구 - 대전 - 서울과 같은 대도시 외에는 기재되어 있지 않은 고배율 축적도였으니.

낯선 사내를 따라 간이역에서 내리자마자 폴은 슬그머니 배낭 속에서 나이프를 꺼내 바지 호주머니 속에 집어넣었다. 그건 폴이 '만일에 대비'해 소지하고 있던 호신용 칼로 방아쇠와 같은 고리에 인지를 끼우고 휘두를 수 있게 제작된 특수 칼이었다.

- 이라크 전쟁으로 이슬람 국가에선 백인에 대한 인식이 안 좋기 때문에 만일에 대비해야 돼. 얼마 전 독일 여행자가 백인이라는 이유로 테러를 당하기도 했거든. 백인이기만 하면 미국인

으로 착각하는 외국인들이 많아.

어둡고 축축한 길을 지나 파키스탄 시골 마을에 도착했지만 여전히 그곳 풍경은 아스팔트 키드인 폴과 나에게 그다지 호의 적으로 보이지 않았다. 불 꺼진 집들, 캄캄한 거리, 기묘한 냄새. 우리는 의심과 불안이 7:3으로 믹스된 표정으로 사내의 집으로 들어섰다.

–5분만 기다려 주실래요. 방 정리를 좀 해야겠어요.

5분 후의 세계. 소파와 킹사이즈 침대가 있는 방. 그는 차가운 냉수를 가져와 탁자에 내려놓고 화장실 위치와 사용법을 알려 주었다. 오늘은 많이 늦었으니 씻고 주무세요. 아침 7시에 깨울 테니 그때 봐요.

기차에서 내린 후로 줄곧 호주머니에 손을 찔러 넣은 채 '만 일에 대비' 하던 폴뿐만 아니라 나역시 우리 둘이 어떤 사람인지 잘 알지도 못하면서 자신의 집에서 잠을 재우는 사내의 호의에 대해 어리둥절하긴 마찬가지였다.

–R, 침대에서 자본 게 얼마만이냐?

– 그러게 말이야. 샤워까지 하고 나니 정말 가뿐하군.

 – 근데, 저 친구는 뭘 믿고 우리를 자기 집에서 재우지? 자고 있는데 덮치는 건 아닐까?

 – 이유야 알 수 없지만, 지금은 아무 생각도 하지 않고 그냥 자고 싶어.

 – 그래. 나도 마찬가지야. 잘 자. R.

그날 밤, 폴이 호주머니에서 나이프를 꺼내 두고 잠들었는지 아니면 그래도 '만일에 대비' 해서 나이프를 호주머니에 넣어 둔 채 잠들었는지 나는 알지 못한다.

아침의 새소리, 삐걱 문 열리는 소리, 방문 앞에 서 있는 두 아이의 호기심 가득한 눈동자를 보고 나자 '만일에 대비' 하던 자세는 완전히 무장 해제되어 버렸다. 제3의 사나이는 두 아들의 가장이었다. 게다가 집 안엔 방이 2칸밖에 없고, 폴과 나를 위해서 그와 아내가 두 아들을 데리고 아이들 방에서 함께 잠들었다는 것을 알고 나자 지난밤 그를 의심한 것에 대해 미안했다. 우리를 잘 알지도 못하면서 무슨 생각으로 낯선 이방인을 재운 걸까? 그는 첫눈에 당신들은 믿을 수 있는 사람이라는 생각이 들었노라고 대답했다. 그리고 그는 '우리 모두가 친구' 라는 싱거운 대답을 던져 주었다. 친구.

- 파키스탄에서도 여자들은 거리를 다닐 때 차도르를 하던데, 당신의 아내는 하지 않나요?

- 여긴 집 안이고 친구나 친척들 앞에서는 괜찮아요.

- 우린 외국인인데.

- R과 폴은 우리 집에 놀러 온 나의 친구잖아요.

그는 페샤와르로 가는 버스는 오후 5시쯤에 도착하니 오전엔 자신이 교사로 있는 학교 구경을 하는 게 어떻겠냐고 물었다. 좋아요! 그가 아이들의 볼에 뽀뽀를 하고, 아내와 눈인사를 한 뒤 함께 현관문을 열고 마당으로 나섰다. 그러나 그 집의 대문을 열고 5분도 채 지나지 않아 우리가 쉽게 그 집을 떠날 수 없음을 알게 되었다.

대문 앞에는 수많은 사람들이 줄지어 서 있었다. 맨 앞에 서 있던 중년의 사내가 손을 내밀었다. 뭐라고 한마디를 했는데 아마도 자신의 이름인 듯했다. 폴과 나에게 악수를 청하고 사내는 뒤 사람에게 자리를 비켜 주었다. 다음 사내도 손을 내밀고 자신의 이름을 말했다. 번갈아 악수를 하고, 다음 노인, 다음 소년, 또 다음 청년…. 노인에서부터 코 흘리개 어린이에 이르기까지. 그 마을에 외국인이 나타난 것이 처음이었던 것이다.

악수의 의식은 그날 하루 종일 계속되었다. 그가 데려간 초등학교에서도, 마을 법정에서도, 전교생과 마을 판사들, 검사들, 변호사들. 한나절이 지나고 나자 손아귀가 아플 지경이었다. 폴과 나는 한국과 폴란드에서 온 유명인사가 되어 있었고, '칼'이 아니라 방긋 방긋 웃으며 '손'을 써야 할 일들이 계속해서 생겼다. 제주도에 불시착한 하멜도 그랬을까?

제주도에 표류한 하멜Hendrik Hamel의 14년은 그다지 행복하지 못했다. 이방인에게 폐쇄적이고 비호의적이던 조선 사람들은 하멜에게 그다지 행복한 만남을 가져다주지 않은 듯하다. 우리가 《걸리버 여행기》와 같은 모험담으로 알고 있거나, 조선의 문물과 관습을 서양에 처음으로 알린 서적 정도로만 알고 있는《하멜표류기》는 17세기 중반 조선이란 나라에 이방인으로서 억류당해 군역, 감금, 태형, 유형, 구걸의 풍상을 겪은 네덜란드 선원의 고난에 찬 기록이다. 하멜은 억류된 지 14년이 지나서야 일본 나가사키로 탈출하여 고국으로 돌아갈 수 있었다.

3

'어디선가 누군가에 무슨 일이 생기면 틀림없이 나타난다 홍반장'처럼 초등학교 선생 겸 야간대학 법학과 학생이며, 동시에 비디오 대여점 주인인 그가 오후 수업을 위해서 학교에 가 있는 동안 폴과 나는 버스가 도착하기를 기다리며 마을을 어슬렁거리거나 그의 비디오 대여점에서 시간을 보냈다. 할리우드 영화들로 가득한 비디오장. 〈터미네이터〉Terminator, 1984, 〈에일리언 2〉Aliens, 1986, 〈타이타닉〉Titanic, 1997, 〈트루 라이즈〉True Lies, 1994, 파키스탄의 오지까지 제임스 카메론James Cameron이 '나는 세상의 왕이다'라고 소리치고 있는 듯했다. 땡그랑.

수업을 끝낸 그가 문을 열고 들어왔다. 그는 페샤와르로 가는 버스표 두 장을 쥐고 있었다.

– 아니, 이렇게까지 할 필요는 없는데.
– 폴과 R은 제 친구잖아요. 친구를 위해서 무언가를 해줄 수 있다는 것이 행복이지요. 이슬람에서는 친구를 세상에서 가장 소중한 가치로 여겨요. 서구 사람들은 Made in USA 영화들만 보고선 눈에는 눈, 코에는 코, 이에는 이, 피의 보복이 무슬림의 전부인 것처럼 알지만 사실 이슬람은 '관용의 종교'예요. 무슬림에겐 이방인이라 할지라도 자기 집을 찾아온 손님은 오랜 친구처럼 대하는 게 자연스런 일이랍니다.

– 우린 아무 것도 해준 게 없는데… 정말 고마워요.

－ 천만에요. 그리고 언제든지 다시 놀러 와요. 이슬라마바드
에 들렀다가 이곳에 다시 와도 좋고, 한국에 돌아갔다가 다시 와
도 좋아요. 한국인은 6개월 동안 무비자로 지낼 수 있다고 했으
니 언제든, 몇 달이든 머물고 싶은 만큼 지내다 가요.

타이어와 앞 유리창을 제외하면 온통 꽃무늬 스티커로 장식한
버스가 도착했다. 우리는 그가 건네준 버스표를 들고 버스에 올
라타 자리를 잡았다. 버스가 시동을 걸자 그는 어디론가 사라졌
다. 버스가 천천히 거리의 리어카와 행상들을 피해 움직이기 시
작했다. 그때 창밖으로 급히 달려오는 그의 모습이 보였다. 창문
을 열자 그가 두 개의 봉지를 건네주었다.

－ 가는 길에 배가 고플 겁니다. 잘 가요, R! 폴! 인샬라!

봉지를 열자, 그 속에 들어 있던 따끈따끈한 두 마리의 통닭.
뒤돌아보았을 때 여전히 그 자리에 멈춰 선 채 우리 모습이 보이
지 않을 때까지 손을 흔들고 있던 무샤프. 그 마을에서 폴의 나
이프는 전혀 소용이 없었다. 마치 〈웰컴 투 동막골〉(2005)에서의
카빈 소총처럼.

그들은 더 이상 아무런 말도 없었다. 말은 그들로부터 떠나 버린 것이다. 그들에게 떠나지 않은 것은 말 이전의 뜻, 말의 뒤에 있는 뜻, 말로는 말해질 수 없는 어떤 햇빛의 몇 줄과 같은 뜻이었다.

– 고은의 《화엄경》 중에서

노(老)히피와의 인터뷰 혹은
사과에 대한 명상

1

히피 hippie : 1966년 미국 샌프란시스코에서 청년층 주도로 시작된 탈사회적 행동을 하는 사람들을 일컫는 말. 이듬해 뉴욕, 로스앤젤레스, 버클리, 워싱턴 등의 대도시로 퍼져 나갔으며, 파리와 런던까지 파급되었다. 그들은 대도시 안에서나 교외에서 히피 빌리지를 형성하였는데, 그러한 곳에는 젊은이들의 탈사회적 생활방식에 공감하는 사람들의 기부금 등으로 일하지 않고도 먹고살 수 있는 시설까지 마련되어 있다.

내가 처음 히피들을 본 것은 런던, 템스 강을 오가는 유람선 선원으로 일하며 지내던 동네에서였다. 뉴크로스역에서 내려 집으로 가는 길에는 펑크족과 타투족들 – 그들의 외모가 퍼뜩 떠오르지 않는다면 〈전사의 후예〉Once were Warriors, 1994 라는 뉴질랜드 영화를 찾아보길 바란다 – 이 모이는 술집이 있었고, (어느 날 잠이 오지 않아서 맥주나 한잔 하려고 아파트를 빠져나와 '오늘은 이 집에서 마셔 볼까?' 하면서 술집의 문을 열었을 때 나를 반긴 것은 귀청을 찢는 음악 소리, 실내를 가득 메운 문신의 사내들과 펑크 머리의 여자들, 낯선 동양인에게 꽂히는 수십 개의 시선이었다. 그럴 땐 정말 문을 닫고 나가기도, 문을 열고 들어서기도 쉽지 않다. 에라, 모르겠다. 여기 원 파인트 비어!) 그 술집 건너편 모퉁이에는 온통 새까맣게 칠해진 콘서트홀이 있었는데, 석탄을 뒤집어쓴 듯 새까맣게 칠해진 건물의 이마에는 하얀 페인트 글씨로 주말 공연 스케줄이 큼지막하게 씌어 있었다. BEATLES, WHO, CRASH, WHAM, NIRVANA, PEARL JAM. 목소리부터 기교까지 오리지널 밴드와 한 치의 오차도 없을 듯한 시뮬라크르Simulacre.

골목을 내려와 잔디밭 공원을 가로질러 가다 보면 공원 한가운데 '이슬이 떨어지는 주막Dew Drop Inn' 이란 게이와 레즈비언의 커뮤니티를 위한 술집이 있고, 달팽이들이 신발 아래에서 비스킷 부서지는 소리를 내며 밟히곤 하는 내 허름한 아파트 맞은편엔 벽면 가득 해바라기와 비둘기가 그려진 또 다른 아파트가 있었다. 그 아파트에선 언제나 기묘한 냄새가 났다. 히피 빌리지였다. 나는 베란다에서 건너편 아파트를 바라보며 치기 어린 상상을 그 아파트에 투영시키곤 했는데 가령 이런 식이었다.

그 아파트의 각각의 집과 집들은 모두 안으로 연결되어 있다. 311호의 거실은 312호의 화장실로 뚫려 있고, 312호의 베란다는 313호의 베란다로 연결되어 있으며 313호의 부엌에서 413호의 부엌으로 오르내릴 수 있는 사다리가 놓여 있는, 그런 공간이다. 그곳엔 '나의 아버지'란 개념이 없다. 누구의 배에서 태어났느냐만 알려 주는 '나의 어머니'가 있을 뿐. 모든 아이들은 공동체의 자식이며, 어른들은 각자 좋아하는 과목을 선택해 서로 번갈아 가면서 아이들에게 세상을 살아가는 데 필요한 지식을 가르친다.

그렇게 멀찍이서 상상만 하거나 책, 영화, 음반 리뷰 속에서나 등장하던 히피를, 그것도 1940년에 태어나 1969년을 풍미하던 오리지널 히피를 만난 것은 이슬라마바드에 도착해서 배낭을 내려놓은 어느 캠프에서였다.

2

페샤와르에서 버스를 갈아타고 도착한 파키스탄의 수도, 이슬라마바드. 정규 방송 프로그램이 다 끝난 후의 화면처럼 치직거리는 한낮의 거리를 지나 폴과 내가 도착한 캠프는 하루 숙박비 300원(개인 텐트 야영 시)과 600원(캠프 건물동)으로 이슬라마바드에서 가장 저렴한 숙박 장소였다. 가이드북 한 권 갖고 있지 않은 내가 어떻게 그곳을 알아냈냐고? 서쪽으로, 서쪽으로 가는 여행자들은 그들 자체가 동쪽으로, 동쪽으로 향하는 나에게 워킹 인포메이션 데스크Walking Information Desk였다. 게스트하우스에서 수소문을 하면 반대편에서 온 여행자 한두 명은 발견할 수 있었고, 그들은 저렴한 교통수단과 숙박업소부터 암달러상을 만날수 있는 곳과 환율 시세까지 알려 주곤 했다. 이란에선 은행에서 환전할 때와 암달러상에게 환전할 때가 20배 가까이 차이 나기도 했다. 이스파한에서 만났던 여행자가 말했다. 이슬라마바드에 가면 꼭 이 캠프를 찾아가. 제일 저렴하기도 하고, 정말 판타스틱한 곳이야. 그래, 이 캠프의 이름은 판타스틱 캠프라고 해두자. 왜 판타스틱인지는 차차 알게 될 것이다.

– 자, 여기 이름과 목적지를 적으시고, D-1동으로 가세요.

화장실은 공용에 샤워시설도 없고 식당도 없었다. 그 정도는 예상했던 바다. 그러나 키 큰 나무와 초원을 지나 풀숲 한가운데에 덩그러니 서 있는 D-1동 건물의 문을 연 순간, 폴과 나는 말문이 닫히고 말았다. 그건 그야말로 콘크리트 육면체 그 자체였던 것이다. 그 흔한 매트리스나 간이침대조차 없었다. 콘크리트로 된 벽과 콘크리트로 된 천장과 콘크리드 바닥으로 이루어진 콘크리트 큐브. 5초 후, 폴이 어이없는 웃음을 터트렸다. 헤이, R! 판타스틱한데! 하하하. 그러나 정작 환상적인 것은 콘크리트 큐브가 아니라 그 캠프에서 만난 사람들이었다. 짐을 내려놓고 방을 나서자 껑충한 키에 머리를 치렁치렁 기른 은발의 할아버지가 어슬렁어슬렁 다가왔다.

  – 하이, 친구들. 지금 도착했나?

  바싹 마른 체격의 할아버지. 기분 좋은 웃음과 따뜻한 눈매. 어제 내린 비로 성냥이 축축해져서 켜지지 않는군, 혹시 라이터 가지고 있나? 그렇게 나는 만났다. 1969년 우드스턱 Woodstock Art and Music Fair (1960년대 반문화 운동의 정점을 이룬 록페스티벌)의 목격자, 오리지널 히피를. 내가 태어나기도 전부터 이 세계를 떠돌고 있는 노인에게 여행 경비는 어떻게 마련하느냐고 물었더니 런던에 히피 그림을 사주는 갤러리에 그림을 부치면 팔고서 돈을 보내준다고 했다. 가장 순수한 환상을 찾아 세계를 떠도는 히피 화가 토마스. 다음은 마리화나 이파리(판타스틱 캠프 주변은 마리화나 야생 군락지였다)를 말리던 그와 나눈 1969년 우드스턱에 대한 인터뷰 내용이다. 어쩌면 '사과에 대한 명상'이라고 해야 할⋯.

3

- 1969년 우드스턱에 가셨어요?

- 물론. 그곳에 있었지.

- 1969년 우드스턱에 대한 소감 한마디 해주시겠어요?

- 우드스턱의 느낌? 하하하, 자네 사과의 맛을 말해 줄 수 있나?

- 네?

- 우드스턱에서의 느낌이 어떠했냐고? 하아!

그는 반세기 동안 퇴색되어 온 이빨을 드러내며 히죽하고 웃음을 내어 보였다. 그의 웃음은 마치 선사禪師들이 부처가 무엇이냐고 묻는 제자의 질문에 할! 하고 언어 저편의 소리를 통해 답을 들려주는 것과 같았다. 그가 마리화나에 불을 붙였다.

- R, '사과의 맛'에 대한 수많은 책이 있어.《사과의 맛에 대한 역사적 변천과정》,《사과의 맛에 대한 심리학적 고찰》,《사과의 당도에 대한 비교 분석》,《사과의 맛에 대한 성분 분석》등등. 사과를 맛보지 않은 사람이 그 수천 권의 책들을 모두 다 읽는다 해도 '사과의 맛'을 알 수는 없어. 물론 책들이 사과에는 다량의 구연산이 들어 있으며, 맛이 포도와도 복숭아와도 다르다는 것, 과육이 바나나와도 다르며 오렌지와도 다르다는 것을 알려 줄 수는

있겠지. 그러나 '사과의 맛' 은 오직 베어 먹어야만 알 수 있지.

　- '사과의 맛' 을 알기 위해서 사과가 어떻게 생겼는지 알아보는 지식은 필요해. 그리고 껍질을 벗기거나 이로 껍질 안까지 베어 물어야 한다는 것도. '사과의 맛' 을 알기 위해 필요한 지식은 딱 여기까지야. 나머지는 '사과의 맛' 에 대해 책상 앞에서 떠들고, 평하고, 논쟁하기 즐겨 하는 사람들에게나 필요한 것에 불과하지. 언어를 통해서 '사과의 맛' 을 전달할 수 있는 이는 수천 년 전에도 없었고 지금도 없어. 언어란 실상 '사과의 맛' 조차 전해줄 수 없는 너무나 불완전한 것이야. 그러나 그것에 기대어 자신의 인생을 송두리째 바치는 이들로 지구는 가득해. 언어를 통해서 내게 '사과의 맛' 이나 '라일락의 향기' 를 정확하게 알려 줄 수 있는 이가 있다면 그의 발가락을 핥아 주겠네. R, 네 발가락을 핥아 줄 테니 내게 '사과의 맛' 을 말해 줄 수 있겠나? 네 항문을 핥아 줄테니 '라일락의 향기' 를 말해 줄 수 있겠나?

　- 나에게 한 친구가 있었어. 그는 사과 맛에 대한 책을 30권, 바나나 맛에 대한 책을 30권, 체리 맛에 대한 책을 30권, 포도 맛에 대한 책을 30권, 복숭아 맛에 대한 책을 30권, 오렌지 맛에 대한 책을 30권… 두리안 맛에 대한 책을 30권 읽었지. 그는 과일에 대한 거의 모든 책을 읽고 또 읽었지. 사과 맛과 복숭아 맛이

어떻게 다른지, 사과의 당도와 포도의 당도에 대해서, 사과의 함
수율과 오렌지의 함수율에 대해서, 사과 서식지와 두리안 서식
지에 대해서. 그는 수많은 과일의 역사와 서식지와 맛의 차이에
대한 지식을 습득했고, 그 또한 사과 맛에 대한 여러 책을 쓰고
글을 발표했지. 아, 그가 과일들의 맛과 향기에 대한 수천 권의
지식을 습득할 때 나는 무엇을 하였던가?

　- 나는 사과나무가 있는 과수원에 가는 데 3년을 보냈다네.
(과일가게까지 가는 데는 1시간도 걸리지 않는다는 날카로운 지적은
하지 말길 바라네. 그리고 그런 지적을 한다면 자네에게 경고하겠네.
자네는 지나치게 책을 읽었다고.) 그리고 나는 사과를 손에 쥐었고,
사과를 베어 먹었지. 아! 이 맛!

　- 과수원까지 가는 데 3년이 걸렸지만 사과의 맛을 아는 데는
한순간이었지. 내가 또 다른 과일의 맛을 알기 위해 과수원을 찾
아다닌다면, 그렇게 3년이 걸리고, 6년이 걸리고, 30년이 걸린다
면, 내 친구가 알고 있는 과일에 대한 지식의 10,000분의 1도 알
지 못하겠지. 그러나 내 친구와 나 사이에는 분명한 차이가 하나
있지. 나는 사과의 맛을 알지. 아! 그 맛! 길 위에서 사과 맛을
본 사람들도 만났고, 사과 맛에 관한 책만 읽은 사람들도 만났
고, 사과 껍질만 핥는 사람들도 만났지. 껍질만 핥은 사람들이

말하더군. "사과 맛을 본 자들의 이야기는 모두 거짓이며, 부질 없는 환상이며, 그들의 이야기란 현실을 잊는 아편과 같은 것이 다"고. 그들은 사과에 혀를 댔지만 사과를 맛본 자들이 말하던 그런 사과의 맛이 나지 않았다고 하더군. 그들 중 어떤 이는 사과나무의 꽃부터 이파리까지 핥더군. 심지어 어떤 이는 사과나무를 뽑아 뿌리까지 핥고 있었네. 사과나무는 죽었지. 그가 말하더군. "나는 사과의 A부터 Z까지 혀를 댔지만 사과를 맛보았다는 자들이 말하는 '사과의 맛' 이란 헛소문에 불과했다." 물론 그들은 적어도 지식에 기대어 사과의 맛을 알려고 하기보다는 직접 사과를 맛보려했던 사람들이긴 했어. 그러나 그들은 가장 기본적인 것을 알지 못했어. 이봐, R! 사과의 맛을 보기 위해서는 사과를 베어 물어야 하는 것이네.

　－나는 알고 있지. 사과와 포도와 오렌지의 맛을 본 내가 어느 날, 또 다른 과일을 베어 먹다가 모든 과일의 맛을 한순간에 알게 되는 날이 오리라는 것을. 사과가 포도며, 포도가 오렌지라는 것을. 그리하여 사과는 사과며, 포도는 포도며, 오렌지는 오렌지라는 것을. 그것은 오직 사과를, 포도를, 오렌지를 직접 맛본 자들만이 '어쩌면' 알 수 있는 경지라네. 물론 모를 수도 있어. 베어 먹는 이들에게 정작 그건 중요한 게 아니라네. 과수원을 찾아가는 길 위에서 과일을 무르익게 하던 햇살과 과일나무

의 이파리를 흔들어 대던 바람을 함께 느끼던 그 순간, 순간이 행복했다면 그뿐. 그것이 내가 1969년 이후 아직도 길 위에 있는 이유라네.

제자가 물었다.
- 사과의 맛이란 무엇입니까?
- 똥 막대기니라.

다시, 제자가 물었다.
- 사과의 맛이란 어떤 것입니까?
- 할!

다시, 제자가 물었다.
- 그것이 사과의 맛입니까?
- 하늘은 파랗고 강물은 멀리 흐른다.

토마스에 의하면 1969년의 우드스턱은 '그런 곳'이었다고 한다. 내가 옮겨 적은 토마스와의 인터뷰란 사실 영어에 익숙하지 않은 비전문가의 통역이라, 사실 제대로 번역이 되었는지 알 길이 없다. 게다가 제대로 번역을 했다손 치더라도 그것은 결국 또다른 '사과의 맛에 대한 지식'에 불과하리라. 탕!

우리는 평화를 지겨워하는 자들 틈에서 너무 오래 살았구나.
평화, 이 말 한마디만 해도 저들에게는 싸움거리가 되는구나.

– 시편 121장 6~7절

타바코 행성에서 날아온
평화사절단의 비행선

1

– 그곳은 파키스탄 정부의 힘조차도 미치지 못하는 치외법권
지역이야.

폴에게서 파키스탄과 아프가니스탄의 국경지대에 있다는 마
을, '다라'에 대한 이야기를 들었을 때, 나는 그 마을이 삼한시
대 신에게 제사를 지내던 '소도'와 같은 곳인 줄 알았다. 그러나
'신神이나 초자연적인 존재들과 영적 교류를 하는 사람들이 모
여 사는 곳인가?' 하는 나의 종교적 상상과는 달리 폴이 수집한
정보를 종합해 보니 그곳은 소도 같은 종교적 성지가 아니었다.
샤머니즘이나 불법佛法이 아니라 불법不法 행위가 허용되는, 군

대나 경찰조차 손댈 수 없는 지역이었다. 총기 소지, 음주와 마약, 각국의 위조지폐와….

– 갈 수 있어?

그 질문을 던지면서 폴과 나의 서부Western 여행이 시작되었다.

2

이슬라마바드에서 페샤와르로, 다시 페샤와르에서 다라로 버스를 갈아탔다. 버스 안내원이 미국과 이라크 전쟁 이후 백인에 대한 감정이 좋지 않으니 가지 않는 게 좋겠다고 폴과 나를 만류했다. 그러나 이미 여러 번 죽음의 고비를 넘기거나 행운을 경험했던 우리는 간덩이가 잔뜩 부어 있었다. 까짓 거.

페샤와르를 출발한 버스가 평야를 지나 산악지대로 들어서자 파키스탄 경찰이 버스를 세웠다. 그리고 버스 안을 한번 쓰윽 둘러보더니 운전수와 몇 마디 대화를 나누고 내렸다. 뿌얀 먼지들과 뿌얀 산들의 풍경이 지나가고, 저 산 너미가 아프가니스탄일까 짐작할 무렵 버스는 가로수들이 늘어선 마을에 도착했다. 양쪽으로 상점들이 늘어선 모습. 여느 파키스탄의 마을들과 그렇

게 다르지 않은 듯했다. 폴과 나는 한껏 상기된 표정으로 버스에
서 발을 내렸다. 그 순간.

- 탕, 탕, 타다탕, 탕, 탕, 타다탕
- 헉!

서부 영화에서 자주 본 돌격 명령과 함께 기병대가 마구 쏘아
대는 듯한 소총 소리. 주변을 둘러보자 마치 〈백 투 더 퓨처〉Back
to the Future, 1985에 나오던 타임머신을 타고 서부 시대에 도착한 듯
한 기분이었다. 사내들이 사제총을 하늘에 대고 온통 총질을 해
대고 있었던 것이다. 도로 양편에는 대장간 같은 가게들이 늘어
서 있고, 상점 안에선 풀무질을 해대며 연신 사제총을 만들어 대
고, 갓 조립한 총을 시험하느라 길가에서 허공에 대고 총질을 하
고. 어쩌면 세종대왕이 그려진 위조지폐도 만날 수 있을지 모른
다는 엉뚱한 생각을 하며 마을 안쪽으로 발걸음을 돌렸을 때 누
군가가 어깨를 잡았다. 존 웨인(경찰)이었다.

- 어디서 왔소?
- 한국, 폴란드.
- 당장 저 버스를 타고 떠나시오.
- 우린 방금 도착했어요.

- 이곳은 이방인들에겐 위험한 지역이오. 당신들의 안전을 책임질 수 없소.
  - 우리 안전은 우리가 책임질 테니 가는 길이나 막지 마시오.
  - 당신들은 여기서 죽을 수도 있소. 우리는 이곳이 시끄러워지길 바라지 않소.

  곧 폴과 나의 등 뒤로 율 브리너와 리 반 클리프 등 '다라의 무법자'들이 둘러싸기 시작했다. 결국 우리는 타고 온 버스 앞에서 담배나 피우며 서 있을 수밖에 없었다. 그 와중에도 총질을 해대는 소리는 끊이지 않았다. 어디선가 〈OK 목장의 결투〉라도 촬영하고 있나 보군. 그때, 한 사내가 내 발 아래 세숫대야를 내려놓았다. 그 속에는 초콜릿 아니, 다시 보니 새카만 하시시(마리화나 추출물로 만든 환각제) 반죽 덩어리가 가득했다.

  다라에서 돌아오는 길, 초소의 파키스탄 경찰이 길을 막았다. 이번에는 얘기가 길었다. 버스 안내원이 승객들을 향해 몇 마디를 전했다. 검색을 당하고 싶지 않으면 통행료를 내라. 아마 다라로 가는 사람들은 제 나름대로 목적이 있었을 것이다. 총기 구입을 위해서든, 하시시를 사기 위해서든, 술을 사기 위해서든, 위조지폐를 사기 위해서든. 모든 승객들은 이미 예상했다는 듯 호주머니에서 돈을 꺼냈다. 폴과 나 역시 갹출을 거부할 수는 없었다. 같은 버스를 탄 이상 우리는 '갹출 공동운명체'였다.

버스 안내원이 초소의 콧수염에게 돈을 건넸지만 옥신각신, 버스 아래 트렁크를 열기 시작했다. 버스 안내원은 콧수염을 진정시키고 다시 차 안으로 들어왔다. 승객들은 인상을 찡그리며 다시 호주머니 속에 손을 집어넣었다. 통행료를 좀 더 내세요.

정부의 제복을 입고 통행료를 걷어 가는 산도적을 지나치며 '남의 일 같지 않군' 하고 고국에서의 뇌물 사건들을 떠올리는 데 옆에 앉은 폴이 고위직 공무원들과 제복 입은 것들에 대한 불평을 해대기 시작했다. 폴의 나라에도 1980년대 한수산의 필화 사건(소설가 한수산이 신문에 연재한 소설 때문에 군부에 의해 고초를 겪은 일) 같은 일들이 있었던 것일까.

하여튼 세상에 남자 놈 치고 시원치 않은 게 몇 종류가 있지. 그 첫째가 제복 좋아하는 자들이라니까.

― 한수산의 《욕망의 거리》중에서

주변 국가에서 발생한 분쟁으로 각국 전쟁 난민들과 파키스탄 시민들이 엉킨 페샤와르의 거리에 도착하자 어둠이 슬며시 깔리고 있었다. 이슬라마바드행 버스를 기다리는 동안 검은 눈동자에 맨발의 소년이 나의 손을 슬며시 잡았다. 그리곤 부처님께 올리는 마지(밥)를 들듯 왼손을 오른 팔꿈치에 받치고 오른손바닥을 치켜들었다. 나는 통행료를 낼 때와는 다른 심정으로 기꺼이 지갑 속의 돈을 꺼내 그 새까맣고 조그만 손 위에 올려놓았다. 그 모습을 누더기 옷을 반쯤 걸친 노인이 주장자 같은 굵은 작대기에 기대선 채 우두커니 바라보고 있었다. 1300년 전, 천축국(인도)을 오간 혜초가 지나간 거리 위로 수많은 사람들이, 수많은 차량들이, 수많은 바람이 지나가고 있었다. 당신이 지나갈 때의 풍경도 이랬나요?

3

이슬라마바드로 돌아와 소고기와 콩을 갈아 만든 '달'과 '짜파티'로 저녁식사를 하고 캠프 앞에 이르렀을 때, 대로는 수많은 사람들과 함성 소리로 붐비고 있었다. 늘 한적하던 4차선 도로가 그토록 많은 사람들로 붐비는 것은 캠프에서 지낸 후 처음 있는 일이었다. 군중들은 횃불을 들고 무언가를 외치고 있었고, 50m가량 거리를 두고 선 또 다른 무리들은 제복을 입고, 방어 태세를 취하고 있었다. 시위였다. 폴과 나는 시위대와 경찰의 대치로 텅 빈 도로를 건넜다. 버스 정류장에는 판타스틱 캠프에서 묵던 친구들이 앉아 있었다. 차양막 안으로 들어서자 토마스가 인사를 했다.

　－ 어이! 어디를 갔다 오는 길인가?

　－ 아, 토마스! 다라에 갔다 오는 길입니다.

　－ 재미있던가?

　－ 구경도 제대로 못하고 쫓겨났어요. 근데 무슨 일이죠?

　－ 데모를 하는가봐. 무엇을 위한 것인지는 모르겠지만.

　－ 오늘 한 종교단체의 지도자가 자신의 사원에서 저격을 당했어요. 저들은 지금 복수를 외치고 있습니다. 그들은 반대파의 사원을 향해 가려 하고 경찰은 저들을 저지하고 있는 겁니다.

옆에서 토마스와 나의 대화를 듣고 있던 아랍 청년이 누구를 쳐다보는 것도 아닌, 시위대와 경찰들의 시선이 맞부딪치고 있을 한 지점의 허공을 바라보며 혼잣말인 듯 더듬더듬 설명했다.

　－ 당신은 어느 편입니까? 저 시위대에 참가하지 않는 걸로 보니 반대파를 지지하는가 보군요. 당신들 쪽에서 저쪽 지도자를 죽인 이유가….

폴의 말은 군중의 함성과 발자국 소리에 묻혔다. 시위 진압대는 양옆으로 비켜서며 한가운데 길을 냈다. 물대포차가 그 사이로 천천히 전진하기 시작했다. 그러자 시위대 쪽에서 던진 돌멩이가 진압 경찰들을 향해 날아가기 시작했다.

- So stupid!… 난 어느 편도 아닙니다. 난 파키스탄 사람이 아닙니다. 이라크 군인입니다. 전 탈영했습니다. 왜 내가 원하지도 않는 전쟁에 나가서 죽어야 합니까? 내가 필요로 할 때는 없던 국가가 이제 와서 내 목숨이 필요하다고 합니다. 무엇을 위해서? 내가 죽으면 국가가 두 번째 목숨을 보상해 줍니까? 나는 죽고 싶지 않습니다. 나는 살고 싶어요. 그 누구도 그 누구에게 그무엇을 위해서 목숨을 내놓으라고 강요할 권리는 없습니다.

그는 흥분하고 있었다. 토마스가 호주머니를 더듬더니 궐련을 그에게 내밀었다. Peace! 아마도 낮에 갓 따서 말린 햇마리화나일 것이다. 토마스는 '다라'를 향해 떠나며 검문에 걸리면 어쩌나 하는 염려로 담배만 챙겨 간 폴에게도 한 대 내밀었다. 토마스는 정말 궐련을 마는 데 있어서 최고의 요리사, 아니 기술자였다. 하얗고 도톰한 그것은 마치 타바코 행성 Tobacco Planet 에서 날아온 평화사절단의 우아한 비행선처럼 보였다. 비행선의 엔진에 불을 붙였다. 그리곤 아무도 말이 없었다.

비행선의 연료 계기반에 바닥 Empty 을 알리는 불이 들어올 즈음, 물대포가 시위대의 선두를 향해 포물선을 그리며 날아갔다. 돌멩이가 날아가고, 거리는 젖고, 함성 소리가 퍼졌다. 왜 그랬을까? 나는 영화 〈퐁네프의 연인들〉에서 프랑스 혁명 200주년을 기념하는 불꽃놀이의 한 장면으로 빨려 들어가고 있었다. 허공을 가르는 물줄기는 가로등 불빛에 산산이 부서지며 수천 개의 폭죽처럼 보였고, 젖은 도로는 강물처럼 번들거리며 불꽃을 반사시켰다. 그리고 시위대와 경찰은 미셸과 알렉스가 엉켜 춤을 추듯 격렬하고 환상적인 춤을 추고 있. 그때 토마스가 내 옆구리를 툭 치더니 미묘한 웃음을 지으며 내뱉었다.

 - 정말 낭만적인 밤이야, 그치?

토마스의 질문에 나는 다라에서 본 세숫대야 속에 가득하던 하시시 반죽을 떠올렸다. 인간들은 전쟁에서 승리하기 위해 핵폭탄과 화학가스까지 만들어 냈으면서 왜 하시시 폭탄이나 마리화나 가스는 만들지 않는 것일까? 폭탄을 터트리거나 가스를 살포하면 모두 전의를 상실한 채 총과 칼을 내려놓고 킬킬거리다가 어? 우리가 졌네? 그렇게 인명 피해라곤 하나도 없이 승리할 수 있는. 게다가 그건 또 얼마나 유쾌한 전쟁일 것인가. 그렇게 되면 아마도 판타스틱 캠프에 묵고 있던 내 친구들은 전쟁터를 찾아다니겠지.

- 이번 주에 미국이랑 북한, 팔레스타인과 이스라엘, 잉글랜
드랑 아일랜드가 한판 붙는대.

- 군사 전략가의 분석에 의하면 평양 주석궁, 워싱턴 백악관,
라말라 민족해방전선 사무실에 하시시 폭탄이 투하되고, 예루살
렘 정부청사, 런던 국회의사당, 더블린 IRA 본부에 마리화나 가
스가 살포될 거래.

- 정말? 우리 폭탄 맞으러 가자.

- 좋아. 당장 짐 싸!

뒤돌아보면 그날 토마스의 'So romantic night!'란 속삭임은
비록 문장은 달랐지만, 젊은 이라크 탈영병이 내뱉은 'So
stupid!'와 결국 같은 의미였으리라.

토토, 이곳을 떠나거라. 이곳에 머무르다간 넌 이곳이 세계의 전부라고
여기게 될 거야.

– 〈시네마 천국〉 중에서

웃음, 죽음에 이르는 병

1

20세기 말, 장자크 아노 Jean-Jacques Annaud 가 영화로도 만들어 대중적으로 널리 알려진 움베르토 에코 Umberto Eco 의 《장미의 이름》은 14세기 이탈리아의 한 수도원에서 벌어지는 연쇄살인 사건을 다루고 있다. 요한계시록을 흉내 낸 묵시록적 주검들의 원인은 윌리엄 수도사의 비범한 통찰력으로 한 꺼풀 한 꺼풀씩 베일이 벗겨지고, 베일이 모두 걷힌 자리에는 아무도 읽은 사람이 없으며, 영원히 사라졌다고 알려진 한 권의 책이 놓여 있다. 시학詩學 제2부.

진리를 드러내는 데 도움이 된다면 재담이나 말장난도 그리

큰 허물이 되지 않으며, 재담이나 말장난이 진리를 나르는 수레일 수 있다면 웃음 역시 그리 나쁜 것만은 아니라고 주장한 아리스토텔레스의 역작.

독 묻은 책을 스스로 먹어치움으로써, 이 책이 세상의 빛을 볼수 없게 했던 호르헤 신부는 말한다. 웃음은 신의 권능을 부인하는 악마의 선물이며, 인간은 웃는 순간 신의 은총을 통해서만 구원 받을 수 있다는 교회의 가르침을 무시하게 된다고. 만인이 읽은 아리스토텔레스의 《시학》이 비극의 정의, 비극의 요소, 비극적 플롯, 비극적 인물의 성격 등을 다루며 비극에 대해서 다루고 있다면 제2부가 다루고 있는 주제는 희극(이었을 것이라고 움베르토 에코는 가정한다. 존재하지도 않았던 책에 대해서)이다. 웃음에 대해 씌어진 이 한 권의 책을 읽던 수도사들은 남김없이 살해당한다. 결국 《장미의 이름》은 웃음 때문에 죽임을 당하는 사람들에 대한 이야기다. 그렇게 어떤 시대, 어떤 상황에서는 웃음이 죽음에 이르게 하는 병, 아니 살해의 동기가 되기도 한다.

암흑의 중세가 아닌 최첨단의 현대. 나는 웃음 때문에 죽을 뻔한 적이 있다. 《장미의 이름》의 배경이었던 가톨릭 수도원은 아니었지만, 이슬람 사원인 이슬라마바드의 모스크에서. 그리고 지금 떠올려 보면, 죽어도 마땅할 짓을 저지른 셈이었다.

모스크^{Mosque} : 이슬람교의 예배당. 집단 예배를 보는 신앙공동체의
중심지로서 군사, 정치, 사회, 교육 따위의 공공 행사가 이루어진다.
아랍어의 마스지드가 프랑스어 모스케를 거쳐 영어로 변한 것으로
회랑이 있고, 안뜰에는 청정 의식을 행하는 샘물이나 수반이 있으며
회랑 한쪽에는 1~6개의 탑이 높이 솟아 있다. 예배 시각이 되면 모
스크를 지키는 무아딘이 탑에 올라가 예배를 권유하는 아잔을 소리
높여 낭송하고 교도들은 코란을 외면서 예배를 드린다.

2

그날 폴과 나는 이슬라마바드에서 가장 유명한 모스크을 찾아
길을 나섰다. 시내버스를 타고 모스크 근교에서 내렸다. 주택가
임에도 불구하고 여느 파키스탄 주민들의 집과는 사뭇 달랐다.
주차장이 딸린 집 안에는 개인 금고가 있고, 금고 안에는 물방울
다이아몬드와 사과 궤짝에 든 현금 다발이 가득할 것만 같았다.
서울의 P동이나 S동의 고급 주택가처럼, 이슬라마바드 시민들이
위화감을 느낄 것 같은 분위기의 저택을 지나 사원에 도착했을
때, 그곳에선 왠지 묵직하고 심각한 공기가 느껴졌다. 그러나 그
공기는 종교적 사원들에서 일반적으로 느껴지는 엄숙한 분위기
와는 달랐다. 여기엔 뭔가 특별한 것이 있다. 붉고 검은 플래카드
와 치솟은 깃발들, 그리고 상기된 표정의 군중들, 분주한 움직임.

- 무슨 일이 있나 본데? 가 보자.

사원 안에서는 대중집회가 열리고 있는 듯했다. 아마도 며칠 전에 있었던 종교지도자 암살 사건과 관계 있는 듯했다. 심각한 표정으로 담배를 피우거나 흥분된 목소리로 대화를 나누고 있는 사내들을 지나 집회가 열리는 장소로 들어가려는데, 집회 안내 원인 듯한 현지인이 우리를 막아섰다.

- 관광객이 들어가는 곳이 아닙니다.
- 무슨 일로 집회를 하는 겁니까?
- 뭐 하는 사람이오?
- 에, 저는… 폴란드에서 온 국제기자입니다! (뭐? 폴, 니가 국 제기자라구!) 휴가차 파키스탄에 여행을 왔지만 중요한 사안인 것 같아서 자세한 내용을 알고 싶습니다.
- 당신도 기자요?
- 네. 저는 한국에서 온 국제기자입니다. (에라, 나도 모르겠다.)
- 음… 기자증을 보여 주시오.

적당히 집회의 사안에 대해 관심을 보이면 들어갈 수 있을 줄 알았는데 기자증까지 보여 달라고 하니 글렀구나, 그냥 모스크 구경만 하고 돌아가야겠어. 어물쩍 뒤돌아서려는데 폴이 지갑을 꺼내더니, 여권 안에 든 카드를 안내원에게 내밀었다. 인터넷에 올라와 있는 국제기자증 이미지 파일을 다운로드한 후, 친구가 일하는 인쇄소에서 컬러 프린트해서, 자신의 증명사진을 갖다 붙이고 코팅했다던, 그 짝퉁 위조 국제기자증을!

　– 당신은?
　– 에… 휴가라서 기자증을 따로 챙겨 오지 않았어요. 그러나 만약 이 사건을 대외적으로 알리고 싶다면 저희가 취재하는 데 도움을 주는 게 좋을 겁니다.
　– 이 사람은 제가 서울에서 특파원으로 있을 때 알게 된 한국 신문기자예요!

　어쩜, 손발도 안 맞춰 본 '기자 사칭극記者 詐稱劇'이 이렇게 딱 딱 맞아떨어질 수가! 폴란드와 한국의 국제기자가 되어 버린 폴과 나는 집회장 안으로 보무도 당당하게 들어섰다. 그렇게 안내원이 가로대를 치우고 집회장 안으로 들여보내 줄 때만 해도 좋았는데, 안내원이 과도한 배려를 하기 시작하면서 일은 이상한 방향으로 점점 꼬이기 시작했다. 그가 우리를 그저 입장시키는 것으로 자신의 임무를 끝낸 것이 아니라, 따로 자리를 마련해 주겠다고 앞장을 선 것이다. 그는 폴과 나를 안내하면서 A석, B석, R석 등 가로대 앞에서 드문드문 서 있는 안내원들에게 폴과 나의 엉터리 신분을 대신 밝히며 길을 텄다.

- 누군데?
- 폴란드와 한국에서 온 국제기자입니다.
- 누군데?
- 열어 주세요. 국제기자가 왔습니다.
- 자자, 다들 잠깐 비켜 주세요.

그저 구경이나 하자던 호기심으로 시작된 '기자 사칭극'은 폴과 내가 유럽과 아시아를 대표해 사건을 취재하러 온 전 세계 공식 국제기자로 전개되고 있었다. 이미 극이 시작된 이상 어쩔 수 없이 배우가 되어 버린 폴과 나는 집회를 지켜보기에 좀 편안하고 좋은 자리 정도로 안내하겠지, 하고 조금 횡재한 기분으로 안내원이 오라는 대로 따라갔다. 결국 연단에서 들려오는 연설을 들으며 흥분하고 있는 군중들을 비집고 안내원이 국제기자를 사칭한 우리에게 안내해 준 자리는 다름 아닌 연단 바로 앞에 책상까지 마련된 VIP석. 폴, 어쩌다 이 지경에 이르게 되었지? 파키스탄 정치, 종교의 주요 인사들 옆자리에 앉게 된 폴과 나.

사소한 호기심으로 시작된 '기자 사칭극'이 그 지경으로 전개되어 버리자, 만약 웃음보라는 것이 정말 있다면 그곳에 바람이 들어가기 시작했고, 웃음에 도화선이 있다면 불이 붙기 시작했다. 참아야 해, 제발!

　좌석에 앉아 연단 위를 바라보았다. 일렬로 앉아 일제히 폴과 나를 바라보는 엄숙하고 진지한 연사들의 시선. 참아야 돼! 그때였다, 연단 위의 사회자가 폴과 나를 VIP석으로 데려다 놓은 안내원을 불러 우리들의 신분을 물은 것은. 국제기자들입니다. 대답을 듣자 사회자는 고개를 끄덕이며 자못 의미심장한 표정을 짓더니 마치 지금껏 폴과 나를 기다려 왔다는 듯 갑자기 주먹을 치켜들며 소리쳤다. 영화 〈지구를 지켜라〉(2003)의 주인공 병구가 강 사장을 향해 "난 다 알아, 니들이 왜 안드로메다에서 지구까지 왔는지, 니들이 지금 무슨 짓을 꾸미고 있는지! 우리 엄마한테 무슨 짓을 했는지! 네 원래 이름이 꾸오아아끄 떼끄우꾹이라는 것까지!"라고 소리칠 때, 바로 그 외계인 이름인 듯한 구호 – Quoak tek guk! Quoak tek guk! – 를 외쳤고, 구호를 외침과 동시에 우리들 등 뒤에서 로열 분체교감 유전자 코드를 가진 강 사장의 원래 이름이 집회에 참석한 군중들의 입에서 한꺼번에 터져 나왔다.

　– 꾸오아아끄 떼끄우꾹! 꾸오아아끄 떼끄우꾹!
　– 꾸오아아끄 떼끄우꾹! 꾸오아아끄 떼끄우꾹!!!

돌연 벌어진 그 상황은 웃음의 도화선 옆에다 다이너마이트를 박스째로 쏟아 붓는 것 같은 효과를 냈다. 대본도 없이 뛰어든 '기자 사칭극'의 클라이맥스는 두 초보 배우의 뱃속에 장전되어 있던 웃음의 도화선에 완전히 불을 붙여 버린 것이다. '기자 사칭극'의 사소한 발단이 전개 과정을 거쳐 드디어 돌이킬 수 없는 절정에 도달해 버린 것.

– 푸하하하하하하앗!

찬물을 끼얹은 듯한 사원, 잔뜩 화가 난 사회자, 얼굴이 일그러진 지도자들, 들통 난 위조 국제기자증, 흥분한 군중, 쏟아지는 발길질과 주먹질.

정말 그렇게 웃음을 터뜨렸다면 폴과 나는 집회에 참석한 군중들에게 몰매를 맞아 죽어 이 글을 쓰고 있지 못했을 것이다. 꽈꽝, 꽈꽝, 꽈꽝! 뱃속에서는 '웃음의 핵폭탄'이 마구 터져 대는데 도무지 상황이 상황인지라, 웃을 수가 없었다. 고국에서 집회와 시위를 수없이 겪고 보았던 폴과 나는 알고 있다. 집회에 참석한 사람들이 얼마나 심각한지, 얼마나 간절하게 외치고 있는지, 그래서 우리가 웃음을 터뜨리면 무슨 일이 벌어지게 되는지. 그러나, 아무리 멈추려고 해도 터져 나오려는 웃음을 막을 수가 없다.

    웃음이 터질까봐 고개를 푹 숙인 채 참고 있던 나는 혹시 내 뱃속에서만 '웃음의 핵폭탄'이 터지고 있는 건 아닐까 하고 폴을 쳐다보는데, 이 황당한 '기자 사칭극'의 시초를 제공한 폴도 예상치 못한 클라이맥스를 도무지 견딜 수 없었던지 웃음을 참느라 얼굴이 시뻘게져서는 어깨를 마구 흔들고 있었다. 아, 젠장 하필이면 그 순간 폴이 나를 쳐다봤을까? 눈까지 마주치고 나자 웃음보는 이제 한 모금만 더 불면 터져 버릴 풍선처럼 부풀었다. 우리는 함께 여행하다가 죽는 대단원을 맞이하지 않기 위해 허벅지를 꼬집고, 이빨로 입술을 피가 나도록 깨물었다. 안 돼, 제발! 아무리 슬픈 장면을 떠올리고, 허벅지를 꼬집고, 입술을 깨물어도 웃음의 핵폭탄은 연쇄폭발을 일으키며 온몸으로 퍼져 갔고 나중엔 참느라고 눈물과 콧물이 줄줄 흘러내렸다.

    한 시간이 지나 집회의 현장에서 빠져나오며 우리 두 사람은 서로에게 눈길도 주지 않았고, 한마디도 하지 못했다. 절체절명의 클라이맥스를 무언극無言劇으로 간신히 참아 낸 우리는 입이라도 벙긋하면 한껏 억눌러 뒀던 웃음이 다시 터져 버릴 것 같았기 때문이다. 눈물 콧물 범벅이 되어 집회장을 빠져 나오는 동안 군중들은 우리들의 얼굴 위로 줄줄 흘러내린 눈물의 흔적을 보며 감격에 찬 표정을 지었다. 우리는 지구 아니, 목숨을 지켜라!
를 끝까지 고수하며 모스크를 빠져나와 인적이 드문 골목까지
100m가 넘게 침묵 속을 걸었다. 그리고 모퉁이를 도는 순간 동
시에 웃음이 터졌다.

- 푸하하하하하하하하핫!

그 순간은 마치 2시간 동안 숨을 참고 8,000m 깊이의 어두운
심해까지 잠수했다가 다시 수면 위로 얼굴을 내민 것 같은 느낌
이었다. 그리고 알게 되었다, 때론 웃음이 죽음에 이르게 할 수
도 있다는 것을.

경고 : 죽음에 이르게 할 수도 있는 ○○사칭 그래도 하시겠
습니까? - ○○에는 기자, 고위 공무원, 청와대 비서관, 판사,
검사 등등이 있다.

지금의 인생을 다시 한 번 완전히 똑같이 살아도 좋다고 말할 수 있는,
그런 인생을 살아라.

– 니체

'차라투스트라는 이렇게 말했다'가
울려 퍼지는 곳

1

- 나, 내년 여름에 히말라야로 갈 거다.
- 뭐? 회사는?
- 내년 7월에 그만두려고.

L의 말에 친구들은 "안정된 회사를 관두고 무슨 히말라 야?", "결혼은 언제하고?", "애는 언제 낳고?", "아파트는 언제 사나?"며 발목을 붙잡았다. 대학 시절, 나를 데리고 암벽등반이 나 리지등반을 하곤 하던 대학 산악부 출신 L에게 히말라야는 언제나 꿈속의 사과였다. 내가 물었다.

- L, 너 정말 히말라야에 가고 싶나?

- 응. 이번엔 정말 갈 거야.

- 그럼 당장 회사 그만둬라. 지금 그만두지 않으면 넌 못 가. 내년 7월이 되면 너는 지금까지 그랬듯이 '이번 프로젝트만 마치면', '이번 일만 안 생겼으면' 그렇게 넌 또 '내년', '나중에', '다음에' 그러고 있을 것이다. 내년 7월은 너무 늦다. 늦어도 다음 달에 회사를 그만둬라.

친구들 모두 발목을 붙잡을 줄 알았는데 오히려 내가 한 술 더 뜨자 녀석은 멈칫했고, 잠시 우물쭈물하더니 조심스레 물었다.

- 근데 R, 갔다 와선, 나 뭐 먹고사냐?

- 하하하 걱정 마. '지금의 너'는 갔다 와서 뭐 먹고살까를 걱정하고 있지만, '히말라야에 다녀온 너'는 그런 걱정을 하지 않고 있을 것이다. 지금의 너와 히말라야에서 돌아온 너는 이미 다른 사람일 테니. 지금 네가 그것을 미리 걱정하는 것은 어리석은 일이야.

L은 결단을 내렸고, 푸른 스물부터 꿈꾸던 설산 원정대에 지원을 했다. 비록 K2나 에베레스트처럼 유명한 봉우리도 아니고 8,000m급도 아니지만 등반 중 사망률이 K2를 넘어서는, 근래에

만 여러 산악팀이 등정에 나섰다 죽음을 맞던, 파미르 고원의 해발 7,556m 콩구르.

－L! 그동안 너는 히말라야라는 책만 읽고, 히말라야라는 사진만 핥아 왔지. 대부분의 사람들은 그렇게 살아가. 그러나 이제 넌 설산을 베어 먹게 될 거야. 아! 이 맛!

그렇게 L에게 바람을 집어넣던 나는 히말라야에 가보았느냐고? 물론이다. 비록 L처럼 등반을 목적으로 한 길이 아니라 파키스탄에서 중국 국경을 넘기 위한 길이었지만.

2

이슬라마바드에서 중국 입국비자를 기다리던 폴과 나는 비자가 나오자마자 배낭을 싸고 북쪽으로 길을 떠났다. 서둘러야 한다. 눈이 내리면 길이 막히리라. 10월 말이니 11월 중순 여동생의 결혼식도 보름 정도밖에 남지 않았다. '내 여자 친구의 결혼식'에는 가지 않는 것이 좋다. '내 남자 친구의 결혼식'에는 갈 수도 있고, 못 갈 수도 있다. 그러나 '내 여동생의 결혼식'에는 반드시 가야 한다. 나의 누이가 결혼식장에서 아름다운 신부복을 입고 서 있는 모습을 보고 싶다. 터키에서 국제전화를 걸어 알게 된 여동생의 결혼식. 런던에서 출발할 때만 해도 인도와 티베트를 경유해 귀국할 작정이었지만 포기할 수밖에 없다. 사실 내 수중엔 이제 비행기를 탈 돈도, 티베트를 경유할 경비도 없고, 심지어 산둥반도에 도착한다 하더라도 서해를 건너갈 뱃삯이 남아 있을는지 알 수 없었다. 아무튼 제 날짜에 도착하려면 하늘길이 닫히기 전에 세계의 지붕, 히말라야를 넘고, 쿤자렙패스(중국과 파키스탄의 국경)를 통과해 중국대륙횡단열차를 타야 한다.

이슬라마바드에서 떠난 폴과 내가 중국으로 가는 길에서 중간 경유지는 길기트Gilgit였다. 인더스 강의 원류인 길기트 강과 훈자Hunza 강이 만나는 곳. 북쪽은 타림, 서쪽은 아프가니스탄, 동쪽은 티베트, 남쪽은 인더스 강으로 연결되어 고대부터 교통의 요충지 역할을 한 곳으로 혜초의 《왕오천축국전》에서는 '소발률'이라고 부르던 곳이다. 길기트에 내리자 공기는 피부로 느낄 수 있을 만큼 엷어져 있었다. 폴과 나는 길기트에서 간단한 식사를 하고 버스를 갈아탔다.

아제 아제 바라아제. 가자, 가자, 더 높은 곳으로! 실크로드의 한 갈래로 혜초가 불경을 가지러 인도로 갈 때 목숨을 걸고 넘었던 길. 사람과의 말과 소가 겨우 지나다니던 좁고 가파른 길을

20세기 중반 중국의 교역로로 건설하면서 길을 닦기 시작, 20년 동안 천여 명이 사망하여 '피의 고개'란 별칭이 붙은 길. 전 세계적으로 낙석사고가 가장 빈번하게 발생하는 지역으로 해발 4,760m까지 올라가는 카라코람 하이웨이 Karakoram Highway.

산허리 절벽을 깎아 만들다 보니 눈 녹은 봄(5월)에서 첫눈이 내리기 전(11월)까지만 다닐 수 있는 이 길에서 볼 수 있는 풍경은 '인간이 경험할 수 있는 지상 최고의 광경'이라 일컬어지고 있다. 드높은 히말라야의 설산과 고산 준봉들, 그리고 새파란 하늘과 구름 뿐인 하늘길. 남극과 북극에 이어 '제3의 극지'라는 호칭에 걸맞게 K2(8,611m), 가셔브룸 Gasherbrum 제1봉(8,068m), 가셔브룸 제2봉(8,035m), 브로드피크 Broad Peak (8,047m) 등 8,000m급 정상 4개와 그에 못지않은 고봉군들과 75km에 이르는 시아첸 빙하 Sichen Glacier (세계에서 가장 긴 곡빙하)와 50km에 이르는 비아포 Biafo, 히스파르, 발토로 Baltoro 등의 장대한 빙하군이 둘러싸고 있는 곳.

물은 아래로, 아래로 흘러가고 우리를 태운 버스는 위로, 위로 향했다. 가파르고 구부러진 길을 속도도 줄이지 않고 줄기차게 달리는 버스는 원래 그렇게 달리는 것인지 그날 따라 유난히 불안한 운행을 하는 것인지, 리지등반을 할 때의 경험들(폭 2m 정도의 깎아지른 절벽 사이를 뛰어넘을 때면 온몸의 세포가 꽃피곤 했다. 1초도 안 될 시간, 2m의 거리. 그러나 아래가 수십 m 절벽이고 보면 허공을 지나 착지할 때까지 시간이 마치 영원처럼 느껴지고, 그때 내 몸의 모든 세포들마다마다에서 피던 꽃)이 되살아났다. 파닥 파닥 꽃이 피는 그 느낌 말이다. 창밖으론 빙하와 설산이 보이기 시작했다.

저 많은 봉우리들 중 어느 봉우리가 죽음의 산, K2일까?

길기트에서 갈아탄 버스가 훈자에 우리들을 내려놓았을 때 이미 날은 어두워지고 있었다. 훈자. 해발 2,500m에 위치한 고산 마을로 해발 6,000m 이상 설산으로 둘러싸인 곳. 유네스코에서 지정한 세계문화유산이자 장수마을로 알려진 훈자는 미야자키 하야오Miyazaki Hayao의 애니메이션 〈바람계곡의 나우시카〉의 모델이 되면서 더욱 널리 알려졌다. 그러나 이젠 훈자 사람들도 장수를 누리지는 못하고 있었다. 하늘의 뜻에 따라 살던 이들은 관광객으로 인한 자본의 유입으로 눈을 점점 아래로 향하기 시작했고, 수명은 백 살에서 차츰 차츰 낮아져, 산 아래 사람들과 점점 평균을 맞춰 가고 있었다. 이 행성에서는 평등해지는 데 두 가지 방법이 있다고 했다. 하나는 상대가 있는 높은 쪽에 맞춰 내가 올라서는 방법, 또 하나는 내가 있는 낮은 쪽으로 상대를 끌어내리는 방법. '인간적인 너무나 인간적인' 모습을 꿰뚫어 본 니체는 인간은 통상 후자를 택한다고 말했지.

우리는 가파른 오솔길을 오르며 게스트하우스를 찾았다. 폴은 《론리 플래닛》에 나왔다는 어느 게스트하우스를 이미 점찍어 두고 있었는데 숙박비가 저렴하고 전망 좋은 지붕이 있다고 했다. 'The Roof of The World'(세계의 지붕)란 알파벳이 파란 담벼락에 흰 글씨로 씌어 있는 곳. 드디어 찾았다! 방도 잡았고 배낭도 내려놓았으니 어디 지붕에나 올라가 볼까? 지붕의 테라스에는 배낭족들이 자신들의 여행 경로를 떠들어 대며 히말라야의 일몰을 지켜보기 위해 테이블을 차지하고 있었다. 일본인들이었다.

- Where are you from?

호들갑스레 어디서 어떻게 왔는지 물었지만 폴도 나도 그들에게 무심했다. 폴은 일본인들이 자신들의 조상을 홀로코스트에 몰아넣던 독일 나치와 함께 손잡은 족속이라 그랬는지 지난 여행길에서 겪은 일 때문인지 유난히 일본인을 혐오했다. 우리는 지붕 끝에 서서 아래로 아득히 펼쳐진 설산과 산맥을 내려다보았다. 지리산 천왕봉이나 설악산 대청봉에서 내려다 본 풍경에서 바위와 얼음만이 남으면 이런 풍경이 될까? 거대한 별, 태양이 설산 너머로 천천히 사라지는 모습은 장엄했다. 마치 슈트라우스의 '차라투스트라는 이렇게 말했다'가 온 천지에 울려 퍼지고 있는 듯.

  - 폴. 우린 '세계의 지붕'의 지붕 위에 서 있어!
  - 그렇군. '세계의 지붕'의 지붕!

  게스트하우스 식당의 식사 시간이 이미 지난 터라 우리는 식당을 찾아 나섰다. 게스트하우스 가까이에도 식당이 있었지만 훈자의 골목과 마을 풍경을 구경할 겸 어슬렁어슬렁거리며 다른 식당을 찾아보기로 했다. 히말라야의 황혼 속에 물들어 가는 훈자 마을은 어쩐지 강원도 태백 지역의 탄광촌처럼 느껴지기도 했다. 산복도로를 따라 걸었다. 텅 빈 공터 한구석에 불 켜진 식당으로 들어갔다. 우리는 달과 짜파티를 주문했다. TV 브라운관에서는 위성방송으로 STAR TV의 뮤직 비디오가 방영 중이었다.

  - 당신들은 운이 참 좋은 분들이군요.

  음식을 내려놓으며 식당의 노인이 말했다.

  - 네?

- 오늘은 이곳 출신의 종교지도자가 10년 만에 고향을 방문하는 날이랍니다.

- 아, 네에.

- 그분이 아래 마을에 도착하셨다는 연락이 오면 그분을 위한 환영행사가 시작될 겁니다. 훈자를 지나가는 사람은 많지요. 그러나 당신들은 오늘 훈자에 지나가는 사람이 아니면 결코 보지 못할 광경을 보게 될 겁니다.

- 행사는 어디서 하죠?

- 나중에 직접 보시면 알게 될 테니 방으로 들어가지 말고 지붕이나 밖에 나와 계세요.

게스트하우스로 돌아와 우리는 식당 노인이 일러준 대로 지붕으로 올라갔다. 그러나 별다른 게 없었다. 전후좌우를 둘러봐도 캄캄한 하늘에 총총한 별들과 총총한 별빛이 반사된 듯 깜박이는 훈자의 가옥들의 불빛과 사방을 둘러싸고 있는 어둠의 설산. 플라스틱 의자에 앉아 무슨 일이라도 벌어지길 기다렸지만 아무런 변화가 없었고, 옥상엔 또한 아무도 없었다. 테이블을 차지하고 있던 일본 배낭객들은 모두 방으로 내려간 모양이었다. 에이 취! 나는 외투를 좀 더 껴입기 위해 방으로 내려갔다. 그리고 다시 옥상으로 올라가는 계단 앞에 섰을 때, 폴이 옥상 위에서 신이 난 목소리로 소리쳤다. R, 어서! 올라와, 이건 정말 환상이야! 와우!

　나는 후닥닥 계단을 뛰어올랐다. 아니, 이게 뭐야? 사방에서
불이 흘러내리고 있었다. 아니, 불로 된 물이 훈자를 둘러싼 설
산 자락을 따라 이리 저리 빗금을 그으며 내려오고 있었다. 그제
야 우리는 식당 노인이 말한 환영행사가 무엇인지 알 수 있었다.
훈자 사람들은 10년 만에 귀향하는 그를 환영하기 위해 그가 아
래 마을에 도착했다는 연락을 받는 동시에 훈자를 둘러싼 설산
곳곳에 미리 준비해 둔 어떤 액체에 불을 붙인 것이다. 산자락을
따라 아래로 흘러가는 그것들은 마치 불의 혈관처럼 보였다.

　차라투스트라(조로아스터교 창시자)가 이 기이한 광경을 봤다
면 뭐라고 말했을까? 달빛으로 흐릿한 윤곽만이 보이는 암흑의
산, 훈자를 둘러싼 6,000m에 이르는 거대한 암흑의 산들마다에
서 튀어나온 용암의 줄기, 불의 동맥들이 흐르는 듯, 멈춘 듯, 아
래로 아래로 뻗어 가던 이 장면을!

올해도 당신의 삶을 살 길 바랍니다.

– R

히말라야를 여행하는 히치하이커

1

훈자에서의 아침은 고요하다. 그 고요함의 한가운데 좌우로 길게 뻗은 길이 지나간다. 카라코람 하이웨이. 히말라야의 손금 같은 이 길을 따라 은행나무가 마치 플라톤의 '이데아'에서 가져온 것만 같은 정말 샛노란 빛깔을 하고 서 있다. 훈자를 둘러싼 설산들처럼 은행나무들은 키가 유난히 크고, 가지는 마치 미류나무처럼 위로, 위로 뻗어 가고 있다. 그건 마치 노랗게 타오르는 촛불처럼 보인다. 아마도 다시는 이렇게 샛노란 은행잎을 보지 못할 것 같다. 그건 비틀스의 '노란 잠수함' Yellow Submarine 처럼 노란 이상향으로 남아 세상에서 가장 아름다운 풍경을, 세상에서 가장 위험한 이동수단으로, 세상에서 가장 유쾌한 웃음으로 넘었던 기억 속으로 천천히 녹아든다.

2

폴과 나는 그날 바로 중국 국경을 넘기 위해 아침 일찍 게스트
하우스를 빠져나왔다. 나는 가죽점퍼를 폴은 두터운 파카를 입
고 파키스탄과 중국 간 국경인 쿤자랩패스(해발 4,760m)를 넘을
채비를 했다. 버스가 다니기엔 이른 시간이었지만 버스가 다니
지 않는다면 히치하이킹을 해서라도 수스트에 9시 전에 도착해
야 한다. 수스트에 9시 이후 도착하게 되면 국경통행차량 대기
자 명단 꽁무니에 남을 테고, 그렇게 되면 우리는 파키스탄에서
하룻밤을 더 묵어야 될는지 모른다.

히말라야에서 히치하이킹이 가능할까?

카라코람 하이웨이를 봉고차를 렌트해서 지나간 사람, 지프를
렌트해서 지나간 사람, 단체관광용 버스를 타고 지나간 사람, 현
지인들이 타는 버스에 올라타고 지나간 사람들 이야기는 들어
보았지만 아직 카라코람 하이웨이를 히치하이킹으로 지나갔다
는 여행자 얘기는 들어 본 적이 없다. 그러나 염려하지 말자. 지
상의 길들뿐만 아니라 〈은하수를 여행하는 히치하이커를 위한

안내서〉The Hitchhiker's Guide to the Galaxy, 2005 라는 것도 있지 않은가?

폴과 나는 히말라야를 여행하는 히치하이커가 되어 카라코람 하이웨이에 멈춰선 채 지나가는 차량을 기다리기로 했다. 〈세상의 지붕〉이라 불리는 게스트하우스에서 가파른 내리막길을 내려오는 사이 봉고차 한 대가 도로 위를 지나갔다. 그러나 소리를 질러도 들리지 않을 거리였고, 아마 빈자리도 없었을 것이다. 이제 도로변에 서서 차를 기다린다. 20분이 지나도 차량 한 대 지나가지 않는다. 너무 일찍 나온 것일까? 아직 태양은 6,000m까지 올라오지 않았고, 그늘진 도로는 유난히 시리다, 발끝이 얼어붙을 정도로.

고개를 들어 지난밤에 목격한 불의 동맥들이 만든 흔적을 찾아보았다. 히말라야 도깨비의 장난처럼 어떤 자국도 남아 있지 않다. 과연 그들이 준비해 두었다가 불을 붙인 액체는 무엇이었을까? 휘발유라면 그렇게 느린 속도로 불길이 내려오지는 않았을 테고, 그렇게 느리게 산줄기를 타고 내려왔다면 타고 남은 흔적이 있었을 텐데. SF영화의 한 장면처럼 지난밤 불의 동맥이 지나간 설산에는 깨끗한 암석과 얼음 덩어리밖에 보이지 않는다. 폴과 내가 지난밤의 감흥을 지우지 못한 채 이런 저런 추측들을 주고받고 있을 때, 드디어 한 대의 트럭이 달려온다. 세워 줄까?

그리고 우리 두 사람이 탈 자리가 있을까? 히치하이커들의 국제 공용어 엄지손가락을 들어 흔들어 댔다. 끼익.

　- 블라 블라 블라?
　- 수스트! 수스트!

　트럭 운전수가 묻는 질문을 알아듣지는 못했지만 그는 분명 어디로 가는 길이냐고 물었을 것이다. 타라는 손짓. 배낭을 들고 차에 오르려 하자, 트럭 짐칸에 실어라는 손짓을 한다. 짐칸은 텅 비어 있다. 앞좌석은 비좁지만 그런 대로 세 사람이 앉을 폭은 되었다. 운전수와 두 사람 분의 보조석. 이 세상 어느 길 위에서라도 히치하이킹은 가능하다. 길이 있고, 지나가는 차량만 있다면!

　트럭이 출발하고 10분이 채 지나지 않아, 답답한 느낌이 들었다. 파키스탄 운전수들은 어떤 이유에선지 자신의 버스나 트럭을 온갖 스티커와 장식물로 치장한다. 그들이 사는 어떤 집도, 그들이 입는 어떤 옷도 차량보다 화려한 것은 없다. 어떤 차량은 실내 공간까지 빨갛고 황금빛이 나는 스티커 장식으로 채워져 있으며 앞 유리창의 테두리도 운전하는 데 불편하지 않을 정도만 남기고 울긋불긋한 장식으로 채워져 있다. 그러나 보다 넓은 풍경을 감상하고 싶은 여행자의 눈에는 시야를 가리는 장식들이 답답하게 느껴지지 십상이다.

그건 마치 와이드 화면으로 제작된 영상을 좌우가 잘린 4 : 3 비율의 TV 화면으로 보는 것과 같다. 이미 영화를 본 사람은 4 : 3 화면이라도 개의치 않겠지만 처음 그 영화를 보는데 좌우가 잘린 영상을 봐야 한다면, 정말 미치고 환장할 노릇이다. 더 많이, 더 넓게 보고 싶다. 그러나 그런 여행객들의 욕구는 카라코람 하이웨이에서 허용되지 않는다. 애리조나 사막 같은 곳에서 오픈카를 타고 석양이 지는 모습을 보며 드라이버를 하는 것은 멋들어질지 모르지만 카라코람 하이웨이에서는 자살 행위와 같다. 낙석사고가 전 세계에서 가장 빈번한 이곳에서 작은 돌멩이라도 수천 미터 혹은 수백 미터에서 떨어져 머리통에 떨어진다면, 그 즉시 즉사다.

그래서 폴과 나는 지상 최고의 풍경을 답답한 트럭 안에서 놓치고 말았다, 면 나는 훈자에서 바로 중국의 카슈가르^{Kaxgar}로 건너뛴 이야기를 해야 할 것이다. 우리는 너무 위험하니 안 된다고 고개를 절레절레 흔드는 트럭 운전수에게 침낭으로 머리를 돌돌 말고, 배낭까지 머리에 얹은 시늉을 하고서야 트럭 짐칸에 올라타는 것을 허락 받았다. 드디어 히말라야를 가로지르는 트럭 짐칸 롤러코스트가 시작된 것이다. 야호~~~.

상상할 수 있는가? 일반버스, 봉고차, 지프가 아닌 트럭 짐칸
에 몸을 싣고 히말라야의 하늘 천天, 땅 지地, 뫼 산山, 강 강江을
초와이드 화면으로 즐기며 지나가는 기분을. '제3의 극지'라고
불리며 8,000m가 넘는 산과 산맥들, 수십 킬로미터에 이르는 빙
하군이 형성되어 있는 그 길을 온몸에 바람을 맞으며 바라보는
기분은… 아, 표현을 못하겠다. 짐칸에 우리를 태운 트럭이 출발
한 지 5분이 지나지 않아 폴과 나는 사방에서 나타나고 사라지
는 황홀한 광경에 가슴이 벅차 비명을 질러대지 않을 수 없었다.
이야호!

높고 험준한 산이 아름다운 풍경을 간직하고 있듯이 가장 위
험한 이동수단이 가장 아름다운 장면을 목격할 수 있는 최상의
장소였다. 적당히 안전한 삶의 좌석에 앉아, 적당히 아름다운 장
면을 보며 여행을 하고, 그렇게 이 행성을 지나갈 생각은 애초에
하지 않았다는 듯이 배낭에 걸터앉은 폴이 담배 연기를 뱉으며
키득 키득 웃기 시작했다. 나도 그런 폴의 모습을 바라보며 키득
키득 웃었다. 내가 웃는 모습을 보며 폴이 깔깔깔 웃기 시작했
다. 그 모습을 보며 나도 깔깔깔 웃어 댔다. 파키스탄 북쪽 국경
마을, 수스트로 향하는 히말라야의 설산과 설산 사이로 난 험준

한 여행길을 따라 폴과 나의 웃음이 사방으로 메아리를 일으키며 흩어지고 있었다. 만물이 태어나고, 죽고, 분해되어 다시 태어나는 순환을 반복하며 한 번 난 것은 영원히 사라지지 않듯이, 히말라야의 바람 속으로 흩어지고 분해되어 지금은 지워질지라도 폴과 나의 웃음소리 역시 영원히 사라지지 않은 채 세상에 남으리라. 하하하하하.

트럭이 수스트에 도착하자 폴과 나는 출국수속 절차를 밟았다. 정오까지 기다려 9인승 차량에 몸을 싣고 파키스탄의 마지막 마을을 떠났다. 가파른 오르막을 2시간쯤 달렸을까, 쿤자렙 패스에서 차는 섰다. 운전사가 중국 국경초소의 군인들에게 서류를 건네고 이야기를 나누는 동안 우리도 차에서 내렸다. 해발 4,760m. 내가 두 발로 디뎠던 가장 높은 곳이 지리산 천왕봉 1,915m였는데, 그 두 배보다 높은 곳에 두 발을 딛고 서 있다. 가시거리가 닿는 끝까지 설산만이 이어지는 곳. 여기서부터 서쪽은 파키스탄이고 동쪽은 중국이다.

굿바이, 파키스탄!

중국 국경에 도착하자마자 출입국사무소에서 수화물 검사를 받았다. 판타스틱 캠프에서 만난 이탈리아 친구가 알려 준 바에 의하면 마리화나 씨앗은 비누로 깨끗하게 씻으면 냄새가 나지 않는다고 했다. 폴의 배낭 속에는 비누로 깨끗이 씻은 서른여 알의 마리화나 씨앗이 들어 있었다. 폴은 중국 국경도 여느 국경처럼 그저 비자를 확인하고 여권에 도장을 찍는 것으로 입국절차가 끝날 것으로 여겼다. 근데 엑스레이 검색대가 기다리고 있었다. 배낭과 침낭을 엑스레이 검색대에 올려놓자 덜컹, 위잉 소리를 내며 검색대 위를 지나가기 시작했다. 적발되면 중국에서 실형을 살게 되는지도 모른다는 정도의 걱정을 했겠지만 폴은 몰랐다, 중국에서 불법 환각제를 밀반입하거나 밀반출하다 적발될 시에는 내외국인을 막론하고 사형에 처해진다는 것을.

중국 국경에서 〈미드나잇 익스프레스〉Midnight Express, 1978가 상영되려던 그 순간, 또 한 번 여행의 신이 내려앉았던 것일까? 세관원이 서른여 알의 알갱이를 눈치채지 못하고 배낭은 무사히 검색대를 통과했고, 폴은 목숨을 구했다. 그러나 폴도 나도 중국법을 알지 못했으므로 목숨을 건졌다는 사실조차 알지 못했다.

곧 날이 저물었다. 카슈가르 시내로 들어가 저녁식사를 하고 식당을 나왔다. 어디서 잠을 잘까? 길을 지나가는 중국인 여학생에게 물었다. 근처에 게스트하우스나 호텔 있어요? 여학생은 영어를 알지 못했다. 손바닥으로 배게를 만들고 잠자는 시늉을 했다. 그러자 활짝 웃으며 따라오라는 손짓을 했다. 재팬? 노, 코리아! 그러자 여학생은 한국 좋아! 라는 발음을 하며 생글거렸다. 그녀가 안내해 준 숙소는 게스트하우스라기보다는 학교 기숙사 같은 곳이었다. 숙박비가 무척 저렴했다. 중국에서 첫날 밤이 지나갔다.

다음날 아침 일이 생겼다. 폴의 상태가 좋지 않았다. 밤새 고산병 증세로 앓은데다가 독감까지 겹쳤다. 중국을 경유해 티베트로 가려던 폴은 자신의 몸 상태로 여행을 계속하는 게 무리라는 판단을 내렸다. 나는 낮은 지대로 내려가면 괜찮아질 거라고 폴을 위로했지만 그는 왠지 중국이라는 나라가 자신을 받아들이지 않는 듯하다고 말했다. 결국 폴은 카슈가르에 나를 내려놓고 파키스탄으로 되돌아갔다, 마치 중국까지 나를 무사히 데려다주는 것이 자신의 임무였다는 듯이.

굿 바이, 폴! 오랫동안 함께 여행했던 친구가 떠나고 나자 갑자기 혼자라는 느낌이 들었다. 폴을 파키스탄으로 가는 차에 태워 보내고 숙소로 돌아와 배낭을 쌌다. 아마도 꼼꼼하고 알뜰한 폴과 함께 여행하지 못했더라면 세계지도 한 장 밖에 없는 내가 그 얇은 지갑으로 무사히 중국에 들어올 수는 없었으리라. 폴과 함께 가장 값싼 음식과 잠자리를 찾아다니는 동안 '함께'라는 이유로 언제나 든든했는데 이젠 혼자서 모든 것을 해결하고 찾아야 한다. 이젠 내가 아는 어떤 언어도 통하지 않을 텐데….

나는 무사히 중국 대륙을 횡단해서 산둥반도까지 갈 수 있을까? 손짓 발짓만으로 서역에서 산둥반도까지 머나먼 길을 지나 집으로 돌아갈 수 있을까? 아니, 집으로 돌아간다 하더라도 내 여동생의 결혼식 날까지 도착할 수 있을까? 이제 중국의 서쪽 끝에 도착했을 뿐인데 여동생의 결혼식까지는 일주일도 남지 않았고 지갑 속에는 80달러도 되지 않는 돈이 남았는데, 산둥반도에 도착한다 하더라도 인천으로 가는 배를 탈 수 있는 돈도 없었다. 그러나 어쨌든 한시라도 빨리 출발해야지, 근데 이제 어디부터 찾아가야 하나? 배낭을 메고 방문을 닫고 나오는데,

- Where are you going?(어디로 가세요?)

전날 밤 숙소의 공용화장실에서 수건을 빨고 있던 한 사내가 물었다. 터번을 머리에 두른 아랍인이었다. 나는 한국으로 가는 길이라고 대답했다. 무슨 일로 한국까지 가지요? 고국으로 돌아가는 길입니다. 그는 자신을 바깥세상 구경하러 나온 파키스탄의 철학교사라고 소개했다. 검붉은 피부에 지혜롭고 따뜻한 눈매를 가진 사내였다. 영국에서 만난 마이클을 쏙 빼닮은 그의

눈은 '우리 오래전 어디선가 본 적이 있지요?' 말하고 있는 듯
했다.

  – 일단 베이징까지 가시겠군요. 제가 별 도움은 안 되겠지
만… 어때요? 같이 출발할까요?

무하마드가 폴이 내려놓고 간 R이라는 바통을 이어받았다. 마
치 그의 임무는 나를 중국 대륙의 서쪽 끝에서 동쪽 끝까지 무사
히 데려다 주는 것인 듯.

인간이라니, 그게 뭐죠?
자유라는 거지!

– 니코스 카잔차키스의 《그리스인 조르바》 중에서

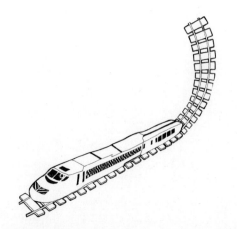

아무도 아닌 자의 노래

1

중국에 발을 들여놓으면서 내가 알고 있는 어떤 언어도 통하지 않았다. 영어도, 국어도. 그들은 영어로 길을 묻는 동양인을 손가락질하며 "이봐, 여기 새까만 머리에 새까만 눈동자를 가진 녀석이 꼬부랑말을 하는군!" 하고 비웃기까지 했다. 전 세계 곳곳에 차이나타운이 있고, 15억이 넘는 인구가 중국어를 사용하고 있으니 상대적 소수가 사용하는 언어를 알아야 할 필요성은 전혀 느끼지 않는 듯했다. 그들은 여전히 중국이 세계의 중심이라고 여기고 있었다. 지구에 발 붙이고 사는 사람들 중 네 사람 중 한 사람은 중국인이거나 중국계 아시아인이고 보면 어쩌면 이 지구라는 행성의 주인도 자기들이라고 여기고 있는지도 몰랐다.

무하마드를 만나지 못했더라면 중국대륙횡단여행은 처음부터 꼬이고 말았을 것이다. 내가 아는 어떤 언어도 통하지 않는 카슈가르엔 회교도인 위구르족과 파키스탄을 오가는 상인들이 많았다. 무하마드의 통역과 안내를 받으며 시외버스 정류장으로 가서 우루무치로 가는 버스에 올라탔다. 베이징행 대륙횡단열차를 타기 위해서는 우루무치Urumqi로 가야 한다고 했다. 〈와호장룡〉臥虎藏龍, 2000에서 용(장쯔이)이 마적단 두목 호(장첸)을 만나던 곳. 신장은 위구르족 자치지역으로 철도가 연결되어 있는 우루무치를 제외하면 허허벌판과 다를 바 없는 미개척지였다.

　　창밖으로 서역의 사막과 산맥들이 지나가고, 식사 시간이 되면 오아시스 같은 마을에 잠시 정차했다. 시장의 풍경은 내가 태어난 1970년대를 더 거슬러 올라가 마치 조선시대 같은 느낌이 들었다. 흙바닥길, 허름한 나무집들, 나무 좌판 위의 고깃덩이들. 그리고 악명 높은 중국의 공중화장실, 좌우 칸막이도 없이 뻥 뚫린 푸세식 화장실에 쪼그려 앉아 옆 사람과 담배를 나눠 피우는 사내들. 그건 정말 요상한 풍경이었다.

　　밤새 사막을 달려 새벽에 우루무치에 도착했지만 기차역이 어디에 있는지 알 수가 없었다. 중국인들에겐 무하마드의 아랍어도 통하지 않았다. 나는 종이에 한자로 역驛이라 적고, 지나가는 중국인들에게 보여 주기 시작했다. 사람들이 하나, 둘 몰려들었다. 그러나 아무도 내가 쓴 역驛을 알아보지 못했다. 호기심 가득한 눈으로 역驛을 이리저리 뒤집어 보며 고개만 갸웃거릴 뿐. 그러다가 한 사람이 일어나 지나가는 양복쟁이를 데리고 왔다. 따라온 사내가 한심스럽다는 듯 무하마드와 나를 향해 키득거리며 역驛을 중국어로 읽었고, 그제야 문맹의 사내들이 킬킬거리며 기차역이 있는 방향을 가리켰다.

이른 아침이었음에도 불구하고 역 광장에는 사람들로 가득했다. 무하마드가 마침 광장을 지나가는 아랍인을 발견하고 그에게 물었다. 여기선 예매를 하지 않기 때문에 당일 아침부터 줄을 서서 기차표를 산다는 것이었다. 오늘 베이징으로 가는 기차표가 다 팔리면 기차를 탈 수 없다고 했다. 중국으로 들어오면서 모든 것이 뒤죽박죽이 되는 느낌이었다. 과연 기차표가 우리들 몫까지 남아 있을까. 무하마드와 나는 기다란 행렬의 끝에 줄을 섰다. 역광장 한가운데 꾸깃꾸깃한 남자 양복을 입은 중국인 여자가 두 손을 호주머니에 찔러 넣은 채 카악, 퉤! 하고 가래침을 바닥에 뱉었다.

아직 여행의 신이 내 어깨 위에서 떠나지 않은 것일까? 우리는 그날 저녁에 출발하는 베이징행 중국대륙횡단열차의 기차표를 구할 수 있었다. 침대칸은 이미 매진된 상태였고, 좌석표밖에 남아 있지 않았다. 사실 침대칸이 있었더라도 내 호주머니 속에는 침대칸을 살 돈이 남아 있지 않았다. 중국대륙횡단열차가 베이징에 도착하려면 50시간이 걸린다고 했다. 2박 3일. 서울에서 부산까지 5시간도 한 자리에 앉아 있으면 엉덩이가 배기는데 50시간이 넘게 앉아 있는 건 정말 고역이다. 그러나 나는 이미 20시간, 30시간, 50시간씩 버스를 타고 기차를 타는 일에 익숙해져 있었다. 기차가 출발하려면 아직 시간이 남았구나. 무하마드와 나는 우루무치 시장으로 갔다. 이스탄불을 떠난 후 만난 가장 거대한 시장이었다. 시장의 국수집에서 저녁식사를 하고 기차역으로 되돌아갔다. 야간기차가 출발했다.

중국인 승객들은 밤새 짱깽 짱깽 짱짱깽 떠들어 댔고 나도 무하마드도 한 숨도 자지 못했다. 다음날 아침 열차 칸 사이에서 담배를 피우고 있는데 한 사내가 물었다. "저기 이슬라마바드 중국대사관 앞에서 본 것 같은데 혹시 한국 사람 아니세요?" 내가 중국 입국비자를 받으러 갔던 날, 나를 본 모양이었다. 한국에서 공장노동자로 일한 적이 있다고 했다. 30대 중반의 그는 침대칸에서 묵고 있었다. 그는 지난밤 자기는 푹 잤으니 낮 동안 침대에 누워 눈을 좀 붙이라며 호의를 베풀었다. 중국인들 다른 사람 배려 안 해요. 시끄러워요. 말 안 해도 알아요. 나도 의자에 앉아 베이징에 간 적이 있는데 정말 고생했어요. 식사 때가 되면 먹을 거리를 가져와 무하마드와 내게 주기도 했다. 자연히 그와 이런 저런 얘기를 나누게 되었다. 그가 한번은 이런 질문을 했다.

– 한국에서 일할 때, 도무지 이해할 수 없는 게 있었어요. 파키스탄에선 노인들이 육십이 되면 일손 놓고 집에서 편히 쉬면서 말년을 보내죠. 근데 한국 공장에서 육십 넘은 할아버지, 할머니들 많이 봤어요. 몸도 약한 분들이 힘든 공장 일 하며 돈 벌고 있었어요. 공장뿐만 아니라 길에서 쓰레기도 줍고 그런 힘든 노인들 많이 봤어요. 한국은 파키스탄보다 몇 십 배, 정말! 잘 사는 나라잖아요? 근데 어떻게 편히 여생 보내야 할 노인들이 공장이나 길에서 힘든 일을 하지 않으면 안 되는지 도무지 이해가 안 갔어요. 왜 그런 거죠?

나는 그에게 답해 줄 어떤 말도 찾을 수 없었다.

2

중국 대륙의 서西에서 동東으로 오는 사이 창밖 풍경은 극명하게 달라졌다. 사막의 풍경이 진경산수화로, 진경산수화는 다시 시커먼 연기를 뿜어대는 공장과 거대한 아파트 공사장으로

307

바뀌었고 우리는 네온사인이 불야성을 이루는 베이징에서 내렸다. 한때 자신이 공장 노동자로 일하던 한국으로 향하는 젊은이에게 호의를 베풀던 파키스탄 사내는 동료들과 함께 시장에 물건을 사러 가야 한다며 떠났다. 그는 내게 '한국 노인들의 모습' 외에는 한국에 대해 다른 얘기는 일체하지 않았다. 그러나 굳게 다문 그의 입을 통해 짐작할 수 있었다. 그가 한국에서 지내는 동안 수없이 겪었을 부당 노동 행위와 체불임금에 대한 이야기들을 속으로 삼켰다는 것을. 작별의 인사를 건네는 '前외국인노동자 in Korea'의 검은 눈동자 속에 파키스탄, 방글라데시, 베트남, 미얀마, 네팔의 노동자들이 한국 땅에서 박노해의 시 〈손무덤〉을 읽으며 울먹이고 있는 모습이 지나가고 있었다.

베이징의 유스호스텔에 도착한 나와 무하마드는 그곳에서 하루를 묵고 다음날 산둥반도로 가는 버스에 몸을 실었다. 자금성도 구경하지 못하고 떠나는 것이 아쉬웠지만 여동생의 결혼식에 도착하려면 어쩔 수가 없었다. 다음 이동수단으로, 다음 이동수단으로 마치 정글을 지나가는 타잔처럼 계속 다른 밧줄로 옮겨가는 수밖에. 무하마드는 처음부터 자신의 여행 경로가 나의 길과 같았다는 듯 산둥반도까지 따라와 주었다. 그리고 그는 정말 그곳까지 나를 데려다 주는 것이 자신이 해야 할 일이었다는 듯이 웨이하이 항의 여객터미널에서 미소를 지으며 뒤돌아섰다.

- 안녕, R, 언젠가 다시 만나게 될 거야. 인샬라!

중국 대륙을 함께 횡단한 무하마드가 떠나고 나자 이젠 정말 혼자라는 생각이 들었다. 아니, 정말 혼자였다. 인천으로 가는 배는 다음날 저녁에 있다고 했다. 나는 하루 숙박비가 1달러인, 중국 현지인을 상대로 하는 허름한 여인숙을 잡았다. 외국인들은 호텔이나 유스호스텔 외 숙박업소에서 묵는 것이 금지되어 있었지만 같은 동양인이라 겉으로는 드러나지 않는다는 점을 이용해 여인숙에서 잠을 청하기로 했다. 호주머니 속엔 3달러가 남아 있었다. 나는 1달러로 고깃국에 말아 주는 국수 한 그릇을 사 먹고, 1달러로 맥주 한 병을 사 마셨다. 마지막 1달러가 남았다. 중국이라는, 아는 이 하나 없는 먼 이국땅에서 단돈 1달러밖에 없는 이방인. 내일부터 국제부랑자가 된다 하더라도 두려운 건 없었다. 다만 내 여동생의 결혼식을 보지 못할까봐 그게 염려스러웠다. 가족들은 늦어도 내일쯤 런던발 서울행 비행기를 타고 귀국하리라 믿고 있겠지. 아, 내 여동생의 결혼식이 시작되기 전에 돌아갈 수 있을까? 똑똑똑.

샬라 샬라 샬라.

나는 중국인 사내의 말을 알아들을 수 없었다. 한국인이라고 몇 번이나 대답하고 나서야 사내가 뒤돌아섰다. 그랬다가 뭔가 생각이 난 듯 볼펜을 꺼내 뭔가를 적어 내 앞에 내밀었다. 少姐. 소저? 고개를 갸우뚱하자 그가 예스! 소저! 텐 달러! 라고 외치기 시작했다. 중국 무협지에 등장하던 '소저'들이 떠올랐다. 사내는 매춘알선업자였고, 10달러에 여자를 팔려고 하고 있었다. 나는 고개를 가로저었다. 그가 온리 텐 달러! 라고 외쳤다. 나는 고개를 가로저었다. 그가 여덟 개의 손가락을 내보였다. 그는 내가 화대를 깎으려는 심산인 줄 알았던 모양이다. 노, 노! 사내는 뾰로통한 얼굴을 하고는 문을 닫고 사라졌다. 똑똑똑.

- 샬라 샬라 샬라.

또 다른 중국인 사내가 들어왔다. 그는 중국인 투숙객이었다. 1달러짜리 여인숙은 2인 공동 객실이었고, 같이 방 쓸 사람이 들어온 것이다. 사내가 중국어로 말을 걸었지만 한국인이라는 말 외에는 할 말이 없었다. 공용화장실에서 샤워를 하고 돌아온 그가 와이셔츠를 옷걸이에 걸고 형광등을 껐다. 건너편의 철제 침대가 삐걱 소리를 내더니 잠잠해졌다. 나는 잠들기 전 무하마드가 떠나기 전 해변가에서 들려준 이야기를 떠올렸다. 쉽게 납득할 수는 없었지만, 그의 이야기 속에는 우리들 삶 한가운데를 관통하는 어떤 것이 숨어 있는 듯했다.

- R, 내가 한 가지 진리를 알려 줄게, 마르크스를 비롯해 수많은 사상가와 철학자와 현자들이 말한 '모든 것은 변한다'는 것과 같은 확고불변의 진리를. 빈부귀천貧富貴賤 가난하고, 부유하고, 귀하고, 천하고 관계없이 모든 인간이 태어나서 죽을 때까지 겪는 희로애락喜怒哀樂의 총합은 언제나 그리고 누구나 제로(0)야. 죽음 때문에 제로가 된다는 의미가 아니야. 설명을 해주고 싶지만 스스로 이 말의 의미를 알아 내길 바라. 스스로 깨닫지 않으면 아무 소용이 없으니까. 네가 이것을 깨닫게 되면 너는 그 어떤 것도 부러워하지 않게 되고, 그 어떤 것도 두려워하지 않게 될 거야. 그리고 오직 네가 너 자신이라는 자체로 너를 사랑하게 되겠지. 잊지 마. 이 지구상에서 태어나고 죽는 모든 인간이 탄생에서 죽음까지 겪는 희로애락의 총합은 언제나 그리고 누구나 제로라는 것을. 네가 이것을 체득하게 될 때, 너는 아무도 아닌 자(Nobody)가 될 수 있을 거야.

아침에 일어났을 때 옆 침대에서 잠들었던 중국인 사내는 보이지 않았다. 호주머니 속에 1달러 지폐 한 장만을 갖고 있는 중국의 이방인(Alien in China), 나는 한국행 여객선이 떠 있는 선착장으로 갔다. 11월의 중국 앞바다는 고향의 바다처럼 맑았고, 가만히 바라보면 인천항이 흐릿하게 보일 듯했다. 그러나 나에겐 고국으로 돌아갈 여비가 없었다. 지구 시간이 시작되는 경도

0도, 런던 그리니치를 출발해 수많은 국경을 넘어 중국 산둥반도까지 왔는데, 목숨을 잃을 위기를 몇 번이나 넘기며 황해까지 왔는데, 이제 저 배만 타면 되는데, 바다를 건널 돈이, 나에겐 없다.

헤엄을 쳐서 저 바다를 건널까? 배낭 안에 별 다른 귀중품은 없었다. 여권만 젖지 않게 비닐봉지에 넣어 목에 감고 저 바다를 헤엄쳐 건널까? 근데 도착하면 어디서 입국신고를 하지? 그런 얼토당토 않는 생각을 하며 해변의 벤치에 앉아 하염없이 바다를 쳐다보았다. 당장 마실 물을 살 돈도, 끼니를 해결할 돈도, 하룻밤을 묵을 숙박비도, 심지어 전화를 걸 돈도 남아 있지 않았다. 해변을 걷고 있던 두 명의 중국인 아주머니가 내 앞을 지나쳤다가 되돌아왔다. 한국 가세요? 어, 한국말이다.

- 네?
- 짐이 많으세요?
- 아니오. 이 배낭이 전부입니다.
- 어디 보자. 별로 무겁지는 않네.
- 무슨 일이죠?
- 우리가 중국에서 물건을 좀 사 갖고 들어가는데 1인당 들고 갈 수 있는 무게가 정해져 있어요. 이 배낭 하나라면 10kg는 더

들고 갈 수 있는데, 좀 들어다 주면 안 될까? 한국에서 차비는 두둑이 줄게.

－도와드리고는 싶은데, 제가 한국에 갈 배 삯이 없어요.

－그럼 잘 됐네! 우리가 배 삯을 대줄 테니 10kg만 좀 들어줘. 자자, 일어나요. 어서 표 사러 갑시다!

당신이 모험길에 나서는 순간부터 여행의 신은 당신을 내려다 보기 시작한다. 아무리 힘든 여행길이라 할지라도 내일을 위한 계획은 하되, 걱정은 하지 마라. 당신을 내려다보던 여행의 신은 당신이 정말 간절히 무언가를 필요로 할 때, 언제나 다른 모습으로 나타나 당신을 도와줄 것이다. 그리고 우리들의 삶이 곧, 여행이다.

중국을 떠나 인천항으로 가는 밤배가 출발했다. 중국관광을 마치고 돌아가는 한국인 승객들로 객실은 떠들썩했다. 화투를 치는 사람들, 술을 마시는 사람들, 라면을 먹는 사람들. 친숙하면서도 낯설게 느껴지던 모국어. 영국을 떠난 지 112일 만에 나와 같은 말을 하는 사람들의 무리를 만났다. 나는 모국어를 자장가 삼아 잠깐 잠이 들었다가 깨어 갑판으로 나갔다. 새벽 바다. 11월의 차가운 바람 아래 파도가 치고 지나온 길들이 슬라이드 화면처럼 지나갔다. 20년 만에 고향 앞바다로 들어서는 오디세우스의 기분이 이랬을까? 설렘과 먹먹함이 심장에서 소용돌이를 쳤다. 런던 그리니치에서 동쪽으로 향해온 머나먼 귀향길은 내가 청춘을 지나 새로운 인간으로 거듭나기 위한 통과제의와 같은 것이었다. 이물이 향하고 있는 동쪽 바다가 밝아 오고 있었다.

3

– 배낭여행 갔다 오는 건가?
– 네!
– 바쁘니까 빨리 지나가.

    인천항 입국심사대를 빠져나와 11월의 해 뜨는 동쪽 나라의 햇살에 첫발을 내딛었다. 나는 배낭을 내려놓고 그 자리에 무릎을 꿇은 채 고국의 땅에 입을 맞추었다. 입술이 부딪히던 순간, 왜 그랬을까? 마치 누군가가 플레이 버튼을 누른 것처럼 앤디 윌리엄스Andy Williams의 '해피 하트Happy Heart'가 귓전에서 흘러 나왔다. 〈쉘로우 그레이브〉Shallow Grave, 1994의 마지막 장면, 이안 맥그리거가 마룻바닥에 누운 채 회심의 미소를 짓고, 카메라가 아래로 천천히 내려가며 터져 나오던 그 노래. '해피 하트'의 후렴구 – 랄랄랄라 랄라라 랄랄라라 랄라라 라라라라 라라라– 는 내

쌍둥이 여동생들로부터 양쪽 볼에 키스를 받을 때까지 멈추지 않았다.

It's My Happy Heart You Hear

Singing Loud And Singing Clear

And It's All Because Your Near Me My Love

Take My Happy Heart Away

Let Me Love You Night And Day

In Your Arms I Want to Stay, Oh My Love

크고 맑게 울리는 이것은 나의 행복한 심장 소리예요.

이 모든 건 그대가 내 곁에 있기 때문이죠.

나의 행복한 심장을 가져 주세요.

그대 품 안에서 낮이나 밤이나 그대를 사랑하고 싶어요.

나는 내 여동생이 결혼식을 올리기 하루 전날 고향에 도착했고 그와 함께 내 인생의 화양연화, 푸른 스물의 오디세이도 끝났다. 이제 작별을 하려니 한 가지 잊은 게 있다. '천사들의 비밀'에 대하여. 그러나 이 얘기는 '비밀의 서랍' 속에 남겨 둘까 한다. 설령 이 이야기를 하더라도 믿어 줄 사람이 드물 테니. 만약 체코에서 만난 택시운전수 N, 헝가리 벌라톤 호수에서 만난 걸인, 자그레브에서 만난 국제부랑자 막스, 지중해를 건너는 유람선에서 만난 반야, 이란에서 만나 동행했던 폴, 낯선 이방인을 초대했던 제3의 사나이 무샤프, 파키스탄 판타스틱 캠프에서 만난 히피 할아버지 토마스, 중국 국경에서 만나 산둥반도까지 나를 배웅해 준 무하마드가 단 하나의 존재라면!

그들 모두가 단 하나의 눈동자로 겹쳐져 나를 바라본다. 그것은 인류의 마음일 수도. 여행의 신일 수도 있다. 그대, 푸른 영혼이 언젠가 길 위에서 그 눈빛을 마주치게 되리라는 것을 확신하며 나의 길었던 이야기를 마친다. 굿 바이, 친구들.

Have A Nice Trip!

여행, 그 후

1

〈깨달음은 갑자기 찾아온다〉는 제목의 시가 있다. 이응준 작가가 젊은 날에 쓴 시다. 그러나 깨달음은 '갑자기' 찾아오되, '그냥' 찾아오진 않는다. 길을 떠났을 때 찾아온다. 부처는 카필라 성을 떠나 '길' 위를 방랑하다가 부다가야의 보리수 아래에서 중도中道를 깨달았다. 소크라테스는 아내의 잔소리를 피해 '길'에서 시간을 보내며 진리를 깨우쳤다. 원효는 당나라로 가던 '길'에서 해골에 든 물을 마시고 모든 것이 마음에 달려 있음을 깨닫고 돌아왔다. 2,000년 전의 선각자들이 너무 멀게 느껴진다면 20세기로 당겨 볼까. 인도의 성자라 불리는 마하리쉬Ramana

Maharshi는 열일곱 나이에 집을 나와 아루나찰라를 향해 '길'을 떠났고 마침내 그곳에 이르러 깨달음을 얻었다. 황대선원에 계시는 성수스님이 젊은 시절 해인사로 갔더니 효봉스님이 물었다. "수좌는 왜 왔소?" 젊은 성수스님은 "도 배우러 왔소"라고 대답했다. 그러자 효봉스님이 "도를 알아요?"라고 되물었다. 성수스님은 이렇게 대꾸했단다. "알면 집에 있지, 여기 왔겠소?"

2

동서고금에 걸쳐 수행자들이 집을 떠나 방랑하고 만행한 까닭은 길에서 '죽은 지식이 아니라 살아 있는 지혜'를 얻기 위함이었다. 지금도 현대의 수행자라고 할 수 있는 여행자들은 비행기, 배, 기차, 버스 등에 몸을 싣고 히말라야, 산티아고, 세도나, 유럽, 아메리카, 아프리카로 길을 떠난다. 그리고 그들은 길든 짧든 여행이 끝날 무렵 반드시 크든 작든 나름의 지혜를 얻고 집으로 돌아온다. 물론 집으로 돌아오지 못한 채 길에서 여행을 마치는 이도 있다. 그러나 돌아오지 못했다 해서 돌아오지 못한 것은 아니다. 진정한 여행자에겐 이미 '집'이나 '길'이나 다를 바 없어 아무 곳에도 속하지 않고, 어디에나 속하는 삶을 살기 때문이다.

3

우리는 순우리말 '길'을 한자어로 '도로'라고 부른다. 도로는 길 도道와 길 로路가 합쳐진 단어인데, 길道은 정신에 가깝고, 길 路은 물질에 가깝다. 어떤 사람의 길은 도道의 기능이 우선하고, 어떤 사람의 길은 로路의 기능이 우선한다. 그동안 서구문명이 전 세계적으로 큰 영향을 미치면서 길은 점차 도道의 의미를 잃고 로路로서 기능하는 쪽으로 발달해 왔다. '모든 길은 로마로 통한다'던 시절부터 서양에서 말하는 길은 정복과 축재의 길, 즉 로路였다. 아마도 비슷한 시기 동양에서 '모든 길은 ○○으로 통한다.'고 했다면 그 뜻은 전혀 달랐을 것이다. 하긴 비슷한 말이 전해 온다. 만법귀일 일귀하처萬法歸一 一歸何處, 모든 법은 하나로 돌아가는데 그 하나는 어디로 돌아가는가. 여행자란 어쩌면 모든 길이 하나로 통하는 길을 찾아 나선 순례자인지도 모른다.

4

순례자들은 길에서 선지식善知識을 만난다. '너는 나에게 / 나는 너에게 / 잊혀지지 않는 하나의 눈짓'이 되는 곳이 길이니까. 길 위에서 깨우침을 주는 것은 사람일 때도 있지만 때론 사물이나 풍경일 때도 있다. 물론 그것을 인식하면 선지식이고 끝내 모르면 무빙 월페이퍼Moving Wallpaper(종일 켜 두는 TV를 영미권에선 '움직이는 벽지'라고 부른다)를 지나가는 사람, 사물, 풍경에 불과할 것이다. 《화엄경》입법계품에서 선재는 길 위에서 53명의 선지식을 만난다. 그들 중에는 구도자求道者가 아닌 이들도 있었다. 소년, 소녀, 의사, 뱃사공, 선인, 바라문…. 선재는 53명의 선지식을 만난 끝에 묘각의 법을 얻는다.

5

나는 불가에서 말하는 견성見性이, 기독교에서 말하는 진리眞理가, 도가에서 말하는 무위無爲, 유가에서 말하는 천명天命이 무엇인지 잘 모른다. 그러나 53명은 아니더라도 여행길에선 늘 선지식을 만났고, 늘 작은 깨달음 한 조각 주워 집으로 돌아오곤 했다. 무엇보다 이 행성의 시간이 시작되는 런던 그리니치를 출발, 유럽을 지나, 히말라야 산맥을 넘고, 중국 대륙을 횡단한 뒤 인천항으로 귀국한 유라시아 대륙횡단 여행길에서 만난 사람들은 내게 결코 잊히지 않는 선지식이 되었다.

6

우리는 길을 떠나고, 길 위에서 선지식을 만나고, 집으로 돌아온다. 이제 수행은 끝난 것일까? 어쩌면 가장 중요한 것은 지금부터다. 어느 선사禪師의 제자가 마침내 깨달음을 얻었다. 스승으로부터 시험을 받아 인증도 받았다. 그러나 스승은 제자가 마지막으로 한 가지 배워 둘 것이 있다며 거울가게로 보낸다. 거울가게 주인은 가르칠 게 없다고 하지만 제자는 스승이 시킨 일이니 거울가게 주인을 지켜보며 한 달을 보낸 후 돌아온다. 스승이 묻는다. "무엇을 배웠느냐?" 제자가 대답한다. "아무 것도 배울 게 없었습니다." 스승이 다시 묻는다. "거울가게 주인이 하룻동안 무엇을 하더냐?" 제자가 대답한다. "아침에 출근해서 거울을 닦고, 저녁에 퇴근하기 전 거울을 닦았습니다." 스승이 말한다. "그것이 네가 배워야 할 것이다. 하룻밤 사이에도 먼지가 내려앉기 때문에 거울가게 주인은 아침, 저녁으로 거울을 닦았다. 매일 매일 닦지 않으면 먼지가 낀다는 것을 명심해라."

TV, 잡지, 영화, 신문, 인터넷을 비롯 일상 곳곳에 먼지는 흘러 다니고, 세상의 중력은 참으로 강하다. 자신의 상相을 비춰보던 거울에 먼지가 내려앉는 사이, 푸른 영혼은 어느새 과거 속으로 모습을 감춘다. '강물에 떠내려가는 것은 죽은 물고기다'는 진언처럼 우리 영혼의 파란 섬광이 사라질 때, 우리는 세속의 물결에 쉽사리 휩쓸린다. 물론, 모든 청춘의 영혼이 푸른 것도 아니고, 모든 노인의 영혼이 푸르지 않은 것도 아니다. 스펙을 요구하는 세상의 요구대로, 세속의 욕구대로 떠내려가는 청춘이 있는가 하면, 한평생 푸른 영혼으로 저항했던 어른들도 계셨다. 여행자가 길에서 주워오는 선지식의 대부분은 세속의 흐름을 거스른다. 그 선지식들을 단단하고 빛나는 비늘로 삼아 세상의 중력과 먼지와 흐름에 저항하라. 하여, 영원의 발원지로 거슬러 올라가라. 그대, 푸른 영혼이여!

깨달음은 갑자기 찾아온다. 길 위에서.

떠남에 서툰 당신을 위한
청춘 여행법

푸른 영혼일 때
떠나라

초판 1쇄 인쇄 | 2011년 7월 20일
초판 1쇄 발행 | 2011년 7월 25일

글 | 노동효

펴낸이 | 김명숙
펴낸곳 | 나무발전소
교 정 | 신순자
디자인 | 이명재

등 록 | 2009년 5월 8일 (제313-2009-98호)
주 소 | 서울시 마포구 합정동 358-3 서정빌딩 7층
          Tpowerstation@hanmail.net
전 화 | (02)333-1962
팩 스 | (02)333-1961

ISBN | 978-89-962747-7-3 03810